D0951163

LOIN DE MÉDINE

Assia Djebar est née à Cherchell en Algérie. Après avoir suivi l'enseignement de l'École normale supérieure de Sèvres, elle enseigne l'histoire dans une université au Maroc et en Algérie. Elle a déjà publié plusieurs romans et réalisé deux longs métrages : *La Nouba des femmes du mont Chenoua*, 1978 (Prix de la critique internationale à la Biennale de Venise en 1979) et *La Zerda et les chants de l'oubli*, 1982. Ces deux films ont été produits par la télévision algérienne. Depuis 1980, elle vit en France.
En octobre 1999, elle a reçu le prestigieux Prix de la Paix allemand.

LOIN DE MÉDINE

Assia Djebar est née à Cherchell en Algérie. Après avoir suivi l'enseignement de l'École normale supérieure de Sèvres, elle enseigne l'histoire dans une université au Maroc et en Algérie. Elle a déjà publié plusieurs romans et réalisé deux longs métrages : *La Nouba des femmes du mont Chenoua*, 1978 (Prix de la critique internationale à la Biennale de Venise en 1979) et *La Zerda et les chants de l'oubli*, 1982. Ces deux films ont été produits par la télévision algérienne. Depuis 1980, elle vit en France.

En octobre [illegible], elle a reçu le prestigieux Prix de la Paix allemand.

ASSIA DJEBAR

Loin de Médine

Filles d'Ismaël

ROMAN

ALBIN MICHEL

AVANT-PROPOS

J'ai appelé « roman » cet ensemble de récits, de scènes, de visions parfois, qu'a nourri en moi la lecture de quelques historiens des deux ou trois premiers siècles de l'Islam (Ibn Hicham, Ibn Saad, Tabari).

Au cours de la période évoquée ici, qui commence avec la mort de Mohammed, de multiples destinées de femmes se sont imposées à moi : j'ai cherché à les ressusciter... Femmes en mouvement « loin de Médine », c'est-à-dire en dehors, géographiquement ou symboliquement, d'un lieu de pouvoir temporel qui s'écarte irréversiblement de sa lumière originelle.

Musulmanes ou non musulmanes — du moins dans cette première partie « Filles d'Ismaël » —, elles trouent, par brefs instants, mais dans des circonstances ineffaçables, le texte des chroniqueurs qui écrivent un siècle et demi, deux siècles après les faits. Transmetteurs certes scrupuleux, mais naturellement portés, par habitude déjà, à occulter toute présence féminine...

Dès lors la fiction, comblant les béances de la mémoire collective, s'est révélée nécessaire pour la mise en espace que j'ai tentée là, pour rétablir la durée de ces jours que j'ai désiré habiter...

Plusieurs voix de *rawiyates* [1] entrecoupent cette reconstitution, tissant l'arrière-plan de ce premier théâtre islamique — comme si des contemporaines, anonymes ou connues, observaient des coulisses de quelle façon, sitôt Mohammed disparu, les mises en scène du pouvoir se cherchent, se brouillent, se superposent.

Les querelles de succession sont les prodromes de la prochaine guerre civile entre Musulmans, « la grande *fitna* ».

Je tiens à remercier le poète arabe Nourredine El Ansari qui m'a aidée dans ma confrontation avec la langue des chroniques. La richesse diaprée du texte d'origine, son rythme, ses nuances et ses ambiguïtés, sa patine elle-même, en un mot sa poésie, seul vrai reflet d'une époque, a éperonné ma volonté d'*Ijtihad* [2].

A.D.

1. *Rawiya :* féminin de *rawi*, c'est-à-dire transmetteur de la vie du Prophète et de celle de ses Compagnons.

2. *Ijtihad :* effort intellectuel pour la recherche de la vérité — venant de *djihad*, lutte intérieure, recommandée à tout croyant.

« ... Tout ce que je dirai, tous l'ont déjà conté ; tous ont déjà parcouru le jardin du savoir.

« Quand même je ne pourrai atteindre une place élevée dans l'arbre chargé de fruits, parce que mes forces n'y suffisent pas, toutefois celui même qui se tient sous un palmier puissant sera garanti du mal par son ombre. Peut-être pourrai-je trouver une place sur une branche inférieure de ce cyprès qui jette son ombre au loin... »

FERDOUSI, *Le Livre des Rois*

« Et il y eut alors un étrange dialogue entre lui et moi, entre moi, son ressusciteur, et le vieux temps remis debout. »

MICHELET

PROLOGUE

A Médine, ce lundi 23 rabi' 1er, an 11 de l'hégire (8 juin 632)

Il est mort. Il n'est pas mort. Il a penché la tête, légèrement, sur le côté, contre la gorge de Aïcha.

Quelque temps auparavant, il avait demandé quelqu'un — un scribe, un fidèle, un confident — pour lui dicter ce qu'il désirait laisser aux croyants « de peur qu'ils tombent dans l'erreur ». Plusieurs de ses épouses se trouvaient autour de lui. Certaines diront, ou l'on dira pour elles plus tard, qu'il a demandé nommément son cousin, gendre et fils adoptif qui est venu. Mais deux de ses femmes avaient averti également leur père respectif.

L'agonisant a donc désiré un scribe, un confident qui puisse écrire fidèlement ses recommandations. Trois au moins se sont présentés à son chevet. Il a eu un regard de désolation et il a tourné la tête vers le mur. Il n'a rien voulu dire.

Ensuite, il a semblé aller mieux. La fièvre qui l'abattait depuis des jours a baissé. Il a pu se lever. Il a pu regarder de loin la prière collective des siens dans la mosquée jouxtant la chambre. Sa contemplation de la petite communauté d'hommes en ferveur l'a réconforté : sa face s'est illuminée.

Puis il est retourné à sa couche. Il a pris place dans les bras de l'aimée. Elle lui a même trituré de ses dents une racine de noyer — un *souak* — qu'elle lui a ensuite donnée, qu'il a mâchée pour se nettoyer les gencives, comme il semblait le désirer. « Nous nous sommes, en ce dernier instant, échangé nos salives... » dira-t-elle plus tard avec une sorte de fierté puérile.

Toujours sa tête posée sur la poitrine de sa jeune femme, avec la faiblesse d'un enfant, il s'est abîmé dans un long moment d'inconscience.

Les autres épouses ont accouru. A-t-il rendu l'âme ? — « Il contemple la place qu'il aura au Paradis, puis il va nous revenir, mais il ne nous choisira plus, il... » pense l'aimée, ses bras alourdis et le cœur chaviré. Est-il mort, le Messager ?

Il est mort. Il n'est pas mort.

Aïcha a mis du temps pour comprendre. Car il est revenu à lui une seconde, elle l'a entendu balbutier « avec le Compagnon le Très-Haut », elle a compris qu'il voyait encore Gabriel, puis...

Les autres épouses se sont lamentées avant elle. Aïcha a posé la tête du Messager sur l'oreiller. Puis elle a crié, elle a pleuré, elle s'est abandonnée.

Les hommes de sa famille à lui ont accouru les premiers, Ali à leur tête, Abbas l'oncle, Fadl le cousin.

Omar, lui, s'est dressé de toute sa haute taille dans la cour de Aïcha :

— Il n'est pas mort ! gronde-t-il parmi les arrivants en émoi. Je tuerai qui dira qu'il est mort !

Le tumulte. Déploration des femmes : Oum Fadl pleurant doucement, Oum Aymann la Noire, à genoux, se tordant en silence les mains, Atyka, la plus jeune des tantes paternelles, improvisant des vers hagards, encore à demi rythmés, Esma « aux deux ceintures » veillant sur Aïcha sa jeune sœur... Effroi stupéfait des hommes, les premiers arrivés, parmi lesquels le jeune Osaïma qui s'apprêtait à partir en expédition avec ses hommes.

Seul Ali, silencieux et figé, ne quitte pas le mort. Il prie, il ne cesse de prier, comme si, depuis ce jour où tout enfant il s'est précipité avec élan dans sa foi toute neuve, vingt-trois années s'étaient écoulées comme un seul jour! Ali supplie Dieu de ne pas le laisser être submergé par le flux de la peine montant en lui.

Abou Bekr, le père de Aïcha est revenu en hâte de chez sa jeune femme médinoise. Il entre dans la chambre de sa fille. Il baise les yeux fermés du Messager, son ami.

— Mohammed est mort, déclare-t-il en sortant de la chambre. L'Islam n'est pas mort!

Mohammed sera enterré dans la chambre même de Aïcha.

Selon certains, il sera enterré la nuit même de ce lundi — jour de sa naissance, jour de sa mort. Par ses proches, « les gens de sa maison » : Ali, Abbas l'oncle, les deux fils de Abbas et un affranchi.

Plus loin, dans le vestibule des Beni Sa'd, les groupes s'affrontent : entre les *Mohadjirs,* les Migrants mecquois, d'une part et les *'Ançars* médinois, d'autre part; entre les clans mêmes divisant les gens de Médine... A la lueur des chandelles, le problème de la succession donne lieu à des querelles, à des discours véhéments, peut-être même à des violences.

Ali et les hommes de la famille du Prophète se seraient chargés seuls de l'inhumation. Aïcha elle-même, reposant chez l'une des co-épouses, se serait réveillée en entendant en pleine nuit la pioche du fossoyeur.

Selon d'autres transmetteurs, Mohammed est enterré le mardi au soir, une fois que le choix s'est enfin porté sur Abou Bekr qui pourra rassembler.

Selon d'autres encore, les remous autour de la succession dureront trois jours. Trois jours pendant lesquels la dépouille de l'Envoyé, dans la chambre de Aïcha, est oubliée de tous les Musulmans. (Ali, son oncle, ses cousins, se seraient écartés par orgueil, loin des tractations ainsi prolongées.) Les hommes auraient donc négligé Mohammed allongé dans sa couche, mais les épouses, mais Fatima la dernière des filles vivantes, elle-même très affaiblie, mais les vieilles tantes, mais la douce Oum Aymann, mais Marya la Copte accourue de sa demeure lointaine, toutes, c'est certain, se relaient autour du mort, attendent les instructions pour le lavement, les linges ultimes et les rites de l'ensevelissement.

Certains affirment que Ali seul ne veut pas quitter le chevet du Messager, dédaigneux de l'héritage temporel.

Il est mort.

Il laisse neuf veuves, une fille chérie éplorée, deux petits-fils en bas âge qu'il aimait asseoir sur ses genoux, ou qu'il juchait quelquefois sur ses épaules, même quand il commençait sa prière; il laisse également un gendre-cousin-fils adoptif qui descendra le corps dans la fosse et qui ne sera pas, pour l'instant, l'héritier.

Califat de Abou Bekr
(10e-13e année de l'hégire)

« Une fois que Abou Bekr a été désigné calife, il a déclaré :

— Me voici devenu émir des Croyants et, cela, contre mon gré ! Au nom de Dieu, j'ai vraiment souhaité que l'un d'entre vous prenne ma place !...

» Si, en me donnant cette responsabilité, vous attendez de moi que je vous commande comme le faisait le Prophète (sur Lui soit le Salut), je vous le dis tout net : je n'en suis pas capable. Le Prophète, Dieu l'a honoré et l'a fortifié de son Message !... Moi, je ne suis qu'un homme ordinaire et je ne suis pas meilleur que vous !

» Je vous le demande, ô Croyants, veillez sur moi : si vous me croyez sur le droit chemin, suivez-moi, prenez exemple sur moi. Mais si vous me voyez dévier et sortir du droit chemin, redressez-moi : sachez que j'ai un Satan qui m'habite alors !

» Et si vous me voyez un jour en colère, je vous en prie, évitez-moi : je ne voudrais pas alors être une cause de trouble sur vos cœurs et sur votre humeur !... »

IBN SAAD, *Tabakhat el Kobra,* III.

Califat de Abou Bakr
(10-13e années de l'hégire)

« Une fois que Abou Bakr a été désigné calife, il a déclaré :

— Me voici devenu émir des Croyants et, pourtant, comme mon âme [illegible] peu de [illegible], j'aurais vraiment souhaité que l'un d'entre vous [illegible] ma place !

« Si, en me donnant cette responsabilité, vous attendiez de moi que je vous commande comme le faisait le Prophète (sur lui le Salut), je vous le dis tout net : je n'en suis pas capable. Le Prophète, Dieu l'a honoré et l'a [illegible] de son Message !... Moi, je ne suis qu'un homme ordinaire et je ne suis pas meilleur que vous !

« Je vous le demande, ô Croyants, veillez sur moi : si vous me voyez sur le droit chemin, suivez-moi, prenez exemple sur moi. Mais si vous me voyez dévier et [illegible], redressez-moi ! Sachez que j'ai un Satan qui me [illegible] !

« Et si vous me voyez un jour en colère, [illegible] en paix, écartez-moi : je ne voudrais pas alors être une cause de trouble sur vos cœurs et sur votre [illegible] ! »

— Ibn Sa'd, *Tabaqât el Kabîr*, III

1.

LA LIBERTÉ ET LE DÉFI

La reine yéménite

Il y avait une fois une reine à Sana'a; une jeune reine. Son époux, Schehr, avait succédé à son père Badsan. Le prophète Mohammed, de son vivant, légitima l'autorité de Badsan, puis de Schehr, cela d'Aden jusqu'au Hadramaout.

Schehr tient personnellement Sana'a, la capitale, plus « deux ou trois villes », relate Tabari. En son nom, neuf gouverneurs contrôlent neuf autres villes, peuplées à la fois de Himyarites et de Persans venus d'Iran; tous se sont convertis récemment à l'Islam. La péninsule est riche.

L'histoire ne nous a pas laissé le prénom de la reine. Elle doit être fille de prince. En tout cas citadine et, puisque musulmane, elle ne fut ni esclave ni simple concubine. Épouse légitime; sinon la seule, du moins la favorite, parce que sans doute la plus belle, ou la plus jeune, ou la plus noble.

L'action relatée, dont elle est l'héroïne, se déroule à Sana'a. La 11e année de l'hégire — l'an 632 de l'ère chrétienne — commence.

Un chef de tribu se dresse alors en rebelle : un homme de la tribu d'Ans, un Arabe yéménite nommé Aswad. Il se prétend prophète : il se révolte à la fois contre l'Islam et contre la suprématie de la famille de Schehr.

A Médine, Mohammed qui, déjà malade, vit ses dernières semaines, a connaissance de cette révolte de Bédouins. Il nomme Schehr chef de « guerre sainte » et lui ordonne de marcher contre le faux prophète. Aswad a déjà rassemblé autour de lui sept cents cavaliers, en plus de ses fantassins. Schehr opte pour l'attaque rapide. Trop sûr de lui, il livre bataille contre Aswad qu'il a sous-estimé. Schehr est vaincu : il périt avec nombre de ses hommes. Le rebelle entre à Sana'a. Il étend sa domination jusqu'au Taif. Les gouverneurs des autres villes se cachent ; deux d'entre eux retournent à Médine.

Avant de mourir, Mohammed apprend la victoire du faux prophète. Il prédit : « Dieu le fera périr bientôt ! » puis il le maudit. Il dut apprendre également ces détails : que Aswad, à Sana'a, vient d'épouser la veuve de Schehr. « Elle était musulmane, précise Tabari, mais elle se soumit par crainte. »

Ce sera elle l'instrument de Dieu ; par elle Aswad périra, comme l'a prévu Mohammed. Les circonstances de cette chute annoncée font lever, du passé, la vive silhouette de cette reine yéménite.

Pourquoi Aswad l'épouse ? Seulement parce qu'elle fait partie du butin et qu'elle a dû lui paraître — lui, le Bédouin couvert encore de sa poussière ; elle, la plus jeune ou la plus belle des épouses, dans son éclat juvénile et royal — une proie fascinante ? Mais il pouvait la « prendre », sans l'épouser. Peut-être ne manifesta-t-elle pas un excès de résistance : par calcul, par curiosité, ou, comme le suppose Tabari si hâtif à l'excuser, « par crainte ». Crainte qui la quittera vite.

La Yéménite est-elle victime soumise ou fausse proie consentante ? Aswad le « Noir », victorieux et de surcroît se voulant prophète, est apparu devant elle. Son surnom autant que sa victoire l'embellissent face à la veuve aux yeux vite taris de larmes. Elle se retrouve une deuxième fois souveraine. Comment savoir si, pour ces secondes noces, elle fit plus que se soumettre ; les aurait-elle provoquées ?

La fiction serait d'imaginer cette femme rouée, puisque les armes de la féminité demeurent, en ces circonstances, les seules inentamées. Si Mohammed avait également maudit la reine, la Tradition aurait scrupuleusement rapporté la condamnation, n'en doutons pas. Victime ou séductrice : l'interrogation, sur ce point, se situe hors parole prophétique.

A Médine, Mohammed entre en agonie.

Sana'a, derrière les murs du palais. Architecture hautaine, d'une sombre élégance.

Un complot s'élabore; l'initiateur en est le cousin du roi vaincu, Firouz. De concert avec les gouverneurs qui se sont cachés, Firouz demande l'aide de la reine pour tuer Aswad. Elle accepte aussitôt car, dit-elle, après avoir pris Aswad pour un vrai prophète « comme Mohammed », précise-t-elle, elle l'a observé quotidiennement. « C'est un païen », conclut-elle. Il n'accomplit pas la prière ni n'observe les obligations islamiques; il ne s'abstient même pas de ce qui est défendu — il est dit, plus avant dans le récit, qu'il s'enivre chaque soir!

La reine ajoute :

— J'ai la plus grande haine pour lui!

Face à Firouz qui cherche quelle ruse combiner pour tuer l'usurpateur, l'épouse, promptement, échafaude un stratagème.

Où et comment se déroula ce dialogue de comploteurs? La reine gardait donc ses libertés, du moins avec les parents de sa tribu... Firouz, qui espérait trouver une alliée dans celle qui fut d'abord femme du roi légitime, rencontra plus : une créatrice du scénario meurtrier.

Ce n'est point cette faculté inventive qui est remarquable, ni la confiance en soi et le dynamisme qu'elle suppose. Plutôt le retournement dans la justification préalable : « Je l'avais pris pour un prophète comme Mohammed... Je l'ai observé chaque jour... Je ressens de la haine pour lui! » Trois étapes d'un cheminement intérieur avec les aveux implicites qu'il sous-tend.

Comme si la Yéménite avait épousé le « Noir »

avec joie d'abord : une ambition, une admiration qu'elle ne renie pas. Se croire un moment femme d'un prophète « comme Mohammed » : aura du mâle vainqueur et souverain, mais surtout, de par la bénédiction divine qu'il fait partager, amant thaumaturge ! Elle se justifie par là même. Toutes les femmes arabes la comprendraient presque : le « plus que l'homme » comme amant licite. Bénédiction, pouvoir et sensualité : elle peut avouer le mirage qui fut le sien.

Au terme de cette illusion, sa haine. Elle s'est trompée. L'homme n'est même pas simple croyant ; il vit en païen. Ce n'est qu'un imposteur.

L'admiratrice se mue en vengeresse. Elle animera le complot, lui donnera forme, le fera aboutir : qu'on lui fasse confiance, elle a à venger son attente déçue du miracle — orgueil blessé et ambition déçue tout à la fois. Un compte à deux qu'elle réglera à sa manière.

Bien loin d'être réduite au rôle de simple intrigante, la voici l'âme de la machination.

Elle imagine l'action et s'apprête à la faire se dérouler minutieusement en mécanique bien agencée. Courage et décision : elle semble habitée d'une furia froide qu'elle dominera de bout en bout.

En cours de péripéties, plus que sa sûreté sans faille, c'est le pouvoir que la reine a pris si rapidement sur Aswad, dérisoire prophète, qui est confirmé.

— Je ferai, avait-elle annoncé, que Aswad couche cette nuit dans tel appartement du palais, dont le mur de derrière donne sur la rue. Lorsque le premier tiers de la nuit sera passé et que Aswad sera endormi, percez ce mur ! Je me tiendrai à son lit, je renverrai tout le monde et je resterai seule. Je n'éteindrai pas la lumière. Vous entrerez alors, vous le tuerez et ferez tout ce que vous comptez faire.

Elle a déjà suffisamment d'influence pour persuader l'imposteur de dormir dans cette chambre précise. Le palais semble certes tellement gardé qu'on n'imagine nulle attaque.

Est-ce dans l'amour, les caresses et l'émoi du plaisir partagé — partagé pour la dernière fois — que la femme se fait tentatrice? « Je ne partagerai ta couche que dans cette chambre-ci! » a-t-elle dû murmurer, laissant croire à un caprice.

Mais, plus d'une fois, dans la relation du complot, l'accent est mis sur l'intempérance de Aswad. Il « tombe » ivre dans le somme. La chronique préfère insister sur l'ivresse de l'homme, sur son péché d'avoir été maudit par le Prophète en personne. Comme si les voies qu'emprunte la comploteuse si assurée n'étaient que provisoires.

Comme si une telle Musulmane, sur laquelle Mohammed a fait silence mais qu'il a pris garde de ne pas condamner, comme si une telle amoureuse devenait dangereuse pour tous! Toute étreinte conjugale ne cacherait-elle pas définitivement un plan féminin?

Évoquer plutôt l'ivresse, le sommeil trop lourd du païen à tuer. Le païen et sa meurtrière, la Musulmane vengeresse et l'époux qu'elle a, à sa manière, anesthésié.

Le plan se déroule sans défaillance. Entre le jour de sa conception et la nuit décisive, les conjurés se sont préparés. Ils ont obtenu l'appui secret du général en chef du rebelle, Quais. Pendant ce temps, Aswad, entre la duplicité de sa conjointe, d'une part, et le double jeu de son adjoint, le responsable de son armée, d'autre part, Aswad semble laisser sa victoire trop rapide se dissoudre sous ses yeux aveuglés.

En outre, parmi les messagers, venus de Médine réitérer l'ordre du prophète Mohammed « Tuez Aswad! », se trouve Amir, le fils de l'ex-roi tué. Amir n'est certainement pas le fils de la reine. Il a rassemblé au loin une armée prête à intervenir. Aswad, mis au courant de cette menace, a, peu auparavant, voulu envoyer son général Quais. Celui-ci fait semblant de partir.

La reine yéménite partage cette nuit ultime avec Aswad. Autour de cette chambre d'amour, tant de gardiens veillent au-devant; les conjurés attendent eux derrière le mur. Toute une effervescence militaire couve plus loin : Quais à peine sorti de Sana'a et prêt à y revenir, Amir qui s'avance sans trouver de résistance... Durant le premier tiers de la nuit, généraux et comploteurs restent dans l'expectative. Les fils du sort se dénouent entre les doigts de la jeune reine.

Aswad, épuisé de jouissance et de vin, sombre. Trois complices, parmi lesquels Firouz, pratiquent dans le mur une brèche. La Yéménite, une lampe à la main et veillant le dormeur, épie; entend le bruit du percement. Mur épais; mur du palais si bien gardé. Une heure au moins d'ouvrage.

Parmi les trois conjurés, c'est Firouz, le parent de la reine, qui pénètre le premier. « Sans son sabre », précise le chroniqueur. Voulant d'abord savoir « où se trouvait la tête » et comment s'y prendre pour tuer... Singulier contretemps : Firouz, au dernier moment, ne serait-il plus sûr de l'appui de la reine ? Mais, autre motivation aussi vraisemblable, entrer désarmé par cette brèche béante, n'est-ce pas se présenter en amoureux, pourquoi pas en « cousin amant » ? Or Tabari continue sa relation imperturbablement :

« Quand il fut entré, il demanda à la femme de quel côté se trouvait la tête de Aswad. Elle le lui dit ! »

La reine reste complice fidèle. La chambre est si vaste, si profonde que Firouz, se glissant dans l'ouverture sans son arme, pourra, une fois rassuré, s'en retourner et revenir avec son sabre et ses deux complices.

Dans ce préambule du tête-à-tête nocturne de Firouz et de la reine, y eut-il comme des troisièmes noces, union de la Yéménite avec le futur troisième triomphateur pour sceller davantage l'avenir ? Mystérieuse souveraine qui se donnerait à chaque vainqueur approchant, qu'elle domine après coup pour s'en lasser finalement...

Toujours est-il que Firouz, dans la chambre, ne

peut s'en retourner aisément. Car, second aléa de cette nuit tumultueuse, Aswad se réveille.

« Aswad, réveillé par leur conversation, se redresse sur son lit et voit Firouz », écrit Tabari.

Étranges propos du cousin et de la reine : ou trop bruyants, ou trop longs — en tout cas, pas de simples murmures, pas un bref dialogue de comploteurs dans l'ombre. Tabari explique : « Firouz a demandé de quel côté se trouvait la tête du roi ; elle le lui dit. »

Assis sur son lit, les yeux ouverts, Aswad voit l'homme sans armes. Il suffirait d'appeler la garde, avant même de chercher à comprendre, avant même de se retourner vers l'épouse et de l'accuser d'adultère. Mais Aswad, mal réveillé à la fois du somme et de l'ivresse, a une hésitation de somnambule.

Firouz se jette sur lui. Plus vif. Sans armes, il doit improviser. Les phases de la tuerie sont détaillées :

« Il lui appliqua ses deux genoux contre les épaules, lui tira la tête en arrière et lui rompit le cou. Aswad expira. »

Est-ce fini ? Non. D'autres détails de fureur et de convulsions sont donnés. Comme si la « bête » n'en finissait pas de mourir. Aswad pourtant a expiré.

Firouz est sorti prévenir les autres. Qui n'avancent pas. Qui n'osent pas. Qui réclament la tête coupée comme preuve. Ont-ils peur de Aswad, de la femme, d'un double jeu possible du cousin ? Firouz retourne, sabre à la main, cette fois.

Et c'est la redite de la mort ; son bégaiement :

« Au moment où il tranchait la tête de Aswad, celui-ci rugit comme un bœuf à qui on coupe la gorge. »

Troisième alerte de ces péripéties haletantes : les gardiens entendent ce cri de bœuf égorgé ; ils frappent à la porte. Leur maîtresse répond, la voix claire, le ton calme.

— Le prophète de Dieu gémit sous l'impression d'une révélation qu'il reçoit du ciel !

A-t-elle pudiquement entrouvert la porte pour

donner cette explication : « Votre prophète... son cri de la révélation ! »

Ils n'entrent pas. Elle est en déshabillé. Elle leur parle, peut-être avec l'émotion de la prosélyte devant le mystère de la divination.

Ou, seconde possibilité, elle n'ouvre pas. Elle explique, la voix très haute, bien fortement pour qu'ils comprennent et qu'ils s'en retournent : « Votre maître est avec Dieu ! » Les gardiens se disent que Aswad, en rugissant, a bien autre chose à faire que de leur répondre à eux, simples mortels !

Ainsi elle a habillé le cri ; elle l'a déguisé. Elle a paré à l'imprévisible : puisque Aswad, ayant déjà expiré, a, quelques secondes plus tard, « crié comme un bœuf » ! C'est la tête tranchée, c'est le corps mutilé qui vocifèrent : la force du paganisme semble s'en aller par là... Et ce danger, la musulmane repentie l'a détourné une nouvelle fois.

Tête coupée par Firouz, cri de bête inattendu que la Yéménite explique. Cri de la prophétie, a-t-elle justifié, comme si, pour elle, la révélation était exhalaison de l'instinct furieux. Bœuf égorgé, ou prophète criant sa vérité — son sang de vérité —, ce serait pareil.

Et si cette turbulence sonore, la femme y avait cru vraiment au début ? Si la séduction dont elle avait paré Aswad venait de ces râles, de cette sauvagerie en sursauts et en bruits ? Elle aurait pu, pour les gardes accourant, hasarder une autre explication tout aussi vraisemblable : cri de la concupiscence et de la volupté en son acmé, aurait-elle pu prétendre. Encore que, dans cette éventualité, Aswad se serait levé ; il aurait dû lui-même calmer les soldats alarmés. Non, ce cri ne peut être de rut. C'est bien un cri divin et c'est elle qui l'explique : l'homme est en train de trembler sous le manteau, tout comme Mohammed.

Cette hâte, ce savoir si rapide à déjouer le danger, ne viennent-ils pas, chez la reine trempant dans le crime et le sang, de bien plus loin ? En cet instant crucial, affleure le souvenir de son illusion première : quand, au creux du lit et dans les étreintes, elle « connaissait » non pas l'homme secoué du désir banal, mais un mâle transfiguré. Poussée de l'instinct qu'elle s'était mise à orner de franges métaphysiques. Cri de la prophétie ou cri de la mort, juste avant la froidure définitive.

« Je ressens de la haine pour lui ! » a-t-elle auparavant proclamé. Peut-être que, de cette fabulation qu'elle échafaudait devant l'amant païen, elle retire une propension plus grande à imaginer, et par là à trouver le salut... Elle invente, au cœur de cette nuit de son destin, mais elle invente avec promptitude, en nourrissant ses mensonges de l'expérience des nuits d'amour précédentes.

Ce courage et cette rancune habitant le personnage, cette complexité qui secoue cette femme dans cette chambre éclairée comme dans un La Tour, bref cette richesse de pénombre a une limite : ce n'est pas la femme qui a coupé la tête de Aswad. Elle ne sera pas une Judith arabe, ramenant la tête d'un nouvel Holopherne.

Comparée à l'héroïne biblique de premier plan, ce personnage — un « second rôle » en ces premiers temps de l'Islam — n'a ni les mêmes motivations ni le même environnement. La Yéménite n'a pas à venger tout un peuple ; elle n'a qu'à se sauver, elle, et peut-être même pas, seulement se réconcilier avec elle-même, petite aventurière perdue dans la fresque guerrière. Elle n'a pas l'intransigeance, la passion formidable d'une Judith, héroïne nationale.

La reine yéménite possède sans doute un corps frêle, des bras fragiles, des mains non de guerrière, mais de poupée. Peut-être... Même si nous rêvons à d'autres formes physiques, pour la modeler là, devant nous, elle ne va pas elle-même résolument jusqu'au sang pour les autres.

L'épisode du palais de Sana'a illustre la ruse des femmes d'alors et leur décision. Ou bien les femmes bédouines se mêlent aux hommes dans les combats, les suivent, tuent sauvagement elles aussi, avec une allégresse élargissant le masque de la mort ; ou, à l'opposé, par la ruse du faux amour et dans le lit, elles se défendent, femelles douces, insinuantes — lit de l'amante, mais aussi lit de l'accouchement et de la délivrance, maintenu tenacement présent par les mères, plus tard, comme lieu symbolique de la dépendance définitive et inversée...

Non, il n'y a pas de Judith arabe ! Ce serait supposer chez cette Yéménite une pureté définitive, une pulsion de fatalité, un éclat de tragédie. A l'instant où se joue la survie d'un peuple, Judith, tranchant elle-même la tête d'Holopherne, ouvre l'avenir.

Ce n'est pas encore le moment, dans l'imaginaire arabe, pour faire lever de tels êtres, ou pour en inventer ! Pas encore, du moins, en ces récits des temps anciens. En cette origine.

Le lendemain matin, à la mosquée, Firouz se présente, ainsi que nombre de gouverneurs jusque-là cachés. Quais, avec ses hommes, garde l'issue du lieu. Les fidèles croient attendre que Aswad vienne présider la prière. On leur jette soudain sa tête coupée. On déclame la *fatiha* au nom de Dieu le Clément et de Mohammed, l'Envoyé de Dieu... La troupe va pour bouger : mais elle doit se résigner à la mort du chef, accepter le retour à l'Islam. Tout est déjà joué.

Or, dans ces soubresauts, tandis que les protagonistes surgissent si nombreux, plus un mot, dans la chronique, n'est ajouté sur la reine. Il n'y a plus de femme soudain !

A la mosquée de Sana'a comme ailleurs, dans les villes où les agents de Firouz reprennent le contrôle, le pouvoir orthodoxe retrouve ses bases. La femme inventive, qui a rendu possible le retournement, est engloutie par l'ombre. Reine de Sana'a, sa lampe encore à la main, elle s'efface dans la nuit.

On ne sait pas exactement si cette nuit du cri, de la tête coupée, de la brèche dans le mur, et si l'aube suivante qui fut celle de la victoire musulmane à Sana'a précédaient de peu la mort de Mohammed à Médine, ou la suivirent de quelques jours. Les sources sur ce point ne concordent pas... L'ambiguïté enrobe surtout le personnage de la Yéménite à la lampe. Elle disparaît dans l'oubli : sans honneurs, sans d'autres commentaires. Nul sillage ne la prolonge. Sa chandelle s'est éteinte : le silence se referme sur elle.

Celle qui attend Gabriel

Autre épouse de rebelle; mais qui porte un nom : Nawar, c'est-à-dire « fleur ».

Autour d'elle, contrairement à la Yéménite, aucun complot ne se trame, aucun drame ne s'étale sur des mois, avec maints rebondissements. Le récit dont elle est l'héroïne ne se déroule pas en soubresauts. Nawar apparaît sur une seule scène : celle d'un champ de bataille. L'histoire se joue en un seul acte : le temps décisif de la victoire ou de la défaite, pour l'Islam ou au contraire pour un chef arabe révolté et apostat.

L'homme, un Bédouin du désert, de la tribu des Beni Asad, se nomme Tolaiha. Il commence sa rébellion en même temps que Aswad au Yémen, du vivant même du Prophète. A la mort de Mohammed, Tolaiha entraîne de nombreuses tribus voisines, trop heureuses de se soustraire à l'impôt en chameaux et en brebis et de recouvrer leur totale liberté. A Médine, ville un moment réduite à presque rien, car l'armée musulmane est partie en campagne en Syrie, le calife Abou Bekr fait preuve d'intransigeance.

Dirigeant en personne une armée, il fait disperser un grand nombre de révoltés. Ceux qui fuient cherchent refuge chez Tolaiha. Le calife donne l'étendard de la guerre à Khalid, fils de Walid, qui va acquérir la plus haute célébrité militaire de cette époque. Khalid est chargé d'abattre Tolaiha. Onze chefs d'armée vont partir pacifier la péninsule arabe : exception faite des habitants de La Mecque restés fidèles, l'Arabie entière est prête à admettre que, le prophète Mohammed mort, l'Islam est mort.

La bataille décisive se prépare entre Khalid, vers lequel les autres chefs attendent d'accourir au moindre appel, et Tolaiha, qui a rassemblé, outre sa populeuse tribu, d'autres tribus puissantes : les Beni Tay, les Beni Fezara, etc.

Pendant trois jours, les deux armées, face à face, s'observent. Khalid laisse la diplomatie intervenir et il a raison : les Beni Tay, après des hésitations, rejoignent peu à peu le camp islamique.

Le combat s'engage à l'aube, au pied d'une montagne. Tolaiha met en avant son adjoint 'Oyaina avec sept cents cavaliers et les tribus alliées, les Beni Fezara et les Ghatafan. Installé en arrière, à l'entrée de sa tente, il observe la bataille.

— J'attendrai, dit-il. Gabriel viendra avec les anges, comme il est venu pour Mohammed !

Il s'enveloppe de temps à autre la tête d'un manteau, puisqu'il se veut, lui aussi, prophète visité.

Une précision est ajoutée : Tolaiha garde près de lui « une de ses femmes, nommée Nawar ». Femme de rebelle donc ; en même temps femme de faux prophète ; et ce dernier de nouveau se compare à Mohammed !

Pittoresque de cette attente de l'Archange, comme si l'intervention divine allait immanquablement trancher entre les deux camps. C'est la première bataille importante, depuis que Mohammed est mort. Fatima aussi vient de mourir. Puisque ce ne sont pas les héritiers naturels qui commandent à Médine, puisque c'est sur le mérite personnel que les Musulmans s'accordent pour choisir un continuateur temporel, en cette 11e année de l'hégire, de multiples inspirés s'imaginent être de nouveaux Mohammed !

Tandis que Khalid et 'Oyaina, adjoint de Tolaiha, combattent depuis l'aube, le faux prophète maquille sa prudente expectative par l'espoir de voir surgir

Gabriel. Il a installé son épouse Nawar près de lui. En outre, sont prêts — en cas de défaite — un cheval sellé et bridé ainsi qu'un chameau de course pour la femme.

Le combat est dur. A plusieurs reprises, 'Oyaina, commençant à se fatiguer et espérant la présence effective du chef à ses côtés, vient jusqu'à la tente et s'impatiente.

— Gabriel est-il arrivé ?

— Pas encore ! répond Tolaiha.

Après deux ou trois interpellations de ce genre, tandis que le nombre des morts et des blessés, sous l'assaut de Khalid, augmente, 'Oyaina abandonne soudain :

— Allons-nous-en ! Nous ne verrons ni l'archange Gabriel ni l'archange Michel ! Cet homme n'est pas prophète !

Quittant le champ de bataille avec ses hommes et passant devant la tente, il ajoute, Nawar présente :

— Ce que nous avons pu faire, nous l'avons fait ! A présent, dis à Gabriel de venir, c'est son tour !

En pleine bataille, Tolaiha fait asseoir Nawar sur le chameau, monte sur son cheval, et prend la fuite. Il se réfugie en Syrie avec sa femme ; il y choisit une ville où personne ne les connaît.

Nawar n'est donc que silhouette : présence de fleur à peine visible, tandis que le rebelle entretient sa fabulation. Nawar, compagne de fuite jusqu'en Syrie où, dans une ville — horizon soudain fermé —, l'anonymat recouvre le couple.

Il est loisible de rêver à cette mise en scène déployée à l'air libre par le rebelle, en arrière de l'effervescence guerrière ; comédie caricaturée avec, comme dans les pièces naïves, un dialogue aux variations ironiques échangé entre le chef et ceux qui combattent à sa place. Au-dessus de tout cela — esquisse d'un crayon s'essayant à l'épure —, la présence de la femme-fleur.

Nawar inconnue. Aucun attribut ne la rend plus proche. « Une de ses femmes », est-il seulement noté.

Assise à ses côtés à l'entrée de la tente. Ayant droit à un chameau de course qui attend, pour que l'imposteur ne soit pas seul dans la fuite.

Elle assiste aux vagues irrégulières, incertaines, de l'affrontement. Elle voit les morts, les blessés, les assauts multiples. Surtout, elle entend le halètement de la question du guerrier qui ne doute pas encore :

— Gabriel est-il venu ?

Elle est présente. Pourquoi, sinon parce qu'elle espère, elle aussi l'Archange ! Parce qu'elle doit croire, elle aussi, comme la Yéménite de Sana'a, à la mission prophétique de son homme.

Il n'y a pas eu de nuit ultime pour elle. La nuit qui a précédé cette bataille, Tolaiha a donné des preuves de bravoure : dans une obscurité d'encre, accompagné de 'Oyaina et partant en reconnaissance, il a combattu contre deux des plus célèbres 'Ançars. Il les a tués. Il reste un guerrier redoutable.

Mais il s'est mis en tête d'être un chef libre ; surtout un chef béni. Il a échafaudé la scène : l'archange Gabriel le soutenant, comme, se dit-il avec envie, il venait soutenir Mohammed dans ses combats... Tolaiha espère, en mettant en avant sa femme (Nawar si belle, décuplant, par sa seule présence, le courage des hommes), que l'Archange viendra vraiment. Il ne croit pas, ou mal, à sa mission divine ; sentant probablement que, cette fois, deux armées aussi égales se départageront d'un cheveu, il a besoin, pour s'illusionner lui-même sur la venue de Gabriel, d'afficher, en statue immobile, sa femme au nom de fleur.

Oui, Nawar doit attendre vraiment l'Archange. L'annonciation dont elle ne doute pas — par amour, par admiration, ou par simple naïveté enfantine — est réservée, se dit-elle, au chef qui a été vainqueur dans la nuit, qui sera visité sous ses yeux et sous le manteau !

Elle songe, aussi, que Gabriel viendra pour elle, sinon pour la victoire ! Décidément oui, c'est Nawar dont on ne sait rien, qui croit à l'apparition de l'archange Gabriel, et même, à sa suite, comme ironise 'Oyaina désemparé, à celle de l'archange Michel... Qu'importent la poussière de la bataille, l'odeur des morts au soleil : de cela, elle a l'habitude. Elle est bédouine; elle a le cœur haut. Elle n'a pas peur. Elle désire voir l'Archange ! Son époux l'entendra; elle, elle le verra.

Nawar, femme-fleur, est une enfant assoiffée de légende.

Khalid vainqueur, tous les Bédouins révoltés retournent à l'Islam; l'adjoint 'Oyaina, envoyé à Médine, fait profession de foi auprès d'Abou Bekr qui lui pardonne.

Tolaiha revient un an après de Syrie et fait savoir qu'il est redevenu musulman. Il accomplit, l'année suivante, le pèlerinage à La Mecque où il décide de résider jusqu'à la mort d'Abou Bekr. Il n'osait apparaître devant le calife, à cause de Okaicha et de Thabit, « les meilleurs parmi les 'Ançars », ceux qu'il avait tués, la nuit précédant la bataille.

La Tradition rapporte que Tolaiha demeura croyant fidèle, sa vie durant. Or, depuis que Nawar a fui sur son chameau de course et s'est perdue en Syrie avec Tolaiha, un silence compact recouvre la jeune femme.

Fleur fanée, fleur refermée. Un rêve, comme fut rêvée la venue de l'Archange; un rêve dissipé qui ne hante plus Tolaiha rentré dans le rang.

Et si Nawar, « la fleur », attendait toujours Gabriel, là-bas, bédouine cernée dans une ville de Syrie ?

Selma, la rebelle

Le Prophète rendait visite un soir à Aïcha, sa plus jeune femme, celle qu'il est convenu de supposer sa préférée. Aïcha (quel âge a-t-elle, quatorze, quinze ans tout au plus) est entourée de suivantes : servantes, esclaves affranchies ou simples compagnes de jeu.

Mohammed, en pénétrant dans la cour où se tient le groupe de jeunes femmes, murmure soudain devant Aïcha qui n'oubliera pas cette prédiction, sans toutefois la comprendre alors :

— Parmi ces femmes, il y en a une contre laquelle aboieront les chiens de 'Hauab !

Mohammed hésite, puis ajoute :

— Elle se révoltera contre Dieu et son Prophète !

Puis il entre dans la chambre de sa femme.

Dans le groupe désigné, se trouve une fillette, ou une adolescente à peine moins âgée que Aïcha. Elle s'appelle Selma. Elle est là comme prisonnière de guerre, car son père, Malik, chef des Beni Ghatafan, avait animé la révolte des siens contre l'Islam. Il a été vaincu. Aïcha a converti Selma ; elle l'a affranchie et l'a gardée comme compagne. Amitié d'une si jeune épouse se rappelant l'insouciance enfantine. Selma, fille de chef, a connu la liberté bédouine : ses souvenirs doivent alimenter les nostalgies de Aïcha tellement choyée par son père, puis par son époux.

Sur ce, Malik, le chef des Beni Ghatafan, meurt. Il laisse des biens considérables à son fils Hakama, à sa fille. Selma a une mère également fort riche. Son prestige parmi les siens est grand. Elle obtient de rentrer chez elle. Elle va retrouver son statut princier. Elle promet d'amener les siens à l'Islam. Il est probable que, ce retour, Selma le doit à la confiance de Aïcha. Aïcha dut prier son époux et obtenir cette faveur pour Selma.

Selma, revenue chez les siens, retrouve Hakama, son frère. Celui-ci est lié à 'Oyaina, l'adjoint du faux prophète Tolaiha, lui qui avait désespéré de l'arrivée de Gabriel...

Peu avant la mort de Mohammed, cet 'Oyaina avait tenté une attaque sur le territoire de Médine : jusqu'à enlever les chameaux du Prophète. Salama, un des compagnons de Mohammed, se lança le premier contre les ravisseurs et reprit les chameaux; d'autres hommes de Médine poursuivirent les attaquants. Dans le combat qui s'ensuivit, le fils de 'Oyaina le rebelle ainsi que le frère de Selma, Hakama, sont tués.

Ces péripéties sont rapportées à Selma, mise de ce fait à la tête de sa tribu. De par son séjour auprès d'une des épouses de Mohammed, elle a dû approcher certains des Compagnons. Peut-être a-t-elle connu le meurtrier de son frère, un des Compagnons les plus en vue, Abou Quatada. Est-ce ce qui lui rend cette mort du frère si insupportable, est-ce ce qui la pousse à apostasier? Elle renie son amie d'hier, Aïcha!

Selma n'a qu'un seul frère. Celui-ci mort, la voici devenue chef de tribu. Reine de clan. De celui des Beni Ghatafan, tribu depuis le début liée aux ennemis de Mohammed. Comment, dans ce cas, rester musulmane, même si cette nouvelle foi lui fait la mémoire bruissante de ses rires avec Aïcha et son cercle? L'Islam lui redevient souvenir de captivité, même s'il lui a assuré tant d'amitié et de douceur féminines...

En fait, Selma, qui va régner sur cette tribu turbulente et orgueilleuse, ne choisit plus. N'hésite pas. Le frère mort dans les poursuites du désert, elle a à prendre sa place. A combattre, elle.

Si Hakama était revenu défait certes, mais vivant, de sa razzia sur les Médinois, Selma, peut-être encore sincèrement musulmane, aurait tâché de convertir le frère. De lui faire accepter sa défaite comme une volonté de Dieu. De lui parler de toutes les indulgences, des bontés que manifesta Mohammed, quand il s'agissait d'attirer des Arabes encore païens ou chrétiens.

Selma serait restée la conseillère : influente ou non. Sœur en retrait : le frère caracolerait au soleil, ses exploits, comme ceux de ses compagnons, perpétuant la gloire tribale. Selma aurait pu trouver, par intelligence ou persuasion, comment permettre à ces hommes de rester libres tout en servant le Dieu de Mohammed !

C'est trop tard. Abou Quatada a tué Hakama. On le lui annonce. Elle ne dira pas avec soumission : « Nous appartenons à Dieu et nous retournons à Lui ! » Elle revient à son paganisme premier, sans doute est-ce pour se dire : « Je deviens à mon tour Hakama ! »

Comme si toutes les femmes arabes alors, saisies d'une ferveur sororale, ne pouvaient que s'identifier au frère. Chaque Bédouine se dresse libre, ressuscitant le héros mort au combat !

La mutation a dû s'opérer chez Selma en un jour : à l'annonce même de la mort de Hakama, par conséquent avant la mort de Mohammed. Elle a pu, au contraire, s'étirer sur des mois ; ou alors, Selma, installée à la tête de sa tribu, a voulu taire sa précédente adhésion à l'Islam, pour ne pas avoir à la renier publiquement. Habituer ses hommes — plusieurs milliers — à son commandement, à son énergie.

L'agonie de Mohammed est longue. A sa mort, les nouvelles circulent dans la péninsule. Certes, au Yémen, Aswad a été tué ; mais les autres tribus demeurent en ébullition. Une partie des Beni Ghatafan a participé à la bataille qu'a livrée Tolaiha ; les soldats revenus ont dû raconter la fuite de celui-ci avec Nawar, sa femme-fleur. Selma écoute. Elle, elle n'a que faire d'attendre l'aide de l'archange Gabriel. Le souvenir de son frère mort l'enveloppe ; elle se sent de l'énergie pour deux. Elle sera un chef !

Considérant à la fois la nouvelle fragilité du premier noyau islamique, mais aussi l'indomptable énergie des tribus qui, les unes après les autres, accourent vers elle, Selma rêve.

Selma, chef d'armes. Selma, à la tête d'une dissidence générale ; des vagues rebelles débordent jusqu'au territoire paternel... Le frère a échoué dans une simple razzia. Elle, en le vengeant, va unifier de multiples tribus. Ses désirs de victoire ont pris de l'ampleur et la portent bien loin ! Khalid ibn el Walid, le déjà célèbre général musulman aurait dit, apprenant la levée de la révolte autour de Selma :

— Que peut une femme ?

Il est allé combattre ailleurs, croyant aller vers l'orage mais le laissant gonfler derrière lui !

Cette phrase est rapportée à Selma qui, sortie de l'expectative, bascule définitivement : elle s'apprête à combattre à la tête d'une ligue de révoltés. Elle va vaincre. Elle va, elle, une femme, freiner la montée de ce *Dar el-Islam* privé de son fondateur... Elle se voit réapparaître devant Aïcha la jeune veuve, non en prisonnière à affranchir, ni en amie à protéger ; non, Selma va entrer triomphante à Médine et les dames qu'elle y a connues se prosterneront à ses pieds pour obtenir leur salut ! Il ne s'agit plus d'Islam ni de luttes religieuses, simplement de réparer la tare de sa captivité passée.

Le souvenir du frère s'éloigne. Hakama oublié, c'est Khalid ibn el Walid, le « glaive de l'Islam » comme l'a appelé le Prophète lui-même, qui s'avance et s'approche.

Contre lui, Selma livrera bataille. Elle n'est plus vengeresse ; certes elle a renié l'Islam pour pouvoir commander seule et libre, sur sa terre ancestrale... Mais elle est celle qui va vaincre Khalid. « Une femme ! Que peut une femme ? » a-t-il dit. Elle ressasse la phrase au ton de dérision.

Cela soudain la fascine et l'emporte. Un orgueil acéré d'avoir saisi, de l'intérieur même de la maison ennemie, ce que représentait la réputation de ce général. Elle veut le défier. Combattre face à lui, en égale.

Pour la première fois, une guerrière se lève en chef d'armes contre l'Islam : Selma annonce, en cette 11e année de l'hégire, d'autres femmes indomptables et rebelles, ainsi que la plus irréductible d'entre elles, Kahina, la reine berbère...

Or, à la veille de la bataille, un détail est rapporté par la chronique, sans doute pour conjurer le lien dangereusement troublant de la féminité avec la rébellion armée ! Tandis que Selma commence à se déplacer pour aller au-devant de Khalid (elle tient à garder l'offensive), tandis qu'elle augmente le nombre de ses partisans en distribuant des soldes avec prodigalité, elle établit son camp près d'un puits nommé 'Hauab. C'est le nom avancé dans l'obscur pressentiment par Mohammed entrant, un soir, chez Aïcha.

« Les chiens de 'Hauab » aboyèrent-ils, en cette veille de bataille ? Tabari s'est contenté de relever la coïncidence du nom propre, 'Hauab. Comme si, près d'une source, en plein désert, Selma rencontrait d'abord les chiens invisibles de la malédiction.

La bataille, très longue, incertaine longtemps, se déroulera, superbe.

Selma vient à la rencontre de Khalid et détermine l'emplacement. L'affrontement, depuis l'aube, dure toute la journée. Selma a choisi d'être au centre même des hommes, dans une litière portée par un chameau. Des centaines de soldats l'entourent, cuirassés, à cheval.

La lutte devient telle que Khalid s'écrie : « A moins de faire tomber ce chameau et de tuer cette femme, nous ne pourrons pas rompre l'armée ennemie ! »

Il annonce en même temps une récompense (cent chameaux) à qui, de son sabre, fera tomber le chameau de Selma. Personne ne peut toutefois rompre les rangs des hommes autour d'elle... C'est Khalid lui-même qui, après avoir tué « cent soldats de sa main », parvient jusqu'au chameau de Selma. Il coupe les jarrets de la bête. Et la litière qui planait au-dessus du tumulte s'incline.

La femme rebelle, abritée dans sa litière et installée au cœur même du danger, excite ses hommes de la voix... A travers les rideaux, elle regarde : au loin, en face, puis approchant difficilement, les hommes de l'Islam parmi lesquels elle ne voit que Khalid. Le fameux général, petit homme sans prestance mais à l'intelligence et à l'audace exceptionnelles. Est-ce là qu'elle se met à le haïr? Pense-t-elle au frère mort, regrettant, au-dessus des cadavres qui s'entremêlent, de ne pas tenir elle-même un sabre, pour tuer?

Elle commande au cœur du combat. Elle le rythme. Parmi les cent soldats autour d'elle que Khalid, de sa main invincible, pourfend, certains sont des cousins, des amis de jeux d'enfance, peut-être des amants. Et le sang gicle sous ses yeux, la séparant de moins en moins de Khalid qui approche, mais ne fera jamais d'elle sa captive.

C'est l'issue. Le chameau affaissé, la litière renversée, Selma tombe; elle bondit, une arme à la main...

« Selma fut précipitée de la litière. Khalid la tua de sa main. »

Ultime détail du chroniqueur dont on pourrait entendre la voix soudain durcie : Selma à terre, cela ne suffit-il pas? Les hommes autour d'elle combattent encore, déjà en désordre; la débâcle commence. Il suffirait de ligoter Selma, de la refaire prisonnière, même si cette fois la captive ne sera assurée d'aucun pardon. La conduire au moins, révoltée dans son apostasie, jusqu'à Médine, jusqu'au calife Abou Bekr, le père de son amie.

Non. Khalid l'achève. Ce n'est pas la première fois qu'il couronne sa bravoure et son génie guerrier par une cruauté intransigeante. Du vivant du Prophète, Khalid, envoyé contre la tribu des Beni Djadsima qui s'étaient révoltés mais qui, ensuite, acceptèrent de se convertir, les fit mettre à mort, occasionnant l'affliction du Prophète (« Dieu, dit celui-ci, le visage tourné vers la Ka'aba, je suis innocent de ce qu'a fait Khalid! »)...

Khalid tue Selma. Mais si, cette fois, la responsabilité en incombait à la victime? Ce pourrait être elle qui, à terre, refuse l'agenouillement. Elle, peut-être, qui bondit comme une panthère. Une arme dans la main, ou même sans arme visible, elle a pu, de ses yeux, de son rire, provoquer : « Tue-moi ! » Et Khalid, fasciné, n'a pu cette fois qu'obéir.

Selma tombant devant le général, et peut-être à sa manière, le subjuguant.

« Khalid annonça cette victoire à Abou Bekr », conclut Tabari. L'évocation se referme sur le poignet de Khalid plongeant son couteau dans la gorge féminine, jusqu'au râle dernier.

Selma signifie « sauvée ». C'est ce salut-là — chute brusque dans l'effervescence guerrière, lent affaissement du corps jusque-là dressé — que la reine des Beni Ghatafan a choisi.

Il restera, de la geste tribale culminant dans cette mort de lionne au soleil, une expression convenue, riche de sens, de sang et de couleurs : à chaque fois que les expéditions du « glaive de l'Islam » sont mentionnées — Khalid, pour l'instant, n'est qu'au début de sa carrière glorieuse —, on évoque ces jours guerriers et cette révolte de femme apostat, par la formule faussement banale, neutre dans sa concision : « la guerre de Selma ».

Est-ce que la Bédouine farouche mena la lutte vraiment contre l'Islam, ou seulement contre elle-même, contre ses souvenirs de Médine, lac d'insouciance, ruissellement d'enfance auprès de son amie Aïcha ?

VOIX

Orwa, fils de Zubeir, rapporta qu'il entendit un jour sa tante maternelle, Aïcha, se rappeler un dialogue entre l'Envoyé de Dieu et elle-même.

Mohammed — que le Salut de Dieu soit sur lui ! — avait commencé par parler doucement, un sourire aux lèvres, et Aïcha ne savait s'il voulait la taquiner ou s'il allait lui faire un reproche léger :

— Je reconnais aussitôt, murmura l'Envoyé de Dieu — cela donc rapporté par Aïcha à Orwa qui le transmit bien plus tard — oui, je reconnais aussitôt quand tu es satisfaite de moi et quand tu es irritée contre moi !

« Je m'étonnai, continua Aïcha. Je gardai silence un moment, puis j'osai demander, poussée par la curiosité :

— Et comment reconnais-tu cela ?

Mohammed souriait toujours ; moi, mon cœur battait, car je me demandais si je n'avais pas, bien malgré moi, manqué d'égards à l'Envoyé de Dieu. Il finit par expliquer :

— Quand tu es satisfaite de moi, ô Aïcha, tu dis : "J'en jure par le Seigneur de Mohammed !" Et quand tu es irritée contre moi, tu dis : "J'en jure par le Seigneur d'Abraham !"

Puis il rit, il rit ouvertement. Moi, bouleversée, j'ai répondu, des larmes dans la voix :

— C'est vrai ! Tu l'as remarqué, ô Envoyé de Dieu : je ne peux renoncer qu'à ton nom ! »

Veuve désormais, et « mère des Croyants » — et ce titre honorifique la voue certes à une stérilité définitive, mais aussi à entretenir une mémoire intarissable accessible aux Croyants —, Aïcha vient d'atteindre ses dix-neuf ans.

Dans la fraîcheur de sa chambre, tout près de la tombe de Mohammed dont ne la sépare qu'une mince et récente cloison, Aïcha se remémore : « Je ne peux renoncer qu'à ton nom ! ai-je dit... Désormais, songe-t-elle, ô Seigneur de Mohammed, accorde-moi chaque jour un peu plus de patience pour devoir ainsi renoncer à sa Présence !... Combien de temps encore ?... »

Orwa est un garçonnet de sept à huit ans à peine. Comme Abdallah, son frère aîné, il vit plus souvent chez Aïcha que chez Esma, sa mère... Orwa aujourd'hui est entré seul. Aïcha, veuve honorée, libère ses souvenirs, livre sa nostalgie à l'enfant qui écoute avidement, avec des yeux immenses.

La prophétesse

Devant les tribus arabes presque toutes islamisées, apparaît une nouvelle femme qui aspire à la primauté à la fois temporelle et religieuse. Elle s'appelle Sadjah; elle est d'origine chrétienne. Venant de Mossoul, elle fait mouvement vers l'Arabie et son centre, le Hedjaz; comme si là seulement se jouait encore le destin du monde.

Sadjah approche, entourée de quatre cents cavaliers, « guerriers de Mossoul, de Mésopotamie et Arabes ».

Khalid, parce qu'il a réduit tous les foyers de révolte (excepté celui du faux prophète Mosaïlima enfermé dans une forteresse éloignée), Khalid a voulu retourner à Médine. Mais Abou Bekr lui a ordonné de rester pour consolider la paix trop récente : le moindre prétexte peut faire éclater la dissidence à nouveau; beaucoup trop de Bédouins se sont convertis de mauvais gré, seulement devant la force des armes... Sadjah qui arrive semble avoir eu, sur la contrée, les mêmes renseignements.

Ainsi, une nouvelle fois, une femme est l'orage; à peine le ciel allait-il devenir serein que, étrangement, pour les hommes de Khalid, la menace d'une liberté incontrôlée est concrétisée par une femme!

La principale force de Sadjah, relate la chronique, résidait dans son éloquence. « Elle maniait bien la parole, et s'exprimait en beau langage arabe en prose rimée. »

La Mésopotamienne est arabe de langue et de culture. Son père, Harith, fils de Sowaid, l'a élevée dans la religion chrétienne. D'où vient que, soudainement, Sadjah s'érige en fondatrice de nouvelle religion? « Elle disait qu'elle était prophétesse et qu'elle recevait de Dieu des révélations », ajoute Tabari. Est-ce cette inspiration poétique, sa maîtrise de la langue comme d'une musique, qui fait souhaiter à cette femme davantage de pouvoir, en somme de la gloire? Et la gloire, en ces temps, ne peut avoir qu'une auréole magique!

En dehors de son origine, de son nom, de sa religion première et l'indication de Mossoul comme ville natale, nous ne savons rien d'autre sur elle : quel âge a-t-elle quand elle arrive ainsi pour conquérir. Et conquérir quoi ? Des terres en même temps que des consciences ? Sans doute n'est-elle ni vraiment jeune ni particulièrement belle ; une femme pas encore mûre, sans mari ni amant, qui veut s'enivrer d'aventures plus larges, d'horizons nouveaux...

Cavalière de belle prestance, elle est sûre de sa séduction sur les hommes par son verbe (et chez les Arabes, celui-ci est la plus précieuse des armes). Sadjah se révèle plus ambitieuse encore, sinon plus orgueilleuse que Selma, la reine des Beni Ghatafan. Plus imaginative certainement.

Elle reçoit des révélations de Dieu, prétend-elle. Ce qui ne l'empêche pas, au cours de cette expédition, de faire, sur la situation des tribus arabes, une analyse politique lucide.

Elle sait que Khalid veille au milieu d'un faux calme, tel un faucon prêt à fondre. Elle n'oublie pas que Mosaïlima — dissident bien avant la mort du Prophète et qui a osé proposer à Mohammed d'« être ensemble les Prophètes des deux moitiés de la Terre » ! — reste sur le pied de guerre dans le Yemama. La tactique de ce rebelle inspiré la retient : un mélange de mégalomanie et de ruse pragmatique. Avec un tel homme, elle pourrait composer. Lui prophète et elle aussi se voulant prophétesse, pourquoi, eux deux en couple visionnaire, ne s'allieraient-ils pas contre Khalid et contre ces Musulmans qui n'ont qu'une exigence, l'unicité irréductible de leur foi ?

Elle conclut qu'arrivant parmi ces tribus si facilement excitables, elle doit chercher à plaire, apporter un rêve autre parce que plus facile ; et dispenser surtout de l'impôt ! Sadjah propose donc sa religion.

Elle se présente en chef. Elle a le sens, c'est certain, du protocole : grandeur et style.

Elle s'adresse à la plus importante tribu du Hedjaz, les Beni Dhabba. Elle leur écrit une lettre publique, y expose sa profession de foi : un syncrétisme un peu sommaire entre Christianisme et Islamisme — Jésus est l'esprit de Dieu, non son fils (comme le croient les Chrétiens); il faut faire les cinq prières quotidiennes, comme en Islam; on peut boire du vin et manger du porc, comme les Chrétiens, etc. Pour le présent, et selon ce qu'elle improvise dans ses nuits d'inspiration, elle, prophétesse de cette foi nouvelle, recevra des prescriptions ultérieures...

Les Beni Dhabba se récusent : Khalid est trop proche. Avec les Beni Malik et les Beni Yarb, Sadjah a un peu plus de succès : Malik ibn Nowaira et son fils, sans sortir de l'Islam, veulent utiliser Sadjah pour combattre leurs ennemis héréditaires. Malik demande un délai pour une possible conversion; en attendant, Sadjah et lui combattront la petite tribu des Beni Rahab. Sadjah et ses alliés obtiennent la victoire. D'autres tribus, restées jusque-là hésitantes, viennent à elle, adhèrent à son Verbe, à ses visions.

Sur ce, elle décide de rejoindre Mosaïlima, le prophète du Yemama... Mais les troupes alliées sont soudain réticentes. Malik ibn Nowaira retourne à sa neutralité passive. Sadjah veut avancer. Pour ranimer le moral de ses hommes, elle leur fait part d'une toute dernière révélation :

— Dieu m'ordonne d'aller au Yemama! Il m'a parlé ainsi : « En avant vers le Yemama! Volez du vol des colombes! La campagne est rude; après elle, le blâme ne vous atteindra pas! »

Et tous les siens, sans plus hésiter, la suivent dans cette marche.

Par cette poussée irraisonnée, Sadjah, presque sans s'en douter, déclenche un déplacement d'équilibre dans toute la péninsule... Les troupes musulmanes, ne pouvant réduire Mosaïlima bien retranché, s'inquiètent de ces renforts qu'amène cette femme étrange. Mosaïlima lui-même ne sait que penser de Sadjah. Vient-elle en rivale? Si elle fascine tant par ses discours, ne va-t-il pas voir ses propres forces fondre et la rallier, sans doute aussi parce que l'étau musulman, ainsi prolongé, entraîne inévitablement quelque usure... Toutefois, si Sadjah était vraiment l'alliée, quel projet réel l'habite ?

Mosaïlima décide de lui envoyer, en éclaireurs, une délégation de quarante représentants — ses observateurs. Par bonheur, les troupes de Khalid, sans se douter que Mosaïlima se trouve, lui aussi, dans l'embarras, ont reculé à deux jours de marche de la forteresse. Sadjah n'arrête pas son avancée. Devine-t-elle qu'elle représente un double danger pour les deux camps ?

Sa stratégie de perturbation semble calculée ; en introduisant ainsi une incertitude, elle va en profiter et, selon son habitude, alors improviser.

L'ambiguïté réside là. Que cherche Sadjah en allant vers Mosaïlima, lui qui prétendait à « la moitié du monde » et laissait l'autre moitié à Mohammed ? Si Sadjah cherchait tout bonnement un homme qui serait son égal ? Aussi visionnaire qu'elle, habité par le même lyrisme, par la même démesure gratuite, par une ambition qui, par moments, cherche son propre contrôle ?

Jours d'expédition de Sadjah. Elle se présente possédée chaque nuit par son dieu lyrique : aussi se voit-elle contrainte de vivre seule, chaste, hautaine, au milieu de ses hommes. Est-ce cette solution qui la fait fuir en avant ? Est-ce que son rêve tout à fait inhabituel pour l'époque d'un couple pareillement visité — tous deux en proie à l'*hybris* la nuit, amis froidement volontaires le jour — l'anime dans cette expédition ?

A Mossoul, avant qu'elle ne parte, on a dû lui parler du prophète Mohammed, lui dépeindre sa beauté d'homme, ses vertus de croyant, sa douceur de mystique, son courage de chef guerrier. Elle a rêvé de lui, elle a désiré le rencontrer, certainement pas en femme prête pour son harem. Non, en égale ; ne possède-t-elle pas, elle aussi, le Verbe ? Elle crée des images, elle invente des rythmes, elle débite, sans qu'elle fasse effort, des grappes de stances obscures mais étincelantes; sa prose coule haletante ou limpide. Dans de telles transes, elle est vraiment possédée : elle a décidé d'appeler, elle aussi, « Dieu », ce feu de poésie dévoratrice qui la brûle.

Mohammed mort, elle marche vers celui qui s'est voulu son rival, son égal, Mosaïlima. Elle veut voir face à elle cet homme qui lui serait semblable. En elle, la femme en secret attend; mais sa volonté orgueilleuse la fait traverser les territoires : « En avant vers le Yemama ! Volez du vol des colombes ! »

L'oiseau du bonheur informulé, sans qu'elle le sente elle-même, se met à palpiter en son cœur.

Les quarante envoyés de Mosaïlima viennent à elle. Mosaïlima lui a écrit, prudent :

« Je veux bien t'abandonner la part prophétique que Gabriel avait laissée à Mohammed pour les Quoraïchites ! »...

Sadjah reçoit ces hommes en hôtesse flatteuse. Elle les invite à passer la nuit. Au matin, elle leur communique sa dernière révélation, qui parle d'eux en termes élogieux :

— Dieu m'a dit : « Quand même il ne s'agirait que d'un grain de sénevé, il y aurait cependant un témoin qui connaît ce qu'il y a dans les poitrines. Mais les poitrines de la plupart des hommes ne renferment que des plaies ! »

Les messagers, impressionnés, rapportent à Mosaïlima leur certitude : « Elle a le caractère prophétique comme toi ! » Mosaïlima, prudent, consent à une entrevue avec cette femme : mais hors de son repaire et à condition qu'elle s'avance seule, loin de sa propre armée.

L'entrevue de Mosaïlima et de Sadjah a lieu sous une tente de cuir installée hors de la forteresse. Sadjah arrive, un tapis déroulé sous ses pas, dix hommes à elle lui faisant cortège. Le tête-à-tête des deux prophètes commence.

Mosaïlima, précise Tabari, « était un homme

jeune et beau, et il fit impression sur le cœur de Sadjah ». Nous ne savons toujours rien sur l'apparence physique de Sadjah. Est-ce vraiment elle qui est d'abord séduite ? Elle dut montrer qu'elle était charmée, et Mosaïlima « ayant lui aussi des désirs » déclara :

— Je suis prophète, et toi aussi tu es prophétesse. Qu'est-ce qui empêche que je t'épouse ?

Le mariage fut consommé sur-le-champ. L'entrevue sous la tente se prolongera trois jours.

La chevauchée de Mossoul au Hedjaz, suivie d'une traversée hasardeuse, aboutit à ce moment-là : des noces de trois jours, seul à seule, tandis que, tout autour, deux armées attendent. Un peu plus loin, Khalid et ses guerriers s'interrogent sur les pourparlers de la coalition !

Sadjah et Mosaïlima, mariés selon leur religion neuve et différente, s'épousent pendant trois jours. Font l'amour. Lui, dont on est sûr qu'il est un homme jeune et séduisant ; elle, pleine de désirs et qui s'en repaît... Compte tenu des frustrations que l'on a pu lui prêter vraisemblablement, c'est elle, au contraire du récit de Tabari pudibond, qui dut sentir ses désirs allumés, et Mosaïlima, pourquoi pas, subjugué comme les autres hommes par sa verve poétique, a pu concevoir de l'amour.

Il est vrai que Mosaïlima, terriblement puritain, avait inventé un dogme étrangement austère pour sa religion : un homme ne devait s'unir à une femme que le plus rarement possible, et seulement pour la reproduction de l'espèce. Aussi dut-il simuler une intervention soudaine de Gabriel qui aurait ordonné :

— Allons ! Unissez-vous !

Trois jours pour des jeux amoureux, peut-être aussi pour des joutes oratoires, pour des rivalités de révélations. Sadjah, dont l'éloquence semble le charme premier, ne peut séduire autrement. D'ailleurs, elle est logique avec elle-même, son but secret se réalise : son expédition pseudo-guerrière culmine dans ces épousailles !

Mais pour Mosaïlima? Sous la tente, et ses sujets hors de son pouvoir dans la forteresse, ne se trouve-t-il pas réduit peu à peu à des dimensions d'homme ordinaire? Rétrécissement qui le fera, trois jours après, partir sans se retourner.

En fait, si ces trois jours ont été ou trop longs ou trop brefs, une constatation objective s'impose : Mosaïlima a été sous le pouvoir de Sadjah. Il a dormi : quelques heures, ou seulement une heure! Elle également, mais les dix hommes autour de la tente lui assuraient protection. Plus loin, son armée, composée à la fois de gens de Mossoul et d'Arabes alliés, attendait.

Plus que l'amour durant trois jours, c'est l'attente multipliée, immobilisée de ces hommes, qui devient l'événement. Qui se gonfle d'imprévisible, ou de violence latente...

Les sens comblés, Sadjah et Mosaïlima se quittent; sans avoir rien conclu de ce que Khalid craignait. Mosaïlima, gorgé de plaisir, a dû se sentir comme dépouillé : au moins de ses convictions! Il fuit Sadjah. Il retourne seul à sa forteresse.

Les trois jours terminés, les deux camps ne fraternisent pas, ne se mêlent même pas trois autres jours, le temps de se retourner contre l'armée de Khalid et d'avoir ainsi facilement, par suprématie du nombre, possibilité d'écraser les Musulmans.

Sadjah revient aux siens et annonce les épousailles, que suivra, pense-t-elle, l'union des deux armées. Or l'un de ses alliés arabes l'interpelle :

— T'a-t-il fait un don nuptial?

Comment une femme « aussi élevée » s'est-elle unie à un homme sans même obtenir la dot, garante de sa valeur? Sadjah doit aller jusqu'au pied de la forteresse, expliquer à Mosaïlima qu'il lui faut une dot. Mosaïlima, ne voulant plus sortir, lui répond de là-haut :

— Voici le cadeau que je te donne : j'accorde aux tiens l'exemption de deux prières (celles de l'aurore et du couchant) sur les cinq quotidiennes que tu leur as prescrites !

Certains des Beni Temim, aujourd'hui, parce que Arabes purs et descendants de ces hommes, n'accomplissent, constate Tabari à son époque, ni la prière de l'aurore ni celle du couchant, mais ils ont oublié que c'est pour célébrer ces étranges noces d'autrefois !

Dès que Sadjah se trouve contrainte de retourner sur ses pas pour demander, comme une femme ordinaire, sa dot, la prophétesse est vaincue par les siens.

Elle aurait dû imposer sa propre loi jusque sur ce dernier point ; imaginer, même par l'archange Gabriel, intercesseur simulé, qu'une femme comme elle, libre comme elle, n'avait pas de dot assez grande à réclamer ! Décider sur-le-champ que les prophétesses, les sorcières, les reines, que toutes les femmes insoumises pouvaient se donner pour rien, pour l'amour seul, pour le plaisir seul... Il semble que, devant une telle révolution, les tribus qui lui étaient alliées, l'auraient sur-le-champ abandonnée !

Mosaïlima d'ailleurs, qui ne désire plus d'autre entrevue, tente de l'éloigner : il n'a pas, dit-il, confiance dans les Beni Temim autrefois musulmans et qui peuvent trahir, pour rejoindre Khalid.

Sadjah demande la moitié de la récolte du pays, pour partir. Elle l'obtient. Elle part.

Alors, poursuit la chronique, les Beni Temim, et parmi eux, un chef 'Otarid, ne cessèrent de répéter :

— Une femme a été notre prophétesse ; nous avons couru vers elle. Mais les autres hommes ont eu des hommes pour prophètes !

Ils la quittèrent puisque, explique Tabari, ils se sentirent honteux d'avoir été amenés jusque-là pour un rendez-vous d'amour ! Les autres Arabes qui avaient suivi Sadjah se dispersent à leur tour.

Sadjah, réduite à ses premiers fidèles, retourna à Mossoul. Elle y demeura les années suivantes. Plus tard, dit-on, elle se fit musulmane.

PREMIÈRE RAWIYA

Les plus nobles dames de La Mecque vivent désormais à Médine...

La première arrivée, peu après Mohammed et Abou Bekr, fut Esma, fille d'Abou Bekr, dite « celle aux deux ceintures » — elle a en effet spontanément coupé en deux un long châle qu'elle portait pour en donner une partie à Mohammed qui s'enfuit; elle a pensé au viatique du voyage, elle qui va nourrir, les jours suivants, dans la grotte, les deux fugitifs (Mohammed et Abou Bekr).

Elle s'installe à Médine, première des Migrantes, accompagnée de son frère Abdallah, de l'épouse de son père, Oum Rouman, de sa jeune sœur Aïcha; son mari, Zubeir ibn el Awwam cousin du Prophète et l'un des premiers Compagnons, l'a accueillie précautionneusement : Esma en effet est enceinte.

Quelques mois plus tard, elle accouche d'un fils, Abdallah; la joie éclate parmi ce premier noyau de Mohadjirs, ainsi que chez les 'Ançars médinois : cette naissance fait mentir une prétendue prédiction, répandue parmi les Sceptiques d'ici, selon laquelle tous ces Migrants qui s'installent mourront sans descendance...

Sawda fait le voyage de La Mecque à Médine, peu après Esma. Elle a déjà connu une émigration quelques années plus tôt, celle jusqu'en Abyssinie. Revenue veuve à La Mecque, elle y a épousé, alors qu'elle a déjà cinquante ans, le Prophète, veuf lui-même de Khadidja depuis deux ans et persécuté alors de plus en plus par les gens de sa ville... Sawda vient le rejoindre à Médine : son voyage se fait sous la protection de Zeid ibn Harith, l'affranchi de Mohammed, devenu son fils adoptif. Sawda amène avec elle les deux plus jeunes filles de Mohammed, auxquelles elle sert de mère et ce, jusqu'à leurs noces prochaines, dans cette Yatrib rebaptisée Médine : Fatima, qui dans l'année même de cette installation, va épouser Ali ibn Abou Talib, Oum Keltoum qui, trois ans après, épousera le veuf de sa sœur Reggaya, Othmann le futur calife.

Sawda — auprès de laquelle Mohammed a vécu trois années environ d'union monogame — assistera-t-elle au mois de chawal, six ou sept mois après cette arrivée, au mariage de son époux avec la petite Aïcha ?... L'année suivante, après la bataille de Bedr, première victoire musulmane — mais terrible affrontement où l'on s'est battu entre frères, entre cousins, entre père et fils même, les uns au nom de leur foi toute neuve, les autres pour leurs croyances ancestrales —, Sawda a pleuré la mort de son père Zamaa, de ses deux oncles paternels tués dans le camp des Mecquois. Elle, femme du Prophète, elle ne pourra maîtriser sa douleur au point d'apostropher les captifs amenés dans sa maison ; elle leur fait honte de ne pas avoir, eux aussi, combattu jusqu'à la mort — combattu contre les Musulmans ! Mohammed qui entre l'entend et la répudie : la solidarité familiale serait-elle soudain plus vive en elle que sa foi ?

Son grand-père, vétéran aveugle et païen resté à La Mecque, lui adresse de longs poèmes improvisés sur sa douleur d'avoir perdu ses trois fils d'un coup... Va-t-elle dès lors le rejoindre pour qu'il ajoute d'autres vers désolés sur sa répudiation à elle ? Les femmes médinoises, réputées pour leur vie plus facile, sont prêtes à s'attendrir sur tant d'épreuves ! Mohammed finit par pardonner à Sawda : sans doute le doit-elle à l'intercession de sa jeune « rivale », Aïcha, à laquelle elle a promis de céder sa part de nuits conjugales... Elle ne veut garder, dit-elle, que l'honneur d'être une épouse du Messager. Lorsqu'Il meurt, Lui dont « les œuvres ont ralenti la marche » ces dix dernières années dans Médine, Sawda fait partie du groupe des « Mères des Croyants » : neuf femmes au veuvage définitif et une concubine, Marya.

Parmi celles-ci, Oum Salama — de son premier nom, Hind fille d'Ommeyya — doit rêver quelquefois à sa première arrivée, elle aussi, à Médine. Voyage précédé de tant de tourments ! Elle, la cousine du Prophète — puisque fille de sa tante paternelle —, cousine germaine également, mais par son père, de Khalid, le futur général, elle a aimé passionnément son premier mari Abou Salama. Celui-ci, parmi les premiers convertis à l'Islam — le dixième plus exactement —, fut du nombre des Compagnons qui rejoignirent Mohammed et Abou Bekr, les premiers jours de l'hégire. Son épouse comptait le suivre, comme le fit Esma fille de Abou Bekr, comme quelques dizaines de Mecquoises devenues voyageuses en ces premiers mois...

Or les parents de Oum Salama, en particulier son père Ommeyya, l'en empêchent : Ommeyya, l'un des chefs les plus en vue des Quoraïchites, est également parmi les plus hostiles à Mohammed.

La tradition pieuse s'est attardée sur les souffrances de Oum Salama : chaque jour, elle allait jusqu'à la colline de Safa', aux portes de La Mecque, et elle pleurait à la fois son impuissance de femme et sa séparation de l'époux tant aimé.

Après des mois, certains disent une année de lamentations élégiaques, elle finit ou par s'enfuir et suivre un groupe de convertis, ou par obtenir du clan familial l'accord pour son départ... Commence la deuxième année de l'hégire : les riches Mecquois projettent déjà l'expédition qui sera désastre; ils ont hâte d'en finir avec ce noyau de dissidents qui là-bas, au nord, se renforcent et interceptent les caravanes.

Ainsi, Oum Salama n'arriva pas à Médine parmi les premières Migrantes; du moins elle y vécut un bonheur plein, nourri de son amour conjugal retrouvé et d'une vie musulmane sans contraintes...

L'année ne s'écoula pas entièrement que, au cours du mois de Ramadhan, autrefois mois de la trêve, les Musulmans attaqués par les Mecquois à Bedr, remportèrent, bien qu'inférieurs en nombre et en armement, leur première victoire incontestable. Oum Salama dut-elle, elle aussi à cette occasion, pleurer la mort de son père Ommeyya ainsi que de l'un de ses frères ? Elle pleura moins bruyamment que Sawda, c'est certain : n'avait-elle pas sous ses yeux son amour même, Abou Salama ? L'on raconte que, dans une nuit de passion, elle voulut lui jurer — et lui faire jurer — que chacun d'eux ne se remarierait pas à la mort de l'autre : ils seraient ainsi, disait-elle, assurés d'être réunis au Paradis ! Vision idyllique du couple éternel ? Oum Salama serait, en cette aurore islamique, une héroïne au romantisme bien précoce.

Abou Salama, l'objet de ce sentiment exclusif, sembla, du moins selon la Tradition, plus sage et en tout cas, plus « soumis à Dieu » :

— Si je meurs, répond-il, marie-toi ! Que Dieu porte bonheur à Oum Salama après moi ! Il ne manque pas d'hommes meilleurs que moi. Non, l'essentiel est que Oum Salama ne reste ni dans le deuil, ni dans la peine !

Il mourut en combattant à Ohod, treize mois plus tard... Oum Salama le pleura, dit-on, plus d'une année. Elle refusa la demande en mariage de Abou Bekr, l'ami si proche du Prophète. Or, peu après, Mohammed envoie Omar comme intercesseur pour sa propre demande en mariage. Oum Salama semble, malgré l'honneur, réticente : elle a déjà dépassé trente ans, elle élève de nombreux enfants (dont Safya qui sera plus tard la première grande juriste). Inconsolable ? Peut-être pas, prévoyante plutôt.

Car elle répond à Omar :

— Dis au Messager de Dieu que je suis une femme si jalouse ! — et elle ajoute — ainsi qu'une femme pieuse !

Mohammed qui, en cette année, a déjà comme épouses, en dehors de Sawda, Aïcha et Hafça, lui fait répondre :

— Dieu, par cette union, satisfera ta piété ! Quant à ta jalousie, je prierai pour que Dieu te la fasse disparaître !

Elle se remaria donc ; ce qui ne l'empêcha pas, quelques années après, d'en faire un jour un reproche assez vif à son époux :

— Comment, c'est aujourd'hui mon jour et je te vois en conversation (assez tendre) avec Safya la Juive ?

Le Prophète mort, c'en est fini des jalousies entre coépouses (jalousies que les chroniqueurs rapportent avec une minutie de greffiers bien scrupuleux !...)

Désormais, et selon le mot même de Aïcha, la plus jeune, elle qui manifestait parfois de manière acerbe sa propre jalousie, voici que toutes ces veuves s'appellent « sœurs ».

D'autres dames mecquoises à Médine, et parmi les plus en vue : ainsi Oum Fadl, femme de Abbas, l'oncle paternel du Prophète, elle pour qui Mohammed éprouvait une tendresse privilégiée. Elle fut la première femme islamisée, après Khadidja. Vingt-trois années après sa conversion, Oum Fadl, qui doit avoir la quarantaine, se trouve être la plus ancienne islamisée.

Elle n'est pas arrivée à Médine parmi les premières Migrantes. Plus tardive encore que pour Oum Salama, fut son installation à la nouvelle capitale. Car son entrave à elle fut son mari, Abbas qui, malgré ses liens étroits avec son neveu inspiré, n'a pas eu le courage de quitter sa confortable position de riche commerçant, pour rejoindre, dans la pauvreté et l'incertitude, les Migrants... Il est resté l'un des notables de La Mecque; il a gardé auprès de lui ses quatre fils encore jeunes, ses deux neveux (fils de Abou Talib) un peu plus âgés. Or, en l'an 2 de l'hégire, ses compatriotes l'obligent à marcher dans leur armée qui va attaquer Mohammed et ses hommes.

Oum Fadl reste donc rivée à La Mecque, alors qu'elle croit en danger Mohammed et tant de proches aussi fervents musulmans qu'elle-même. Son cœur est à Bedr; elle s'inquiète certes pour l'époux (ses fils trop jeunes sont restés près d'elle), mais elle se sent solidaire du camp opposé... Or Abbas est fait prisonnier; Oum Fadl, garante des biens de l'époux, envoie le prix du rachat pour Abbas et ses deux neveux.

Voici qu'elle apprend que Abbas s'est senti assez bouleversé pour décider de s'islamiser et, une fois libre, de vivre enfin à Médine!... C'est à son tour de partir.

Oum Fadl arrive à Médine avec ses quatre fils, peu après le Ramadhan de l'an 2. De nouveau sa maison devient un des lieux les plus familiers à Mohammed, comme autrefois à La Mecque. Quand, en l'an 6, il retournera dans sa ville natale en pèlerin pacifique, c'est la propre sœur de Oum Fadl, Maïmouna, qu'il choisit d'épouser et de ramener... Les derniers fils de Oum Fadl grandissent chez leur tante maternelle.

En cette 11e année de l'hégire, Oum Fadl vit non loin de sa sœur, « Mère des Croyants » ; ses fils deviennent des jeunes gens qui combattent ; son époux Abbas est le conseiller le plus avisé d'Ali ; son autre sœur Esma, fille de Omaïs, est maintenant femme de Abou Bekr, premier calife. Imaginons-la, amie de Oum Salama, allant et venant chez Maïmouna, s'occupant d'aider les épouses de ses fils qui partent en campagne ou qui demeurent dans le clan d'Ali, auprès de leur père.

Oum Fadl dont le premier fils, Fadl, s'est occupé de l'ensevelissement du Prophète avec Ali et Abbas, dont le second, Abdallah, deviendra plus tard un des plus célèbres commentateurs du Coran, Oum Fadl se sent peu à peu comme une première mémoire pour les Musulmanes. Au centre de la famille du Prophète — lui qui n'a pas eu de fils et dont presque toutes les filles sont mortes — Oum Fadl porte en elle tout un passé récent, brûlant comme une braise !

Les plus nobles dames de La Mecque vivent depuis quelques années à Médine...

La fille aimée

Six mois après la mort de Mohammed, durant le onzième Ramadhan de l'hégire, Fatima, âgée de vingt-huit ans, rend l'âme. Image de lis à peine ouvert et qui se ferme, droit.

Celle qui lave le corps de la morte est Esma, fille de Omaïs, que nous savons alors épouse de Abou Bekr, le successeur temporel. Parmi les trois hommes qui portèrent le corps de Fatima jusqu'au creux de la tombe, se trouve l'époux-cousin : Ali, le futur calife.

Rien d'autre sur ce jour au soleil brûlant de Médine; rien de plus pour cette scène de deuil.

Fatima est mère de Hassan et Hossein, les futurs martyrs, dont le drame culminant à Kerbela, fissurera, plus de cinquante années plus tard, le devenir islamique. A cette date, ce sont deux enfants : tels qu'ils apparaissent aux côtés de leur père dans les images naïves qu'affectionnera le peuple, les siècles suivants.

Fatima dont le troisième fils, Mou'hassan, est mort en bas âge, laisse deux filles : Zeineb et Oum Keltoum (deux prénoms que portaient ses sœurs). La plus jeune épousera quelques années plus tard le rude calife Omar. Nous aurons droit alors à la brève précision : Oum Keltoum a été élevée d'une façon austère, à l'image de son père et de sa mère.

Rien de plus à ajouter, sinon que Fatima, au cours de sa vie conjugale, fut l'unique épouse de son cousin Ali. Comme sa mère Khadidja fut la seule épouse de Mohammed, vingt-cinq années durant, jusqu'à sa mort.

Et c'est la seule grâce que l'on peut se permettre d'évoquer devant ces deux figures : Khadidja et Fatima ne connaissent pas de co-épouse. Le public masculin considérera cela comme une bénédiction, la seule digne de leur valeur.

Fatima, par excès de douleur d'avoir perdu le père, mais déjà affaiblie, meurt dans la fleur de l'âge. Certes le jour où Mohammed succombe, maints détails abondent sur le monde féminin autour : le Prophète meurt dans les bras de Aïcha, ses autres épouses se lamentant les premières, Aïcha si jeune encore ne comprenant qu'alors... Rien, ce jour-là, de rapporté explicitement sur Fatima. Comme si, à l'apparition de la mort devant l'homme, l'on saisissait d'abord le maintien, les gestes, la voix des épouses, et que les filles, elles, se mettaient à reculer.

Six mois après la mort de Mohammed, meurt donc sa fille, la préférée. Celle qui, en l'absence du fils de Mohammed *abtar* (c'est-à-dire sans descendant mâle), transmet par ses fils à elle — presque des jumeaux — une descendance masculine doublée — le lien principal de sang.

Comme si la présence de la fille aimée, une fois son père mort, s'avérait un blanc, un creux, quasiment une faille... Qui durera six mois à peine. Fatima mise au tombeau, les descendants premiers du Prophète sont deux garçonnets, les quasi-jumeaux que Mohammed a si souvent tenus sur ses genoux !

Mais pas une femme, si pure, si austère, si épouse unique fût-elle !

Souvent, dans le récit de la geste mohammédienne, le Prophète est interpellé : « Ô Abou Quassim », c'est-à-dire « Père de Quassim », le tout jeune garçon mort au berceau. Il en aura deux autres de Khadidja, qui mourront en bas âge, eux aussi. Le quatrième, Ibrahim, ce sera sa concubine chrétienne, qui le lui donnera plus tard, à Médine. Ce dernier, Ibrahim, s'éteindra à l'âge de deux ans. Quatre garçons morts tous prématurément ; quatre filles qui vivront et dont la quatrième s'appelle Fatima.

Si Fatima avait été un fils, au moment ultime de conscience du Prophète, la mise en scène de sa dernière demande aurait été modifiée : lorsque, pour faire part de sa volonté sur qui lui succéderait au temporel et guiderait la fragile communauté musulmane commençante (dix années seulement depuis l'hégire), Mohammed fit mander un scribe par ses épouses toutes présentes, Aïcha amena Abou Bekr son père, Hafça revint aussi avec son père Omar et les autres allèrent chercher Ali, gendre et fils adoptif. Voyant trois personnes au lieu d'une seulement désirée, Mohammed détourne la tête et garde le silence. Quelque temps après, il meurt : sur-le-champ, l'incertitude sur la succession et sur son mode, sur la personne même du successeur, est présente.

Comme si le corps de l'Islam devait se diviser,

enfanter par lui-même luttes civiles et querelles, tout cela en tribut payé à la polygamie du Fondateur. Comme s'il fallait épouser de multiples fois pour rassembler et transmettre un pouvoir multiple certes, mais par là même jamais unifié. En l'occurrence, les épouses, futures veuves, amènent pour la plupart leur père ; de fait, ce seront les deux beaux-pères du Prophète qui, l'un après l'autre, succéderont par leur mérite personnel il est vrai, plutôt que grâce à leur alliance...

Oui, si Fatima avait été un fils, la scène ultime de la transmission aurait été autre : quelle que fût l'épouse mandée par le mourant, elle n'aurait pas manqué d'amener « le » fils, sinon son fils.

Le fils aurait été le scribe, cela est certain, même s'il n'est pas du tout certain que Mohammed l'aurait désigné pour la lourde tâche de guider la *Umma*. Du moins, et cela aurait changé la suite du devenir islamique, le Prophète n'aurait pas gardé silence. Il aurait choisi un premier guide, fût-il le même que celui finalement désigné, à savoir Abou Bekr. Le mode de succession ainsi établi par le Prophète lui-même, il n'y aurait point eu de dissensions, les *fitna* qui, vingt-cinq années plus tard, ensanglanteront la Communauté. Compagnons et fils de Compagnons du Prophète s'entre-tueront, puisque Fatima, étant une fille, ne fut pas le scribe, au moment où la mort approchait à Médine...

Il reste que, dans les symboles à éclaircir sur la mort du Prophète, une primauté devient claire : l'épouse, les co-épouses prennent le pas, au seuil de la mort, sur la fille, sur les filles. Mohammed, sur le point d'exprimer son dernier désir de guide des hommes, a besoin de ses femmes comme messagères : pour la simple raison que les épouses partageant la couche, elles seules sont habilitées à rester tout près du corps souffrant, du corps défaillant. Pendant ce temps, les filles sont prises, elles, par leur devoir d'épouses et leurs charges de mères. Les épouses soignent les hommes, les « portent » ; les filles, elles, à la limite, font plus : comme Fatima, donner des garçons à leur père.

Fatima, fille du Prophète, avance au premier plan du théâtre islamique également comme épouse et mère de trois martyrs — morts de main islamique : Ali, Hassan et Hossein. Son ombre revendicatrice s'étend sur le corps entier, quoique bifide, de l'Islam séculier.

Rêver à Fatima personnellement, en dehors de son père, de son époux, de ses fils, et se dire que peut-être — (qui l'a perçu, l'a écrit ou l'a transmis, osant par là même un péché de lèse-majesté...), — oui, peut-être que Fatima, dès sa nubilité ou en cours d'adolescence, s'est voulue garçon. Inconsciemment. A la fois Fille (pour la tendresse) et Fils (pour la continuité) de son père. Épousant certes le cousin du père, surtout parce qu'il est le fils adoptif du père : s'épousant presque elle-même à vrai dire, pour s'approcher au plus près de cette hérédité désirée et impossible, de ce modèle du mâle successeur par lequel Mohammed aurait perpétué sa descendance. Alors que la parole de celui-ci, le moindre mot des versets de sourate révélée témoignera de lui bien plus que cinquante mâles héritiers, chacun laissant cinquante mâles derrière !

Oui, Mohammed est *abtar;* du coup, Fatima assure, par ses fils, le désir trop humain de son père. Malgré sa mort prématurée, elle pressentira que, des décennies après, se préparait le sacrifice terrible que la famille du Prophète aurait à subir... Tentative de la fille aimée croyant parer à la déshérence et annonçant au contraire la dissension fatale !

Est-ce par trop librement façonner une « idée » de Fatima ? Est-ce par trop l'animer d'une pulsion de masculinité ou d'une ferveur filiale si forte que cette fiction se déchire ? Risque l'invraisemblable, tout au moins l'anachronique, par l'accent mis sur la frustration supposée...

En somme, faire Fatima tellement fille de son père, c'est risquer de la rendre moins parfaite musulmane, puisque se soumettant mal au dessein d'Allah. Qui a voulu Mohammed *abtar,* père de plusieurs filles, dont la benjamine est Fatima. Elle fut, elle aussi, d'abord sa fille avant de s'islamiser. L'on ne sait pas quand exactement, ni comment elle devint musulmane : par conversion brusque ou par lente inclination. Plus probablement par admiration de plus en plus vive du père...

Toutes les filles de Mohammed sont de fortes personnalités. Les témoignages abondent : surtout pour Reggaya si belle — « longtemps, la plus belle femme de La Mecque » —, la plus belle même à la cour du Negus, lors de son exil avec Othmann, son époux, en Abyssinie ; elle auparavant qui sauva son père de la mort, lors des premières persécutions mecquoises (toute jeune alors et pas encore musulmane, elle courut comme une folle à travers les rues de La Mecque jusqu'au temple où elle délivra, sous les huées, le père qui s'étouffait !)... Sa sœur aînée, Zeineb, resta longtemps sans s'islamiser, par amour du mari qu'elle préféra au père, tandis que ce dernier respectait cet amour. Elle devint ensuite musulmane, mais protégea l'époux prisonnier, tout en promettant de ne plus avoir avec lui commerce. Ce fut ce dernier qui, pour revenir à elle, vint à l'Islam. Deux femmes donc héroïnes d'histoires d'amour fascinantes ; deux images nourrissant le rêve !

Comment ne pas penser que la sœur de ces deux femmes exceptionnelles l'était tout autant, mais autrement ? Non par sa beauté comme Reggaya, ni par sa passion amoureuse comme Zeineb, peut-être par sa filialité poussée au plus haut point... C'est une supposition. Quand sa mère Khadidja meurt, Fatima a un peu plus de dix ans. Elle en avait cinq, quand Mohammed reçut la Révélation. Entre ces deux âges, Fatima est témoin peu à peu du passage ; sous ses yeux de fillette, puis de fille nubile, l'espace familial s'agrandit : elle voit vraiment le séisme et la révolution paternelle dans leur nid.

Ses années de première adolescence sont celles de la persécution du père : l'angoisse que cela pouvait lui causer a dû être amoindrie par la solidité de l'étonnante Khadidja, première convertie. Le second musulman, Ali, sera peu après son fiancé, puis son mari. Et elle ? Les sources se taisent-elles vraiment toutes ? Pourquoi Fatima n'apparaît-elle chez les chroniqueurs qu'une fois mère de Hassan et Hossein ?

Comme si l'amour filial, assumé à ce degré d'intensité, rencontrait, tout comme la passion, un mouvement spontané de retrait, de rêve obscur, de silence !

S'écarter un instant de Tabari pour rapporter un *hadith* [1]. Cette scène, c'est Bokhari le scrupuleux qui en a vérifié la source... Elle figure parmi les moins contestables de la *sira* [2] du Prophète.

Quelques semaines, peut-être quelques jours avant sa mort, le Prophète reçoit la visite de Fatima. Il est désormais immobilisé chez Aïcha et c'est celle-ci qui, de loin, voit la scène. Elle se tient écartée, certainement par réserve, par pudeur.

Fatima, penchée sur la couche de Mohammed, écoute celui-ci lui murmurer de mystérieuses paroles. Et la jeune femme, dit l'épouse témoin, est secouée par un flot de larmes inextinguibles. Elle pleure, ployée en silence ; elle se déchire, sans nulle réponse au père. Elle mêle seulement ses larmes contagieuses à celles du malade. Qui reprend toutefois son discours, qui murmure à nouveau une ou deux phrases...

Alors Fatima brusquement consolée s'illumine ; son visage encore en larmes s'éclaire d'une joie enfantine ; elle sourit ; elle rit. A nouveau penchée sur le père gisant, elle lui fait partager sa joie ; et celui-ci de s'éclairer de cette volubilité filiale... Père et fille dans les larmes, puis dans l'égouttement pour ainsi dire du bonheur survenant, fusant enfin de toutes parts.

1. *Hadith :* « dit » sur la vie du Prophète.
2. *Sira :* l'histoire de la vie du Prophète.

Aïcha a regardé. C'est elle, l'épouse, la plus jeune : dix-huit ans à peine. Peut-être la douleur du premier moment s'étant prolongée, elle aurait accouru pour se tordre les mains avec eux, pour partager quel chagrin, quel obscurcissement ? Peu après, sur d'autres mots de Mohammed, la joie arrive en éclaircie, transforme ces deux êtres aimants. Douceur séraphique ! Aïcha est restée éloignée, fascinée sans nul doute, se sentant presque vieillie, presque triste devant la mobilité des deux âmes éperdues se rencontrant dans cette allégresse...

Aïcha a rapporté la scène. Le Prophète mort, elle dit avoir osé interroger Fatima sur ce jour.

— Il m'a annoncé d'abord que, de cette maladie, il n'allait pas guérir et qu'il nous quitterait sous peu !

Puis Fatima ajouta :

— Il m'a ensuite révélé que, de tous ses proches, ce serait moi qui le suivrais dans la mort, et peu de temps après !

Le bonheur de Fatima est confirmé : elle meurt six mois plus tard. Il reste, j'imagine, comme un regret de l'impossible dans la voix de Aïcha quand elle se mit, bien après la mort de Fatima, à rapporter ce souvenir.

Un *hadith* n'est jamais tout à fait sûr. Mais il trace, dans l'espace de notre foi interrogative, la courbe parfaite d'un météore entrevu dans le noir.

VOIX

Quand, quand se taira-t-elle, la fille du Messager, la fille aimée ? Maintenant qu'Il est mort, pourquoi ne pleure-t-elle pas simplement en silence, abandonnée à la volonté de Dieu, comme les autres, comme les épouses, comme les Compagnons, comme...

Les premiers jours, juste avant et juste après l'inhumation, certes elle a pleuré, oublieuse de tout le reste, des autres et des lieux, elle a pleuré parmi le groupe de la famille... Puis, lorsque tout fut fini, « tout » c'est-à-dire la mise en terre, Ali fit monter Fatima sur une mule (certains diront l'une des mules de Mohammed, sans doute Schahbâ). Enveloppée entièrement, encore tremblante sous ses voiles, elle se laissa conduire : avec Ali, deux autres cousins suivirent. Elle et lui retournaient à leur demeure, celle que, dix ans auparavant, Mohammed avait choisie pour eux : le plus près possible de sa propre maison, de façon qu'il puisse aller les voir à tout moment...

Mais la mule, guidée par Ali et l'un des cousins, fut entourée assez vite par certains des 'Ançars, les Médinois « défenseurs ». Ils regardèrent Fatima en silence, prêts, semble-t-il, à pleurer avec elle. Ali eut un geste du bras : vers sa femme qui les dévisagea les uns après les autres.

— Pourquoi, oui, pourquoi, commença l'un, n'arrivez-vous que maintenant ?

Et un autre de s'interposer, vivement, près d'Ali :

— Vous seriez arrivés les premiers, pour elle, ne serait-ce que pour elle, nous t'aurions prêté allégeance à toi !

— A toi !

— Oui, à toi !

Les voix se chevauchèrent. Ils faisaient cercle maintenant ; leur brouhaha fit sortir des maisons plusieurs fidèles, et même quelques garçonnets. La nuit d'été restait claire : comme la fin blanchie d'un crépuscule trop long. L'odeur proche d'un bosquet de genêts s'exhala, intense. Un seul serviteur, en arrière, élevait une torche.

Fatima les considéra l'un après l'autre. Elle semblait attentive, et pourtant ailleurs ; ses voiles gris l'allongeaient davantage dans cette pénombre peu à peu obscurcie.

— Nous avions des devoirs envers Lui jusqu'au dernier moment ! intervint Ali d'une voix nette, qui résonna.

La voix de quelqu'un qui n'allait jamais pouvoir pleurer.

Soudain, Fatima parla : un peu bas d'abord, puis sur un rythme nerveux, et son timbre tranchait l'ouate du silence retombé :

— Ceux qui ne peuvent avoir la même douleur que nous, les siens, ceux-là... (elle s'arrêta une seconde), ils se sont précipités, ô clémence de Dieu ! — puis, après un nouveau suspens qui parut à tous interminable — Dieu est le témoin de tout ! conclut-elle.

La mule fit un pas vers Ali, une embardée incontrôlée, comme si elle avait compris que Fatima voulait fuir en avant, loin de ce monde. Fatima pencha le torse légèrement vers son époux qui maintint la bête.

— Tu as fait ce que tu devais faire ! ajouta-t-elle. Laissons donc les gens de la hâte et du calcul !...

Le silence se glissa, comme un lent brouillard, dans la nuit de Médine.

Le lendemain, elle retourna à la tombe du Messager. Les femmes s'écartèrent dès qu'on sut qu'elle approchait. Voilée dorénavant de blanc, comme ses suivantes. L'une de celles-ci conduisait les deux garçonnets; une autre portait dans ses bras la petite Zeineb, à demi endormie.

Plusieurs veuves ne sortirent pas de leur chambre, mais les rideaux des portes avaient été soulevés. Quant à Aïcha, serrée contre son amie Hafça, elle ne bougea pas du seuil, accroupie, encore bouleversée par ce début du deuil... Là-bas, de l'autre côté de la courette, c'était bien encore la chambre de Aïcha, mais c'était aussi le lieu de sa tombe.

Fatima entra dans la pièce, éclairée nuit et jour par des bougies innombrables à la lueur vacillante, telles des ailes de libellules prisonnières.

Autour de la cour, les attentes féminines se multipliaient; jusqu'aux fillettes aux torsades rouges de henné, qui regardaient sans comprendre, les larmes déjà aux yeux. Une douceur étrange, quoique désespérée, semblait frôler le visage de chacune.

Fatima surgit de l'ombre, un bras levé, un bras maigre et nu; et l'on remarqua que sa main était pleine de terre : une terre fine, rousse, celle du sol de la chambre, celle de la tombe.

Au milieu de la cour, elle laissa glisser son voile. Toujours le bras levé, elle tourna sur elle-même : un premier cercle incertain, un second. Peut-être gardait-elle déjà les yeux fermés. Sa paume chargée de terre s'abaissa jusqu'à son visage dont on remarqua alors les paupières baissées.

— Que fait-elle, notre dame ? chuchota, en réprimant un sanglot, une affranchie mulâtresse qui se tenait agenouillée, dans un coin.

— Ne pleure-t-elle pas ?... Va-t-elle donc entrer en transe, hélas ? sursauta une seconde adolescente.

Fatima, immobilisée après le deuxième cercle, se mit à verser la terre de sa main sur ses yeux d'aveugle... Lentement, le visage renversé, comme si enfin elle s'abreuvait à une source, alors qu'il s'agissait du sable fin de la tombe... Le bras toujours levé, elle laissa couler le sable en un filet continu : elle, ombre nocturne en pleine lumière du matin, Parque ressuscitée de l'au-delà des âges et pourtant en avant, précédant pour quelle marche immémoriale les spectatrices à demi figées. Sa silhouette longue, fluide (une fillette vint lui nouer sur les hanches le voile blanc qui tombait), sa chevelure dénouée, elle...

Du fond de la chambre la plus lointaine, — une transmettrice dira plus tard que c'était la chambre de Safya « Mère des Croyants » —, une plainte aiguë se fit perceptible, convulsive et toute à vif, thrène peu après réprimé.

Car Fatima improvisa, la voix noyée mais distincte ; le bras toujours en l'air et la paume vidée :

« Ô terre de mon père, hélas,
laisse-moi te humer !
Car je hume ainsi le parcours de la peine
qui s'ouvre devant moi ! »

Elle improvisa encore, alors que les chambres autour s'étaient emplies davantage, de femmes et d'enfants — et les vieilles arrivaient des maisons voisines...

« Ô Dieu ! Que la douleur pleuve sur moi

Car si elle pleuvait sur les jours,
Les jours deviendraient soudain des nuits! »

Quelle souffrance insupportable, tandis que toutes les femmes écoutent, que les unes redisent les vers de la lamentation, que l'une d'entre elles, en arrière, décide même de les transcrire, elle, la seule savante en ce jour, alors que les autres les rapportent de bouche à bouche pour en donner, dès le lendemain, plusieurs variantes.

— Ô quelle douleur! soupire Oum Aymann la Noire qui se tord les mains, parce qu'elle ne supporte pas de souffrir encore, alors que la brûlure du départ de l'Aimé reste béante.

Quand, oui, quand se taira-t-elle, la fille aimée, la fille vivante du Messager qui nous a toutes quittées?

Et cependant, pour lors, Fatima ne cherche qu'à se consoler: elle est face à Lui, face à son père, celui qu'elle appellera si étrangement plus tard: « Le frère de mon cousin. »

Ce sera seulement deux ou trois jours après que — son dialogue filial ainsi développé dans une affliction qui se rythmait, qui se chantait, peut-être qui aurait pu se danser — la fille bien-aimée dira « non ». « Non » aux gens de Médine. « Non », tout le temps. « Non », six mois durant, au point d'en mourir.

Six mois, ses derniers six mois de vie, Fatima sera celle qui dit « non », en plein cœur de Médine.

Celle qui dit non à Médine

Ce fut d'abord le père, le père de la fille aimée — que le salut de Dieu soit sur lui, que Sa miséricorde le protège! —, ce fut lui qui, le premier, à Médine, a dit « non ». Il répéta devant tous « non ». Ce refus, à la fin d'un discours du haut du minbar. Cette dénégation, devant les fidèles, en pleine mosquée. *Sa* mosquée.

Le père a dit « non », et tous sur-le-champ expliquèrent ce « non » ainsi : « Non, pour ma fille. » Il ne formula pas cette motivation d'une façon aussi sommaire.

Mais il conclut son long discours par : « Non, cela, jamais ! » L'écho, dans le silence collectif, prolongea distinctement le « jamais ». Il avait auparavant déclaré, fièrement et, comment dire, non pas tendrement — aurait-il pu manifester, devant cet aréopage masculin, le tendre le plus tendre de la tendresse humaine ? — non, plutôt avec un abandon rude et comme ruisselant de douceur, il avait donc déclaré :

— Ma fille est une partie de moi-même ! Ce qui lui fait mal me fait mal ! Ce qui la bouleverse me bouleverse !

Puis il exposa plusieurs arguments : logiquement, vigoureusement. Il termina par ce « non » : il reprit : « Non, cela, jamais ! »

Ce jour, à Médine, eut lieu dans la huitième ou la neuvième année : certains prétendent que ce fut même dans la dixième, mais dans ses premiers mois ; dixième année, après la Grande Émigration... Quatorze siècles se sont depuis écoulés : il semble qu'aucun père depuis, du moins dans la communauté de l'Islam, plus aucun père ne se dressa, ne développa une défense aussi ardente pour la quiétude de sa fille ! Aucun, excepté le Père de la fille aimée — que le salut de Dieu soit sur lui, que Sa miséricorde le protège !

Venons au fait : Ali, cousin et gendre de Mohammed, désire prendre seconde épouse. Cela se passe entre l'an 8 et l'an 10 de l'hégire. Ali a moins de trente ans ; il est marié avec Fatima depuis huit ou neuf années.

Ce désir de polygamie n'altère-t-il pas l'image — tellement idéalisée — du couple de Fatima et de Ali ? Il ne manque pas d'anecdotes sur leurs querelles conjugales. Le plus souvent, le Prophète joue le rôle de réconciliateur. Une scène est rapportée d'une façon émouvante, mais quasiment en muet.

Mohammed entre chez Fatima et Ali. Ils se disputaient. Ils font silence. Ali fait asseoir son beau-père. Celui-ci préfère s'allonger sur une natte. Fatima vient s'installer auprès de lui, à sa gauche. Il invite Ali à se placer à sa droite. Mohammed a posé ses mains réunies sur son ventre, dans une attitude de méditation. Il prend alors une main de Fatima, puis une main d'Ali et les réunit aux siennes. Ils restent les mains liées, dans un silence commun qui ramène peu à peu le calme, puis la paix, puis l'abandon à Dieu (c'est-à-dire au sens propre « l'Islam »). Ainsi, entre les deux jeunes gens, la concorde et l'amour sont rétablis.

Mohammed se lève et sort de la maison de ses enfants. Le son (et avec lui, le commentaire) revient :

— Ô Envoyé de Dieu, demanda quelqu'un qui se trouvait dans la rue, quand tout à l'heure tu es entré là, ton visage semblait soucieux. Voici que tu en sors, le regard tout illuminé !

— Comment ne serais-je pas heureux, répondit Mohammed, quand je viens de réunir les deux personnes qui sont le plus proches de mon cœur ?

De l'intercession du Prophète entre Fatima et Ali. D'autres anecdotes sont rapportées, de la même façon naïve et sensible...

Ce jour où Mohammed trouve Ali couché dans un fossé : celui-ci semble vraiment désespéré... L'on suggère que Ali est sorti de chez lui, après une colère de Fatima. Mohammed fait relever Ali, puis le réconforte : le jeune homme se tient debout, devant lui. Mohammed l'époussette, lui donne à cette occasion le surnom étrange de « ô homme de la poussière ».

Il l'époussette tendrement, comme un père. En fait, il écarte de lui, symboliquement, toute la poussière de l'amour quotidien, de son usure, de son dérisoire... Il redonne à son gendre force et espérance.

Autre incident, précédant ou succédant à ce jour

où Ali gît dans le fossé. Fatima rentre chez son père et se plaint de son époux, probablement de la vie trop dure qu'elle mène... Fatima, déçue ou fatiguée (les premières années à Médine, la pauvreté des jours maigres pressait le couple, épuisait la résistance physique de Fatima), Fatima semble s'en remettre à son père :

— A toi, a-t-elle dû penser en venant ainsi à l'improviste, à toi de décider ! Je peux divorcer, quitter Abou Hassan !... A toi de décider s'il n'est pas mieux que je redevienne simplement ta fille !

Et Mohammed — comme sans doute tout père, en cet instant — de prôner à sa fille la patience ; il lui parle de la beauté d'un vrai couple ici-bas qui sera réuni dans l'autre monde. Ainsi, il lui redonne Ali. Il lui signifie qu'ils sont de vrais époux, que l'amour les lie, même si, certains jours, ils ne le savent plus eux-mêmes. Et Mohammed, de conclure :

— Sache que, pour une femme, rien n'est plus important que de faire apparaître l'amour que lui porte son mari, alors même qu'il garde silence ! Une épouse seule peut avoir ce pouvoir : pousser son mari à sortir de son mutisme et lui manifester l'amour qu'il lui porte !... Ne perds pas confiance, ô ma fille !

Ainsi Mohammed semble, pour ce couple « le plus proche à son cœur », l'unificateur. Ils s'aiment l'un l'autre et, pense leur père et beau-père, s'ils arrivent, dans des instants de fatigue, à se mésestimer, qu'ils aiment donc chacun le Prophète, se rencontrant alors l'un et l'autre dans cet amour...

Pourtant, entre l'an 8 et l'an 10 de l'hégire, Ali se met à désirer avoir une seconde épouse.

Il n'est plus pauvre comme au début de l'hégire ; il a les moyens de subvenir à un second foyer. Désire-t-il d'autres enfants que ceux que lui a donnés Fatima ? Sans doute pense-t-il que, comme son beau-père, l'homme qu'il aime le plus au monde, il a le droit d'avoir à son tour une deuxième, puis une troisième, puis une quatrième épouse. Quatre épouses sont permises à tout musulman qui peut les entretenir, et qui surtout est assuré de les traiter justement, sans afficher une préférence... Ali n'a pas oublié ces préceptes, tout récents, du Livre...

Il fait donc une demande en mariage. Qui choisit-il ? La fille de son oncle maternel, la filiation opposée à celle de son père, à celle de Abdou Mottalib, à celle du Prophète... Elle se prénomme Jouwayria ; elle est sœur de Ikrima, l'ancien chef militaire des Mecquois luttant contre les Musulmans de Médine. Certes, après sa conversion en 8, celui-ci est devenu un proche d'Ali... Cependant, le fait est là, cette jeune fille, à peine nubile, est d'abord la fille de Abou Jahl. Abou Jahl, « l'ennemi de Dieu », ainsi est-il entré, par ce surnom, dans l'histoire de l'Islam, ce riche notable de La Mecque qui se mit à la tête des persécuteurs de Mohammed, les premières treize années de la prédication, et qui, après la fuite des Musulmans à Médine, persévéra dans son hostilité au point d'être l'âme de la première attaque armée, à Bedr. Abou Jahl est mort, tué par les Musulmans, à cette bataille de Bedr, en l'an 2 de l'hégire. Abou Jahl, « l'ennemi de Dieu » pendant quinze années. Ikrima, son fils, en même temps que Khalid ibn Walid d'ailleurs, présidait à l'attaque-revanche des Mecquois, l'année suivante, à Ohod, terrible défaite musulmane où le Prophète lui-même fut blessé... Mais Ikrima, comme Khalid, est désormais musulman !

Et la jeune fille ? Une enfant à la mort de son père. Quand Ali la demande en mariage, elle a treize ou quatorze ans. Elle s'est islamisée comme toute sa famille il y a peu ; comme toutes les familles de La Mecque, à l'entrée victorieuse de Mohammed en sa ville natale... Cette Jouwayria est en somme une petite aristocrate quoraïchite qui pouvait rester anonyme. Pourquoi rappeler à son propos les crimes de son père ? Abou Jahl est en enfer, certainement. Mais, elle, elle répète chaque jour, probablement sincère, probablement fervente : « Il n'y a de dieu que Dieu, et Mohammed est son prophète ! »

Elle vit pour l'instant à La Mecque. Elle se met à

rêver qu'elle va habiter Médine. Partagera-t-elle, en nouvelle co-épouse, la cour de la future demeure avec Fatima, fille de l'Envoyé de Dieu ?

De la famille de cette presque fiancée, quelqu'un — non pas Ikrima, mais l'un de ses frères, ou de ses oncles paternels, un des « fils de Hichem » — se soucie soudain de la réaction de Mohammed. A Médine, Ali attend la réponse de la famille ; une simple formalité, se dit-il. Ce frère, ou cet oncle, arrivé à Médine, demande d'abord entrevue au Prophète. Il l'informe :

— Nous voulons, sur cette affaire, avoir ton avis, ô Envoyé de Dieu ! déclare l'homme, sobrement.

Et il attend ; il a décidé de ne pas se rendre chez Ali avant d'avoir eu la réponse du Prophète.

Mohammed l'écoute ; puis il se tait.

Une seconde fois, le même homme, cette fois accompagné d'un autre parent mâle, peut-être même de deux, revient informer de nouveau et attendre... Mohammed écoute, comme si c'était la première fois ; il se tait encore.

Le bruit soudain circule auprès des dames de Médine. La rumeur ; partie de La Mecque, partie de Médine ? Nul ne le saura... L'indiscrétion, quelle servante, ou esclave, ou confidente en est responsable ? La nouvelle, en une journée, fait le tour des demeures médinoises. Elle s'insinue jusque dans la chambre de Fatima.

Une voix chuchote ce dont parlent les femmes à Médine, aujourd'hui :

— Ô maîtresse, dans telle demeure, auprès de telle famille, l'on a dit ce matin... Cette fausseté !

— Quelle fausseté ?

— Telle a dit que telle a dit... (la voix de la petite servante hésite, puis finit comme par avouer une faute) que Sidna Ali va se marier... Qu'il aurait demandé en mariage la fille de Abou Jahl !

Fatima va reprendre en écho : « la fille de Abou

Jahl », va ironiser amèrement : « la fille de l'ennemi de Dieu ». Mais elle se tait. « Ali veut se marier » : la petite phrase la pénètre lentement, telle une goutte de poison froid.

Elle met hâtivement une coiffe sur la tête ; la petite phrase en elle, elle sort et va, en quelques pas, jusqu'à la demeure de son père. Elle calcule machinalement chez quelle épouse il se trouve aujourd'hui. Fatima n'hésite pas ; elle se dirige chez Oum Salama. Oum Salama qui s'est définie elle-même par sa jalousie !

A la porte, Fatima restée debout, le visage durci, ne peut que répéter au Prophète la petite phrase, dans sa neutralité : « Ali veut se marier ! »

Puis, après un silence, tandis que Oum Salama, par discrétion, glisse hors de la chambre, sa petite fille lui tenant la main, Fatima, réprimant un sanglot, ajoute dans la pénombre :

— Il aurait demandé en mariage la fille de Abou Jahl !

A quoi bon remarquer, sur un ton de dérision : « la fille de l'ennemi de Dieu » ! Fatima reste dressée, contractée, pour ne pas pleurer, pour ne pas protester, pour ne pas... Pense-t-elle, à cet instant : « Que puis-je ? N'est-ce pas la loi naturelle des hommes ? N'est-ce pas la fatalité ? » « Sa » fatalité à elle, une femme ? Ali ne doit-il pas devenir un jour chef temporel des Musulmans ? N'est-ce pas là la loi islamique : femmes multiples, descendance fructifiée pour chaque « leader » de la communauté ? Celle qu'a confirmée, il y a peu, le Coran :

« *Épousez, comme il vous plaira,*
deux, trois ou quatre femmes.
Mais si vous craignez de n'être pas équitables,
prenez une seule femme ! »

Fatima attend. Elle regarde son père, debout lui aussi, silencieux lui aussi, qui cette fois ne songe pas à prôner la patience. Fatima semble douter : « Est-ce vraiment du jeune époux que je reçois ce coup, ou n'est-ce point de toi, mon père, toi, l'Envoyé de Dieu ? »

Qu'a pu répondre dans l'ombre de ce jour, dans ce tête-à-tête aussi aiguisé qu'une pointe de lance tournant et retournant dans la plaie, qu'a pu répondre Mohammed à sa fille aimée ?... Même Oum Salama n'a pu le savoir, elle qui attend dehors et qui prie : pour Fatima, pour sa fillette qu'elle tient par la main, pour toutes les femmes de la Communauté. « Ma jalousie est grande, ô Envoyé de Dieu, avait-elle autrefois annoncé. Ma piété est certes aussi grande ! »

Tout alors se précipite à Médine. Le lendemain, certains diront le jour même et peu après la sieste, le Prophète est à la mosquée, devant tous... Presque tous les Compagnons se trouvent là. Ali est-il présent ? L'on ne signale pas sa présence en particulier. Sans doute ne se tient-il pas dans les premiers rangs des agenouillés de la prière...

Il a dû arriver parmi les derniers : distrait, l'esprit absent, d'une certaine façon, avec sa bonne foi et son innocence coutumières. « Les gens de La Mecque, a-t-il dû songer peu avant de prier, doivent bientôt rendre leur réponse... A quoi bon m'en soucier ? » Mais il ne faut pas que Fatima l'apprenne avant que, la chose confirmée, il ne la lui dise lui-même, décidé à affronter sa colère !

Mohammed préside donc la prière. Or, au moment où les Croyants attendent le signal de la dispersion, Mohammed, du haut du minbar, la face contractée, les yeux rougis — presque comme aux moments où Gabriel le visite — commence :

— Les fils de Hichem ibn Moghira sont venus me demander mon avis à propos du mariage de leur fille avec Ali ibn Abou Talib. Je le leur interdis !... Je ne permettrai pas ce mariage, du moins tant qu'Ali n'aura pas auparavant divorcé de ma fille ! Alors seulement, il pourra épouser leur fille !... Car ma fille est une partie de moi-même. Ce qui lui fait mal me fait mal ! Ce qui la bouleverse me bouleverse !

Le silence pèse sur l'assistance, durant quelques secondes qui paraissent interminables. Le Prophète semble reprendre souffle ; il continue, sur un ton plus solennel :

— Ô Musulmans, je ne vous interdis pas ce que Dieu vous a permis ! Et je ne vous permets pas ce que Dieu vous interdit ! Non... Mais que, dans un même lieu, se trouvent réunies la fille de l'Envoyé de Dieu avec la fille de l'ennemi de Dieu, cela, je ne le permettrai jamais !... Car j'ai peur que, dans ce cas, Fatima ne se sente troublée dans sa foi ! Je le répète, Musulmans, je n'interdis pas aujourd'hui ce que Dieu vous a permis ! Mais, au nom de Dieu, la fille de l'Envoyé de Dieu ne se rencontrera pas dans un même lieu avec la fille de l'ennemi de Dieu, cela, non, jamais !... Jamais !

Le dernier mot, ou son écho, résonne longtemps dans la mosquée pleine, qui se vide peu après. Les Croyants retournent par petits groupes dans leurs demeures. Aucune conversation, aucun commentaire ; personne n'ose prolonger, d'une phrase ou de deux, la diatribe du Prophète.

Mohammed rejoint seul sa maison.

A qui Mohammed a-t-il dit « non » ce jour-là, à Médine ?

A Ali, son cousin, gendre et fils adoptif ? « Si tu veux épouser une autre femme, alors tu dois divorcer d'avec ma fille ! » Ainsi lui a-t-il déclaré devant tous, et devant Dieu.

A qui Mohammed a-t-il dit « non » ce jour-là, à Médine ?

Aux hommes de Médine, à tous ceux qui l'écoutent, qui lui demandent conseil, qui prendront exemple (eux et leurs garçonnets souvent témoins si attentifs et qui en parleront bien plus tard) sur sa vie à Lui, sur la moindre de ses paroles, lui, le Messager ?

— Ô Croyants, je ne vous interdis pas ce que Dieu vous a permis ! Je ne vous permettrai pas ce que Dieu vous a défendu !... Mais...

Certes est licite pour tout croyant le fait d'avoir quatre épouses. Or ce sont eux, les gens de Médine, qui sont pris à témoin de cette vérité d'ordre privé : « Ce qui bouleverse Fatima me bouleverse ! »

A qui Mohammed a-t-il dit « non », ce jour-là, à Médine ? A une partie de lui-même ? Le père en lui, vibrant jusque-là de douceur et d'espoir, se tourne vers le Messager habité, pour oser dire tout haut son désarroi de simple mortel : « Je crains que Fatima ne se sente troublée dans sa foi !... »

Mohammed le premier a lancé ce « non » devant les gens de Médine !

Ce « non », Fatima va le reprendre renforcé, multiplié, deux ou trois ans après, non certes pour sa défense de femme (Ali avait alors renoncé sur-le-champ à son projet de mariage et maintenant que le Messager est mort, elle n'a besoin de rien pour elle-même). Elle va dire « non » pour tous, pour Ali, pour ses enfants, pour sa famille, pour tous les aimés du Prophète, un « non » en plein cœur de Médine, un « non » à la ville même du Prophète !

« *Les horizons du ciel, les voici poussiéreux.*
Le soleil aujourd'hui n'est plus qu'une boule éteinte.
Le plein jour est devenu ténèbres.
La terre, orpheline du Prophète, frémit, elle,
de regret
de tristesse... »

C'est Fatima, encore, qui improvise. Femmes et enfants reprennent, à chaque aube, les bribes de son chant renouvelé, cherchant avec elle, puisque sept jours ne se sont pas écoulés depuis la mort du Messager, à se consoler... Mais est-ce la consolation qu'elle apporte ? N'est-ce pas plutôt comme une partie incandescente du mort qui tressaille, qui s'écorche ?

« Mohammed est mort, l'Islam n'est pas mort ! » a proclamé peu après le premier calife.

« Quel Islam n'est pas mort ? » semble questionner

la voix entêtée de Fatima. Qui bientôt ne va plus pleurer, qui...

Le second lundi après la mort du Prophète n'est pas encore arrivé que le calife, un matin après la seconde prière, remarque tout haut :

— Quelques-uns d'entre les Croyants ne se sont pas encore présentés pour la nécessaire allégeance !

Une voix derrière lui énumère :

— Ô vicaire, il reste Abbas, et Zubeir, et Sa'ad ibn Obeida !

— Quatre jours pour le deuil, eux qui se considèrent comme de la famille de l'Aimé, ne les trouvent-ils donc pas suffisants ?

— Le cinquième jour s'est écoulé, et ils ne se sont pas présentés ! ajoute quelqu'un d'autre.

Mais tous n'osent prononcer tout haut le nom d'Abou Hassan, Ali, « l'homme de la poussière », lui qui, depuis l'inhumation, n'est pas apparu...

C'est Omar, accompagné de Khalid ibn el Walid, qui se propose d'aller les chercher « tous ». Il est décidé à les ramener, de gré ou de force, devant Abou Bekr. Ils sont, ce matin, groupés dans la maison de Fatima.

Omar, à la voix de stentor, les appelle du dehors. Personne ne lui répond. Omar ordonne qu'on lui apporte des fagots pour mettre le feu, si besoin est, à cette maison.

— Au nom de celui qui détient l'âme de Omar, s'exclame Omar, ou bien vous sortez tous, ou bien je brûle la maison avec tous ceux qui s'y trouvent !

L'attroupement des gens se fait intense. Quelques-uns, scandalisés des manières expéditives de Omar, interviennent :

— Ô Abou Hafç, il y a là, dans ce lieu, Fatima !

— Et alors ? réplique-t-il.

Abbas l'oncle, Zubeir le cousin, et Sa'ad sortirent finalement et allèrent prêter allégeance. Ali, par contre, refusa. Fatima se mit à sa porte et apostropha Omar et sa suite :

— Vous avez laissé le cadavre du Prophète entre

nos mains, tandis que vous vous êtes occupés de tout régler entre vous seuls ! Vous n'avez pas attendu notre avis et vous ne vous êtes pas souciés de nos droits !

Omar retourna vers Abou Bekr pour lui rendre compte. Quand, selon une variante, le calife envoya, plutôt que Omar, un autre Compagnon pour insister auprès d'Ali, celui-ci, sans sortir, éleva la voix pour dire :

— Dieu est grand ! Ils se sont approprié ce qui ne lui revient pas !

A nouveau, cela est rapporté à Abou Bekr qui pleura, dit-on. (Quelles que soient les versions de la Tradition, l'on retrouve dans chacune, les larmes versées du vicaire. Aïcha dira plus tard : « Mon père avait les larmes faciles ! »)

Pour lors, c'est Omar, avec une troupe, qui frappe à nouveau à la porte de Fatima. La voici qui répond tout haut, assez haut pour que tous, dans la rue, entendent :

— Ô mon père ! Ô Messager de Dieu ! Qu'avons-nous trouvé, après ton départ, de la part de Omar et du fils de Quohaifa ?

Et tous les assistants de se figer devant l'âcreté de l'appel au Prophète ! Beaucoup de pleurer, et de fuir : « Ne serait-ce donc pas la vérité, qu'une "partie" vivante du Prophète s'adresse au Prophète mort ? » Omar, pourtant, finit par ramener Ali devant Abou Bekr.

— Prête allégeance ! lui dit-on.

— Je ne le ferai pas ! réplique fermement Ali.

Omar propose au calife :

— N'est-ce pas que la loi ordonne de trancher la tête à celui qui retarde sa *ba'iya* [1] ?

Ali eut un sourire, presque de douceur, de défi tranquille :

— Oserez-vous tuer un serviteur de Dieu et le frère de son Prophète ?

— Serviteur, oui, répond Omar, mais frère de son Prophète, non !

1. *Ba'iya :* serment d'allégeance.

Abou Bekr restait silencieux. Il n'avait dit mot depuis le début, sinon pour saluer Ali.

— Ne prends-tu pas de décision ? le harcèle Omar, si prompt à traiter Ali de rebelle.

Et Abou Bekr de répondre enfin :

— Je n'obligerai Ali à rien, et cela, tant que Fatima demeure à ses côtés !

Ali se dirigea jusqu'à la tombe du Prophète pour le prendre à témoin, la voix soudain noyée d'émotion :

— Ô mon Frère, voici que les gens m'ont déconsidéré ! Voici qu'ils m'ont menacé de me tuer !

Sur ce, conclut le transmetteur, Ali ne prêta allégeance qu'après la mort de Fatima.

Pour lors, celle-ci se dresse encore, bien vivante. Mise au courant des contraintes exercées sur Ali, Fatima déclara à sa porte :

— Ainsi, ô Abou Bekr, vous vous hâtez encore au point de vous attaquer aux proches du Prophète ! Allah est témoin ! Je refuserai, ajouta-t-elle, de parler à Omar dans ce monde, et cela jusqu'à ce que je paraisse devant Dieu !

Le deuxième refus qu'elle va opposer aux successeurs, elle, la fille aimée, elle va le vivre longuement, elle va le porter en écharde... Il ne s'agit plus de s'opposer pour Ali et pour le droit de celui-ci au commandement. Cette controverse, dont elle est l'âme, elle la continue, affermie et tenace, car elle la partage avec quelques-uns, « les gens de la maison ». Mais il y a aussi ses droits de fille, sa part d'héritage. Dans ce second débat, elle va lutter seule.

En cela en effet, bien que l'enjeu paraisse plus modeste (un champ, une part de butin, des revenus purement matériels), en regard de la succession du droit de diriger les fidèles, Fatima va vivre la déshérence qui lui est, d'une façon bien spécieuse, imposée, comme une dépossession tout à fait illégitime.

Fatima d'abord l'éplorée, puis la révoltée dans le mépris et l'orgueil douloureux de ses diatribes, Fatima devient alors la dépossédée... On lui refuse sa part d'héritage, au nom d'une interprétation littérale d'un propos de Mohammed tenu devant Abou Bekr :

— Nous, les prophètes, aurait dit Mohammed un jour, on n'hérite pas de nous ! Ce qui nous est donné nous est donné en don !

Et voici que le premier calife, par fidélité rigoureuse aux propos de son ami, va déshériter la fille elle-même du Prophète !

Non, il ne s'agit ni de jardin, ni de propriété, ni de biens à Médine et dans ses environs, il s'agit d'un symbole bien plus grave : ainsi le comprend Fatima. Fatima l'austère, qui a connu à Médine plus de jours d'une vie faite de privations que de bien-être, Fatima qui, maintenant qu'elle est orpheline, se soucie encore moins de confort terrestre !

« Non, accuse Fatima, vous prétendez me refuser mon droit de fille ! » Elle pourrait aller plus loin encore, elle pourrait dire :

— La révolution de l'Islam, pour les filles, pour les femmes, a été d'abord de les faire hériter, de leur donner la part qui leur revient de leur père ! Cela a été instauré pour la première fois dans l'histoire des Arabes par l'intermédiaire de Mohammed ! Or, Mohammed est-il à peine mort, que vous osez déshériter d'abord sa propre fille, la seule fille vivante du Prophète lui-même !

Fatima, la dépouillée de ses droits, la première en tête de toute une interminable procession de filles dont la déshérence de fait, souvent appliquée par les frères, les oncles, les fils eux-mêmes, tentera de s'instaurer pour endiguer peu à peu l'insupportable révolution féministe de l'Islam en ce VIIe siècle chrétien !

Fatima arrive devant Abou Bekr, revendicative. Dans la chambre pleine de Compagnons, elle reste debout ; elle n'a pas un regard pour ces hommes. Elle dont Aïcha dira plus tard qu'elle ressemblait le plus au Prophète bien-aimé « par son langage » elle devient, par son lyrisme qui se déverse lentement, la poétesse de leur remords :

— *Le Messager* — commence Fatima — *est venu d'entre vos tribus,*

Lui qui aime ce que vous n'aimez pas,
Lui qui veille sur vous, lui l'Indulgent envers tous les Croyants !

Et tous les assistants de pleurer de concert... Fatima attend que les effusions se calment, puis elle rappelle, dans une envolée :

— *Il a combattu les Infidèles en tenant tête à leurs armées !*
Il a fait surgir l'aube de sa nuit en fondant le droit sur ses vraies bases !
Alors tous les proches de Satan ont disparu !
Et vous, qu'étiez-vous donc alors ?

Tous, à nouveau, de pleurer devant le flot des reproches rimés qu'ils sentent arriver... Mais c'est la fille, autant que la poétesse, qui les interpelle, sans vouloir les épargner :

— *Vous avez connu, vous, oui, vous avez connu un tel homme !*
Or comment ne pas convenir que c'est mon père à moi, non le vôtre !
Non seulement c'est mon père, mais c'est le frère de mon cousin !

Et chacun derechef de s'exclamer, d'épeler le nom de « Abou Hassan », celui qu'elle appelle, par pudeur, « son cousin », pour ne pas dire qu'il est en fait son époux-cousin, Ali, père de Hassan, lui, le cousin germain de Mohammed et que celui-ci considérait comme son frère, ou comme son fils...

Ainsi, cette double parenté, par sa naissance à elle, par son alliance au fils de Abou Talib, en second lieu, elle la revendique devant tous... Ils prétendent la déposséder des biens dont elle est l'héritière, alors que Mohammed, pour sa succession temporelle, ne laisse aucune descendance vivante, sinon elle ! En dehors de ses veuves, Mohammed ne laisse ni fils, ni filles hormis Fatima, ni frères, ni sœurs, ni ascendant (puisqu'il fut fils unique et très tôt orphelin); un seul de ses oncles paternels, Abbas, et plusieurs de ses tantes ainsi que de nombreux cousins lui survivent.

Ainsi, Fatima, seule héritière en ligne directe du

sang du Prophète, peut narguer les autres Croyants, leur rappeler leur élévation passée dont ils sont bénéficiaires, alors qu'elle-même, elle ne reçoit, en fait d'héritage, que les pleurs de sa douleur filiale :

— *Qu'étiez-vous donc, sans lui et avant lui ?*
Vous vous trouviez au bord du trou de l'enfer,
Démunis de tout, tels les vagabonds des routes qui se nourrissent de feuilles,
Habités par la soif de l'envie, agités, aveuglés, sans défense,
Qu'étiez-vous, vous que Dieu a sauvés en vous envoyant le Prophète ?

De nouveau, le repentir s'empare des auditeurs qui se lamentent tout haut, de la perte de l'Aimé, de la colère de sa fille. Elle, elle leur tourne maintenant le dos ; elle les entend à ses pieds pleurant, elle n'en a cure ; elle déclame inlassable, désabusée, la voix rugueuse, le souffle puissant malgré sa silhouette fragile, décidée, semble-t-il, à les narguer ainsi des jours et des jours :

— *Et c'est de vous aujourd'hui que nous supportons les blessures ?*
Vous êtes comme le passage du couteau sur notre gorge,
Puisque vous prétendez que nous n'avons pas d'héritage !
Ô vous qu'on appelait modjahiddines, *c'est la loi de la* djahilia *que vous prétendez m'appliquer !*

Elle se retourne enfin et elle conclut soudain sur un ton d'étrange victoire, presque joyeuse, comme si ces retournements dans le ton, dans les sentiments, elle les maîtrisait en tragédienne à l'art consommé :

— *Louange à Dieu, que la Paix soit sur Lui et sur son Prophète !*
Gloire à Dieu ! Notre rencontre se fera devant Lui, à l'heure de la Résurrection !

Après cette séance d'accusations publiques, Fatima, raconte-t-on, alla à la mosquée el'Ançar. Elle s'adressa aux fidèles qui venaient de terminer leur prière, et son accent, cette fois, décela une sorte de naïveté offensée, un étonnement béant jusqu'à la blanche désespérance :

— Dites-moi, ô Croyants, quel est ce retard à me porter secours, quel sentiment vous habite au point que vous assistiez, le cœur tranquille, à ma dépossession ? Avez-vous oublié le Prophète quand il disait que toute personne se continue dans ses enfants ?

» Oh oui, vous avez bien vite tué cette vérité ! Vous voyez l'Aimé blessé à travers moi, et vous ne réagissez pas !... La terre devient noire, les montagnes elles-mêmes semblent se repentir et c'est là un signe dont Lui a parlé !... Souvenez-vous, il vous a avertis avant sa mort, car il vous a dit : "Mohammed n'est qu'un Prophète qui a été précédé par d'autres Prophètes !"

» Est-ce qu'après sa mort, qu'elle soit naturelle ou violente, vous allez revenir à votre situation de départ ? Est-ce que vous allez changer d'opinion comme vous changez de vêtement ?... »

Elle se tut un moment ; la mosquée resta pleine, comme si tous les fidèles allaient habiter là puisque la fille de l'Envoyé les haranguait en s'y tenant comme en sa propre demeure...

Elle restait immobile, face à eux, le corps enveloppé de ses voiles blancs et son visage pâle, osseux, tout animé :

— Ainsi, vous écoutez mon appel tandis que je m'adresse à vous : et vous restez là ! Ma voix, vous l'entendez, et vous restez là ! Aujourd'hui, vous êtes à l'aise, vous vivez dans l'opulence, vous vous sentez forts ! En outre, vous vous prenez pour les Élus que Dieu a choisis !... Est-ce bien vous qui avez affronté hier les difficultés les plus graves ? Est-ce vous qui avez combattu dans les batailles les plus sanglantes ? Est-ce vous qui avez rivalisé avec les Bédouins les plus farouches et les avez vaincus ? Maintenant, la meule de l'Islam a tourné, le lait de l'Islam coule pour vous et vos familles en abondance, les feux de la guerre se sont éteints ! Mais moi, je vois combien vous reculez après avoir avancé, combien vous êtes devenus cendres après avoir été braises, combien vous êtes lâches après avoir été héroïques !

» Je viens à vous, et c'est pour constater votre léthargie, après l'élan qui vous soulevait autrefois. Je viens à vous et c'est pour vous voir préférer la vie tranquille... Mais (et elle eut, malgré la noblesse des lieux, comme un rire sauvage) gloire à Dieu, Dieu seul est riche de ressources et de miséricorde ! Dieu éclaire les cœurs ! Au nom de Dieu lui-même, prenez conscience et connaissance ! Quant à ceux qui ont été injustes, ils verront comment la destinée se renversera pour eux ! »

Quelques jours après, Omar finit par proposer à Abou Bekr :

— Ô vicaire du Prophète, si nous allions voir Fatima, car nous l'avons mise en colère !

Ils allèrent. Devant la maison, ils demandèrent la permission d'entrer. Fatima refusa. Ils allèrent à la recherche d'Ali qu'ils finirent par rencontrer. Ils l'informèrent de leur intention de parler à Fatima. Ali les fit entrer.

Quand ils s'avancèrent et s'assirent face à elle, Fatima tourna son torse et son visage vers le mur. Ils la saluèrent. Elle ne leur répondit pas. Abou Bekr prit la parole :

— Ô la chérie du Messager, sache que ceux qui sont proches du Prophète me sont plus proches à mon cœur que ne le sont ceux de ma propre famille ! Cela, Dieu m'est témoin ! C'est pourquoi tu m'es plus chère que Aïcha, ma propre fille. J'ai souhaité mourir le jour où ton père est mort !... (Il s'arrêta, la voix étranglée d'émotion, puis, avec une douceur mêlée de tristesse, il continua.) Comment moi, qui ressens pour toi un tel attachement, moi qui, en outre, suis conscient, plus que quiconque, de ta générosité et de ta noblesse, comment vais-je pouvoir t'interdire ton droit et te priver de ton héritage, si je n'avais entendu moi-même le Messager de Dieu — que la Paix de Dieu soit sur Lui ! — déclarer : « Nous, les Prophètes, nous ne donnons pas en héritage ce qui est laissé derrière nous, car ceci est un don ! »

Le silence, dans la chambre où les quatre personnes présentes n'avaient pas bougé depuis le début, s'étala, translucide. Dehors, le chant d'une mélopée féminine s'entendit un court instant, puis s'éloigna.

Fatima, cette fois à demi tournée vers le calife, mais sans regarder d'aucune manière Omar, répondit enfin :

— Si moi, je te cite un autre hadith et que tu le connais, agiras-tu comme il y est rapporté ?

Les deux hommes, Abou Bekr et Omar, d'un même mouvement, répondirent :

— Certes oui !

— N'as-tu jamais entendu le Prophète dire :

« Recherchez le contentement de Fatima car c'est mon contentement !

« Craignez ce qui met en colère Fatima car cela me met en colère !

« Celui qui aime Fatima ma fille, celui-là m'aime ! »

Et les deux hommes, dans un bel ensemble, de répondre :

— Oui, nous l'avons entendu !

Elle répliqua alors, d'une voix plate, comme si à l'instant même la passion, la colère, et jusqu'à la peine s'évaporaient à la fois de ses paroles et d'elle-même :

— Je prends Dieu et ses anges à témoin que vous m'avez irritée ! Et que vous ne m'avez pas contentée ! Et quand je rencontrerai le Prophète, je me plaindrai de vous !

Abou Bekr, après un soupir, répondit assez bas :

— Ô Fatima, je demande pardon et protection à Dieu de ton mécontentement !

Il ne put continuer car il pleurait. Fatima ne bougea pas. Ali fit un mouvement; il se leva et alla jusqu'au fond de la pièce pour maîtriser son émotion.

Fatima, de la même voix plate, déclara lentement :

— Je me plains de toi à Dieu dans chacune de mes prières !

Abou Bekr sortit de la chambre, Omar impassible

derrière lui. Dehors les gens l'entourèrent. Ils regardaient le visage du calife au teint clair, plus pâle que d'habitude, mais surtout ruisselant de larmes.

L'émotion de celui-ci ne se calmait pas. Personne n'osait l'interroger... Combien de jours maintenant que le différend entre la fille du Prophète et le vicaire du Prophète s'aiguisait !

Abou Bekr regarda le premier rang de l'assistance. Puis, d'une voix écorchée, un peu rude, il se plaignit :

— Chacun d'entre vous passe sa nuit tranquille entre les bras de son épouse ! Mais moi, moi, vous me laissez embarrassé, écrasé par ce fardeau, seul !... (et il eut, lui, le patient, le doux, il eut un geste du bras, geste d'impuissance ou de désolation...) Allons donc, Musulmans, reprenez cette allégeance dont vous m'avez chargé ! Elle m'est trop lourde ! Recevez ma démission !

Une stupeur consternée s'empara des assistants. De l'arrière, une voix de vieillard s'éleva, vigoureuse :

— Ô vicaire de l'Envoyé de Dieu, tu nous dis cela après ce que tu as entendu de Fatima !

Les protestations fusèrent. Abou Bekr domina peu à peu son découragement. Omar, figé mais toujours là, l'accompagna sans mot dire, jusqu'à sa demeure.

Ainsi elle a dit « non », la fille aimée.

« Non » au premier calife pour son interprétation littérale du « dit » du Prophète. Peut-être que, dorénavant, au lieu de la surnommer « la fille aimée », il faudrait l'évoquer sous le vocable : « la déshéritée » ?

Ce « non » total, irréductible, Fatima ne l'oppose pas à l'homme Abou Bekr, dont elle ne peut oublier l'attachement indéfectible qui le liait au Prophète, mais au calife, celui qu'on a désigné calife hors la famille du Prophète...

Sans doute comprend-elle peu à peu, ou suppose-t-elle confusément que, non contents de réduire l'importance des « gens de la maison » par l'éloignement de Ali, ils ont trouvé cette interprétation-là d'un « dit » du Prophète pour l'atteindre à son tour, comme fille !

Oui, elle commence à sentir que, elle vivante, ils ne pourront en tant que gens du pouvoir, et parce que dorénavant seulement gens de pouvoir, ils ne pourront avoir aucun repos, nulle tranquillité d'âme !

Fatima représente le doute, leur doute.

Elle vivante, elle seule héritière par le sang et par la personnalité de l'homme Mohammed, elle incarne l'interrogation constamment ouverte sur le bien-fondé de cette succession !

Il existe une autre variante de la Tradition, qui livre cet ultime dialogue :

Abou Bekr proteste encore, avec sa douceur coutumière :

— Ô fille du Prophète, c'est bien vrai que le Prophète est ton père ! C'est bien vrai qu'il est en outre le frère de ton cousin ! Mais ce n'est pas moi, c'est le Prophète qui a dit : « On n'hérite pas de ce qui est don ! »

Et Fatima, à nouveau, d'exploser, tant sa logique à elle rejoint la passion de justice qui la dévore, qui va l'habiter jusqu'à la fin :

— Dieu n'a-t-il pas dit à propos d'un de ses prophètes : « Il hérite de moi et il hérite de la famille de Jacob ! » Je sais bien que la prophétie ne s'hérite pas, mais tout ce qui est autre chose qu'elle, est permis, est transmissible ! Dis-moi pourquoi je me vois, moi seule, interdite de l'héritage de mon père ? Est-ce que Dieu a dit, dans son Livre, que tout le monde hérite de son père, « sauf Fatima fille de Mohammed » ? Montre-moi cette restriction dans le Livre : alors je serai convaincue !

Et les arguties se prolongent. Abou Bekr réplique...

Pour finir, comme pour exclure Fatima encore là, encore vivante, il se tourne vers Ali : « Cela, ô Abou Hassan, est entre toi et moi ! » Comme si tout était affaire d'hommes. Tout, y compris le droit d'héritage des filles !

Fatima conclut ce débat par une résignation apparente et hautaine :

— Si c'est comme cela, je tâcherai de trouver

patience pour cette situation amère! Louange à Dieu, le Dieu de la Vérité!

Comprenant que « leur » loi sera implacable face à elle, elle ne se résigne pas, non. Elle a hâte de recourir à Dieu. Elle a hâte de mourir. Et elle meurt, de ce « non » incessant, inlassable, à la loi de Médine.

Quand, quelques mois plus tard, elle tomba malade, de la maladie qui devait rapidement l'emporter, des femmes de Médine entrèrent un jour chez elle :

— Comment te portes-tu ce matin, ô fille du Prophète? demandèrent-elles.

— Ce matin, répondit Fatima, je sens que je me détache enfin de votre monde et que je vais être débarrassée de tous vos hommes! Car j'ai été tellement témoin de leurs écarts, car j'ai eu tant d'occasions de les sonder que je les repousse enfin tous désormais! Dorénavant, comme ils me paraissent lourds, tous ces hommes en foule à l'opinion indécise!

Dans les dernières journées précédant sa mort, maintes évocations émouvantes la montrent s'approchant de son heure dernière dans une sérénité illuminée par l'espoir de retrouver bientôt son père et de se présenter enfin à Dieu! Ses dernières forces, elle les dépense à vouloir se baigner, aidée par une amie très proche, à se parer de vêtements neufs. Puis elle déclare, souriante, presque coquette : « Je suis prête! »

Cependant à sa mort, quand des femmes de la famille du calife — parmi lesquelles Aïcha, fille de Abou Bekr — voudront entrer dans la chambre où son corps attend d'être inhumé, sur le seuil, le passage leur sera interdit. A Abou Bekr, auquel elles se sont plaintes de ne pouvoir contempler une dernière fois la fille du Prophète, il est répondu :

— C'est Fatima elle-même qui a laissé ses dernières recommandations : que personne de Médine, excepté sa famille, n'entre dans sa chambre mortuaire pour s'incliner devant elle!

Fatima fut enterrée la nuit, à l'angle de la maison de Oukil. Ali la porta en terre, puis devant la tombe encore ouverte, il improvisa à voix haute ces vers devant les assistants troublés :

« *Ô Messager de Dieu, accepte mon salut et celui de ta fille ! Elle qui descend dans ton voisinage !*
Elle qui se précipite pour te rejoindre !

Comme ma patience va diminuer, maintenant que vous m'avez quitté !
Comme mes lendemains vont devenir fragiles ! Où vais-je trouver consolation de ce double éloignement ?

Ô Messager de Dieu, quand je t'ai mis dans la tombe comme aujourd'hui
Je t'ai étreint ! J'ai senti ton âme palpiter contre ma poitrine !

Or le dépôt que tu m'avais laissé alors voici qu'il revient à sa source !
Ta fille va te rapporter comment ta communauté a avalé ton droit !...
Nous sommes à Dieu et nous retournons à Lui ! »

Il continua longuement sur le thème de la séparation d'avec l'être aimé, sur la perte de « l'un » après la perte de « l'autre »... Il ne pleura pas ; non. Il laissa couler de lui une poésie ample, lyrique, qui cherchait à consoler... Lui qui jusqu'alors était comparé à un « lion » pour son courage hors pair dans les batailles, pour son intrépidité véritablement extraordinaire, voici que l'éloquence qui prenait source en lui, en ce jour grave, allait devenir sa longue, sa solitaire et presque unique bataille.

Après la mort de Fatima, Ali vécut encore trente années. Il fut désigné calife des Croyants seulement cinq années avant sa mort.

Pendant ces trois décennies, il épousa huit femmes ; il eut donc presque constamment quatre épouses, jouissant ainsi de son droit de polygamie, dans les limites et la forme permises. A sa mort, il laissait trois veuves.

Il eut en tout quinze fils (dont Hassan et Hossein, fils de Fatima), ainsi que dix-huit filles, dont Zeineb et Oum Keltoum, petites-filles du Prophète.

Pendant ces jours difficiles, il épousa huit femmes. Il eut donc presque constamment quatre épouses [illegible] puissent aussi de son droit de polygamie, dans les limites et la forme permises. A sa mort, il laissait trois veuves.

Il eut en tout quinze fils (dont Hassan et Hossein, fils de Fatima), ainsi que dix-huit filles, dont Zaineb et Oum Kaltoum, petites-filles du Prophète.

2.
SOUMISES, INSOUMISES

DEUXIÈME RAWIYA

Ma sœur, celle que j'appelais « ma sœur » depuis l'année fatale d'Ohod où elle et moi, pareillement, avons perdu tous nos fils, ma sœur donc dans le deuil d'hier, elle dont la mémoire déroulait, chaque jour, sa trame d'or, est morte ce matin. Nous appartenons à Dieu et nous retournons à Lui, que le Prophète bien-aimé lui soit un tendre intercesseur!

Elle tenait si souvent à faire le compte des dames mecquoises venues en Migrantes chez nous, les premières arrivées après le Messager et Abou Bekr, son ami...

Elle rappelait les paroles, les gestes de bienvenue, avec au centre notre Messager, lui qui nous a quittées désormais. Elle rapportait ses discours, les manifestations vives ou discrètes de sa joie. Pendant qu'elle parlait ainsi, entre deux prières, il me semblait que le Messager était en expédition, qu'il allait d'un moment à l'autre nous revenir!

Or ce matin de Shawal, je l'ai entendue se lever, dans la cabane que nous partageons. Il y eut un silence; puis, tout près, au-dessus de ma tête, elle murmura :

— Ô ma sœur, lève-toi, je crois mon heure venue!

Elle s'assit sur une natte, en face. « Il n'y a de dieu que Dieu et... », sa voix s'en allait.

Je me baissai vers elle : elle restait accroupie, sa main agrippée à un genou, l'index levé. Son visage fin et ridé me fixa avec des yeux d'ailleurs. J'ai répété la fatiha *avant de songer à l'allonger, à ne pas laisser son corps se raidir trop vite. A l'aube, des maisons voisines, chaque femme vint pour le dernier adieu.*

Quand les hommes sont entrés et l'ont emportée pour l'inhumation, je me suis mise à pleurer. Autour de moi, les Médinoises ont commencé à évoquer la disparue, sa voix perdue, sa mémoire qui a laissé un scintillement de soie parmi nous.

— Le Prophète n'a-t-il pas dit, intervint une Migrante pour me consoler, que toute mère ayant enterré, avant sa mort, trois de ses enfants ou plus, mourrait en martyre ? Console-toi, son âme ira au Jardin des Jardins !

— Je pleure, répondis-je, en pensant à toutes celles qui ne l'ont jamais écoutée, elle, la chroniqueuse des orphelines ! Sa parole déployée nous était couverture...

— N'est-ce pas à toi, ô mère, de reprendre le trésor qu'elle a laissé ? questionna une jeune femme de quinze ans à peine et qui, le sein nu et gonflé, allaitait un bébé tout frémissant.

— Que Dieu te le transforme en chevreau bondissant ! répondis-je en essuyant ma face. Comment pourrai-je devenir une rawiya ? soupirai-je, vraiment désespérée.

Non, je ne reprendrai pas la chaîne. Je ne suis pas femme de parole : chaque présence d'une autre, d'un autre me pousse au silence, et ce, malgré mon âge devenu vénérable. Un puits se creuse en moi. Quand quelqu'un m'interroge, je ne peux que murmurer ; ma mémoire, je la sens prête à dévider le fil telle une tisseuse vaillante, mais qu'y puis-je, ma voix s'en va ! Quand une femme de haute naissance me sollicite, je sens cette voix étouffée plonger davantage à l'intérieur de mes entrailles... Je me tais ; je ne sais que me taire.

Seule désormais — malgré plusieurs invites, j'ai préféré rester seule dans cette cabane — j'aime me parler à moi-même. Je ne suis femme que du soliloque : car Dieu m'a donné ce destin déserté d'enfants de mes deux fils morts martyrs, d'enfants qui jamais ne naîtront. Ne m'attendent-ils pas ailleurs, c'est la seule demande que je formule après chacune de mes cinq prières. Non, me dis-je à moi-même, je ne suis pas capable d'être une rawiya ! Pas moi.

Est venue enfin celle qui pourra succéder à ma sœur; je l'appellerai la seconde rawiya... Pourquoi livrer son nom, c'est-à-dire le nom de son père, ou celui de son fils aîné ? Elle n'a pas eu de fils, et si elle n'évoque ni ses maris morts, ni le nom de son père, c'est parce que ce dernier, comme ses maris successifs, est resté païen.

Elle arriva un jour à Médine, âgée de plus de la cinquantaine, avide, face au Messager, de prouver son ardeur croyante.

— Oh, appelez-moi Habiba ! supplia-t-elle, car elle avait renié toute famille.

Elle voulait seulement être une habiba, *une amie de Dieu et de son Messager.*

— Habiba, répondit l'Envoyé (que le salut de Dieu soit sur lui !) tu seras « l'amie » de tous les amis de Dieu !

Et la douceur de ses paroles illumina la face de la nouvelle adoptée. Oui, ce sera elle qui continuera la chaîne, je l'ai aussitôt pressenti : une femme arrivant à Médine sans enfant, sans mari, sans neveu. Or, quelque temps après, un homme d'aspect lourd et de visage pacifique se présenta chez moi :

— Je suis un neveu (ou un petit-neveu, je ne sais plus) de Habiba ! Je dois veiller sur elle !

Personne n'avait prêté attention à elle, jusqu'à ce jour. Ce jour où elle assista, au premier rang des spectatrices muettes, aux torrents de déclamations véhémentes de la fille du Messager.

Habiba pleurait en suivant partout Fatima; elle l'écoutait, figée parmi les suivantes. Jours de tumulte où l'inspiration de colère et de justice s'emparait de la fille aimée ! Derrière Fatima, Habiba la paysanne ne songeait même pas à changer de coiffure, à donner à sa mise un air de semblance citadine. Elle, l'errante à laquelle chacune de nous s'était attachée. (« Ce n'est ni une esclave, ni une affranchie, ni une Bédouine, ni une étrangère, seulement une Croyante sans famille ! » disait-on d'elle doucement.)

Puis Fatima est morte, que le Prophète intercède pour elle, que Dieu lui soit clément et miséricordieux ! Habiba a écouté Ali, la nuit de l'inhumation : elle a retenu les vers de son improvisation funèbre.

— Je me suis glissée, grâce à l'obscurité, parmi les hommes, quand ils l'ont portée, Elle ! Veux-tu que je te répète ce qu'a déclamé Abou Hassan ?

Je l'ai écoutée toute la matinée. Depuis, elle va et vient, faisant de ma maison sa maison, pour un jour, quelquefois pour davantage.

Une année s'est écoulée depuis la mort de la fille du Messager. Ali a épousé Oum al Benin, qui est actuellement enceinte et qui veille sur les quatre enfants si jeunes de Fatima. Il me semble parfois qu'un silence concerté, qu'une sorte d'engourdissement nous a envahies toutes. Je crois entendre, certaines nuits, la voix grave de Fatima, particulièrement cette dernière fois où je la vis vivante, allongée sur sa couche, mais parée comme une mariée : je faisais partie de la seule délégation des épouses et mères des 'Ançars qu'elle accepta de recevoir. Oui, parfois, au cœur de la nuit, j'entends ses derniers mots accusateurs :

— Je vais être débarrassée de tous vos hommes ! Dorénavant comme ils me paraissent lourds, tous ces hommes à l'opinion indécise !

Quelle Musulmane de cette ville ou d'ailleurs perpétuera cette éloquence enflammée qui nous brûlait, qui nous tenait en émoi ?

Je remarquai les nouvelles manières de Habiba, l'errante. Longtemps douloureuse, devenue même farouchement silencieuse, elle finit par me confier qu'elle ne supportait plus la ville de Médine. Elle s'était mise à murmurer souvent, sans rien de logique : « Loin... loin ! » Je l'interrogeai patiemment, je lui répétai jusqu'à la harceler :

— Loin de quoi, Habiba ?

— Loin de cette ville ! bougonna-t-elle, un jour.

Je lui fis aussitôt le reproche :

— Pourquoi parler ainsi, ô toi que l'Aimé lui-même

a surnommée l'« Amie » ? Ne sais-tu pas que cette ville est sa ville ?

Que dire, que raconter, était-ce à moi à lui rappeler comment le calife a mobilisé tous nos hommes pour la défense de Médine, comment il a rassemblé toutes les énergies pour envoyer dix armées dans la péninsule ? Que peut-on d'ailleurs attendre de ces Bédouins pillards, renégats, infidèles ? Certes ils reviennent peu à peu à l'Islam !

La vieille Habiba m'écoute sans m'entendre lorsque je rappelle la guerre au loin :

— Médine pleine surtout de femmes, de vieillards et de garçonnets... La famille voisine a vu partir ses cinq fils, enrôlés dans trois des armées ! La guerre va-t-elle se perpétuer ?

Habiba désormais déambule de maison en maison. Chez moi, elle reste deux ou trois jours, puis elle disparaît, elle revient pour une semaine. Quelquefois, son neveu vient la chercher :

— Ô tante ! Nous avons besoin de toi chez nous ! Notre cœur se languit de ta présence !

Elle le suit. Une nuit passée dans sa demeure, elle la quitte au matin. Elle se mit ensuite à sortir en pleine nuit. A l'aube, on venait la demander en vain chez moi. On s'habitua à la retrouver devant la tombe de Fatima : assise, elle dévidait de longs murmures confus, ses cheveux gris répandus sur les épaules, le voile à demi tombé :

— Ô tante, reviens vers nous ! répétait patiemment le neveu, et il l'aidait à se relever.

J'ai remarqué qu'elle choisissait les demeures où entrer, où rester quelque temps, comme si un instinct la poussait à ressusciter quelle vie disparue ? Sera-t-elle vraiment la seconde rawiya, cette Habiba autrefois si fervente et si vive, mais qui prend maintenant les allures d'une simple d'esprit — que Dieu lui vienne en aide et me pardonne mes pensées !

Un vendredi, elle alla chez Safya, la tante paternelle du Messager. L'ayant appris le jour même, je me suis dit : « Safya bent Abdou el Mottalib est forte ! Safya, comme Oum Fadl, est l'une des premières femmes islamisées. Malgré son âge, elle reste une force de la nature. Personne ne l'a vue pleurer à la mort du Bien-Aimé. »

Chez Safya, Habiba vécut plus d'une semaine. Elles faisaient leurs prières côte à côte; elles s'abîmaient dans de longues rêveries. Safya en sortait pour de soudaines improvisations poétiques : sur le bonheur de l'au-delà, sur la mélancolie de la séparation, sur l'attente de l'heure dernière. Quelquefois, ce n'était que deux vers, d'autres fois une longue strophe sur un rythme bousculé.

Habiba s'immobilisait : elle écoutait par tous ses pores. A peine Safya avait-elle terminé qu'elle reprenait le dernier vers : elle se mettait à le chanter, ou plutôt à l'étirer en un long gémissement de chatte effrayée. Safya la regardait, puis concluait :

— Que le salut de Dieu soit sur nous deux !

Elle faisait brûler de l'encens. D'autres femmes venaient s'asseoir : leur conversation évoquait les incidents les plus connus de la vie du Messager. L'une demandait le récit de telle scène où s'était illustrée Safya; parfois, il s'agissait de faits d'armes — Safya n'avait-elle pas combattu l'arme à la main, lors de la guerre du Fossé ?

Huit jours après, Habiba, sans même retourner chez le fidèle neveu qui l'attendait, me rendait visite. Je constatai qu'elle ne répétait plus : « Loin... loin de la ville ! » Elle ne semblait pas sereine pour autant; seulement moins impatiente et dans un maintien plus convenable. Je n'osais lui demander des détails sur la tante paternelle du Prophète.

— Où vas-tu donc ce soir, Habiba ? dis-je quand je la vis franchir mon seuil avec hâte.

— Chez Oum Ferwa, dit-elle, la sœur de Abou Bekr.

Oum Ferwa, depuis que Ash'ash, de la tribu des Beni Kinda, était hélas retourné au paganisme avec tous les siens, Oum Ferwa vivait seule, avec deux servantes. Elle n'avait pas d'enfants. Son frère, le vicaire du Messager, lui faisait parvenir chaque jour, par son affranchi, sa part de subsistance et d'argent.

Les femmes de Médine avaient raconté la scène qui s'était déroulée quelques mois auparavant.

— Ne veux-tu pas que je prononce le divorce, ô fille de mon père? Que j'en informe Abou Quohaifa à La Mecque pour qu'il puisse, lui, ou si tu désires, moi-même, te proposer un autre époux?

— J'attendrai, ô Émir des Croyants! répondit-elle de sa voix douce. La patience n'est-elle pas demandée en premier aux Musulmans et aux Musulmanes?

— Que Dieu t'assure paix et protection! répliqua Abou Bekr.

— Oum Ferwa si frêle, si belle! soupira celle qui avait surpris la scène.

La vieille Habiba avait donc choisi d'aller chez « celle qui attend », ainsi surnommait-on désormais Oum Ferwa dans le peuple des femmes. Habiba, avec ses cheveux épars, et son sourire d'ange triste, entra chez la sœur délaissée du calife. Elle lui annonça d'emblée :

— Je reste chez toi trois jours, si tu me le permets! Les prières que tu feras chaque nuit, je les ferai avec toi et comme toi!

— Tu m'apportes la paix et le désir plus avivé de Dieu et de son jardin! répliqua Oum Ferwa. Reste ici, comme chez ta fille!

On rapporta que le matin où Habiba partit, elle s'exclama à la porte assez haut si bien que deux ou trois passantes l'entendirent.

— Tu attends, je sais! Je te prédis que ce ne sera pas en vain! Le bonheur te reviendra comme un oiseau de printemps, le destin te présentera son visage empourpré et ses yeux élargis d'aurore!

La sœur du calife sourit; touchée et, sans montrer son espoir réveillé, elle remercia brièvement :

— Sois bénie, ô ma mère!

A nouveau, Habiba se transforme en rôdeuse des chemins. Quelquefois des garçonnets, quelques fillettes au visage sali et aux pieds nus, se mettent à la harceler de chansons moqueuses. Cela fut signalé maintes fois, et ce pauvre neveu qui, à l'heure de la sieste, survenait pour la ramener au logis!

Elle négligeait de me rendre visite, elle qu'on vit se remettre à traîner tard la nuit — elle n'allait plus méditer sur la tombe de Fatima — quelques familles s'inquiétèrent. Quelqu'un suggéra d'alerter, bien qu'elle fût une vieille femme, Omar ibn el Khattab, ou même le calife !

A cette époque où tant de gens désespéraient de son équilibre, Habiba finit un jour par entrer chez Maïmouna, Mère des Croyants. S'amorça alors une sorte de lent miracle ; enfin les deux anges qui lui étaient destinés semblaient être revenus derrière ses épaules !

Une fois chez Maïmouna, Habiba ne donna plus signe de vie huit jours durant, puis huit jours encore, un mois entier ! Les femmes — celles qui allaient visiter tantôt l'une tantôt l'autre des neuf veuves vénérées — rapportèrent que la vieille Habiba, « douce, sage et convenable », ne désirait que servir la noble Maïmouna. S'asseoir près d'elle, veiller sur elle en mère ou en tante plus âgée, l'écouter surtout car Maïmouna savait évoquer le passé. Les dames médinoises soulignaient la transformation de Habiba et cela, grâce aux dons reconnus de la dernière épouse du Prophète bien-aimé :

— Souvenez-vous, dit l'une d'entre elles, n'est-ce pas grâce à Maïmouna que son neveu, le jeune Khalid ibn el Walid, le chef des Mecquois païens, à Ohod, s'est islamisé ?

— Voyons, intercéda une autre, c'est bien malséant de parler ainsi de celui que Mohammed a surnommé ensuite « le glaive de l'Islam » !

— Laisse-moi y venir, ma chère... Il n'en reste pas moins vrai qu'il y a seulement cinq ans Khalid s'avérait notre ennemi ! Certes il est aujourd'hui notre plus vaillant général !

Le bourdonnement des causeries féminines à Médine se prolongeait.

Deux saisons se sont écoulées sans que la vieille Habiba n'ait quitté la demeure de Maïmouna, « Mère des Croyants ». Moi, j'attends : serait-ce ainsi, par ces absences, ces oublis, cette attention aux plus nobles, par ce silence si riche qu'une nouvelle rawiya apparaît à elle-même, puis à la mémoire des Croyantes ?... Toute parole vraie surgit dans la sérénité d'une nuit de pleine lune !

Habiba viendra chez moi, c'est sûr, ou elle ira s'installer chez le neveu, car son destin la porte, celui d'accoucheuse des âmes, d'éveilleuse des somnolences... Habiba, la deuxième rawiya !

Celles qu'on épouse après la bataille

1

Deux femmes apparaissent en silhouettes de mariées, au cours des expéditions que poursuit Khalid ibn el Walid, pour islamiser complètement l'Arabie. Quelques mois viennent de s'écouler après la défaite de Sadjah, la prophétesse. La 12e année de l'hégire est entamée.

Ces deux femmes, figurantes fugitives, sont épousées par le même homme, Khalid en personne, et chacune après la défaite de son propre clan. L'une et l'autre passent sans coup férir du camp vaincu dans le lit du vainqueur. Est-ce avec allant, ou dans une lenteur désespérée, que leur pas les conduit à la couche nuptiale ?

La première s'appelle Oum Temim. Elle est l'épouse de Malik, fils de Nowaira, celui-là même qui, quoique musulman, pactisa un moment avec Sadjah, à l'arrivée de celle-ci. Malik s'apprêtait à faire face à Khalid qui se dirigeait vers le campement nommé Bita'h ; Malik espère obtenir le pardon.

Khalid attend les ordres de Abou Bekr, à Médine. Le calife lui demande de vérifier si les tribus pratiquent bien l'Islam. « Envoie vers chaque tribu deux ou trois hommes qui devront arriver à l'heure de la prière... Si l'on n'entend pas l'appel, ces gens sont apostats et méritent la mort ; si l'appel à la prière est entendu, épargne alors les hommes ! »

Khalid envoie vers la tribu de Malik plusieurs cavaliers, dont Abou Quatada, un Compagnon de Mohammed, celui-là même qui avait tué le frère de Selma la rebelle. Les messagers reviennent avec des rapports contradictoires. Abou Quatada affirme, lui, avoir entendu l'appel.

Malik est convoqué par Khalid ; resté musulman, il compte obtenir le pardon. Assis face à Khalid, il regrette sa première alliance avec Sadjah, mais rappelle l'avoir ensuite quittée. Puis, voulant évoquer le Prophète, il fait un *lapsus linguae* : « Votre maître... », dit-il. Khalid bondit :

— Chien ! Je sais que tu es incrédule !... C'est toi qui as amené Sadjah en Arabie !...

Il fait signe à un garde qui a son sabre à la main. La tête de Malik tombe.

Est-ce ce soir même, est-ce quelques jours après que Khalid ibn el Walid épousa la veuve ? La mort de Malik eut lieu au campement de Bita'h. Khalid, Malik ainsi exécuté « à chaud », se hâte d'aller razzier les territoires et d'emmener les femmes captives. L'illustre général, entrevoyant la face éplorée de la veuve, s'en éprend, en fait non une esclave, mais sa femme légitime... Il y a obscurité des sources, comme si le récit tenait davantage à conserver le triste éclat du glissement fatal. Glissement verbal. « Votre maître » : Malik s'est trompé sur le possessif et le paye de sa vie !

Il y a eu auparavant divergence des témoignages, sur l'appel à la prière dans les tribus : celui qui arrive chez les Beni Temim et n'entend pas le muezzin, parce qu'arrivé trop tôt ou trop tard, et celui, par contre, qui affirme avoir entendu, le témoin Abou Quatada.

Ce dernier, resté loin de Bita'h, apprend et la mort

de Malik et les épousailles qui suivent. Il vient protester. Il est un Compagnon, un 'Ançar, c'est-à-dire au moins un égal du premier des militaires (le Prophète n'a-t-il pas dit, tous s'en souviennent : « Je le jure, par Dieu, si le monde entier marchait d'un côté, et les 'Ançars d'un autre côté, j'irais avec les 'Ançars et me regarderais comme l'un d'eux ») :

— Tu n'as pas bien agi, accuse Abou Quatada.

Khalid lui oppose la parole de l'autre témoin qui n'a rien entendu :

— Sa parole vaut la tienne, ajoute-t-il.

— Le Prophète m'a considéré comme plus véridique que toi-même ! réplique Abou Quatada, qui va porter l'affaire à Médine, jusqu'au calife lui-même...

Car tout est Verbe d'abord ; si le Verbe défaille, le sang coule : tête coupée du chef, noces sacrilèges pour la femme. Oui, tout est Verbe : la vie, pour un Arabe, y est suspendue et ce risque-là est certes signe de noblesse, mais pour la femme, en dépend son amour qu'elle perd. Ou qu'elle gagne, comment savoir ?

Qui dira si Oum Temim fut consolée de son veuvage par sa nouvelle promotion (se trouver sous la tente du premier soldat de l'Islam), ou si au contraire elle ne put que pleurer davantage Malik ?

La mort de Malik reste gonflée d'ambiguïté. Elle sera la matière d'un procès qui va poursuivre Khalid tout au long de sa carrière. Pour finir, cela occasionnera sa révocation, sinon sa mort... L'épouse de Malik ainsi épousée a prolongé l'équivoque. A Médine, Abou Quatada trouve un allié en Omar ibn el Khattab, le futur calife, pour l'instant premier conseiller de Abou Bekr, que l'on craint pour sa volonté de justice intransigeante. Omar devient un redoutable procureur :

— Khalid, accuse-t-il, a tué Malik alors qu'il était musulman. Il a ensuite épousé sa veuve. Il y a sacrilège ! Khalid mérite la mort.

Abou Bekr convoque Khalid. Celui-ci arrive à Médine « monté sur un chameau et vêtu d'une tunique de coton devenu noir par le contact de la cuirasse, le sabre suspendu à son baudrier, et la tête enveloppée d'un turban rouge, dans lequel étaient fichées deux flèches, d'après la coutume des guerriers fameux et des chefs d'armée chez les Arabes ».

Omar, le voyant, le bouscule, lui arrache les flèches de son turban en s'exclamant devant tous :

— Ennemi de Dieu, tu as tué un Musulman et tu as épousé sa femme. Par Dieu, je veux que tu sois mis à mort aujourd'hui !

Khalid ne put que se taire, avant d'avoir été mis en face de Abou Bekr. Bilal, le portier de Abou Bekr, secrètement acquis à Khalid, fait entrer celui-ci seul, sans préciser que Omar attend aussi. Khalid, à la question du calife (« ô Khalid, tu as tué un Musulman et tu as épousé sa femme ! ») se contente de rappeler que Mohammed l'a surnommé « le glaive de Dieu sur terre », et il ajoute :

— Dieu ne frappe de son glaive que le cou d'un infidèle ou d'un hypocrite !

Khalid sort, momentanément absous. Il peut même narguer Omar toujours aussi impétueux :

— Approche donc, fils de Oum Schamla !

« Oum Schamla » était le nom qu'on donnait à la mère de Omar. Celle-ci, de son vrai nom, s'appelait Khaïtama, fille de Hicham. Le détail significatif est là : puisqu'on lui fait reproche d'une nouvelle épouse, lui le vainqueur de tant de batailles, Khalid se permet d'insulter, ou de diminuer l'adversaire, par simple mention publique du nom de la mère.

Tout est Verbe en effet : et dans le nœud de forces profondes qui s'amorce là, devant la mosquée de Médine, les femmes, elles, interviennent seulement par leur nom dévoilé.

Ainsi, un peu plus d'un an après la mort du Prophète, le chef le plus glorieux des armées musulmanes est menacé de la justice de Dieu. A-t-il tué injustement un Musulman, lui a-t-il convoité trop promptement sa femme trop belle ?

La présence de Oum Temim, installée désormais dans la tente de Khalid au cours des campagnes encore plus glorieuses qu'il s'apprête à entreprendre (la Syrie, l'Irak, la Perse à conquérir), cette présence féminine devient symbole ambivalent : éclat de la puissance toujours montante du généralissime « glaive de l'Islam », mais aussi rappel d'une hâte suspecte ou d'une erreur tragique qui fait peser sur lui la menace d'une chute imminente.

En arrière de ce tumulte entre hauts personnages du nouvel État de Médine, où s'avivent d'anciennes rivalités de clans et de nouvelles ambitions politiques, se dresse Oum Temim, silhouette voilée, pleurant peut-être encore Malik, et se soumettant cœur fermé, visage durci, au général cruel, mais éclairé de sa légende éblouissante. Elle, la femme bédouine aristocrate.

Sa tribu est fameuse. Les Temim sont les plus puissants et les plus nombreux de tous les Bédouins du Hedjaz et du désert. Au cours de la 9e année de l'hégire, du vivant de Mohammed, une députation de sept de leurs chefs s'est présentée à Médine devant la demeure du Prophète. A leur demande, une joute poétique, selon leurs glorieuses traditions, s'est ouverte : les poètes musulmans choisis se montrèrent plus brillants improvisateurs que les champions des Temim. Les « sept » embrassèrent l'Islam, suivis ensuite par leur tribu entière.

Oum Temim, fille de Minhal — celui-ci est l'un des sept envoyés — eut l'adolescence baignée par cette atmosphère où le prestige poétique, où la beauté esthétique entraînent plus sûrement le mouvement de la foi. Efflorescence culturelle d'alors ! Les Temim embrassèrent ensuite la croyance de Sadjah la prophétesse ; puis ils l'abandonnèrent et envoyèrent une délégation à Abou Bekr pour demander le pardon. Oum Temim était déjà mariée à Malik, d'une tribu voisine. Malik, bien qu'allié par politique à la prophétesse, ne renia pas sa foi islamique. A ses côtés, Oum Temim ne fut pas apostat.

Veuve puis nouvelle mariée, elle se retrouve au centre même de la rivalité qui oppose Omar (avec Abou Quatada 'Ançar et le frère de Malik mort) à

Khalid, celui-ci soutenu à Médine par le parti de l'armée et des conquêtes...

Cette femme devient fragile charnière au cœur de cette division qui s'élargira, qui en annonce d'autres tout aussi graves. Elle, Oum Temim, fille de Minhal et d'une grande beauté.

Le rythme des expéditions, des combats, des marches forcées a continué. L'enjeu est dorénavant le Yemama où le faux prophète Mosaïlima tient toujours sa forteresse inexpugnable. Mais il voit toutes les armées musulmanes peu à peu converger.

Un des alliés de Mosaïlima, Medjaa, se trouve surpris une nuit par Khalid et son avant-garde. La troupe de Medjaa est exterminée ; celui-ci, compte tenu de son rang, est pour l'instant simplement prisonnier. Khalid le relègue dans sa propre tente, auprès de Oum Temim qui se révèle être une proche parente du prisonnier.

Trois jours s'écoulent. Une bataille commence entre les forces de Khalid et celles de Mosaïlima, le faux prophète. Dans un premier temps, les troupes musulmanes sont enfoncées ; plus de onze cents soldats sont tués dans leur fuite.

Les hommes de Mosaïlima arrivent jusqu'à la tente de Khalid, y pénètrent, délivrent Medjaa et vont pour tuer Oum Temim. Medjaa s'interpose :

— Elle est ma parente ! Je lui dois la vie sauve. Et d'ailleurs, ajoute-t-il, je ne vous suivrai que si vous tuez d'abord Khalid !

Les soldats laissent seuls Oum Temim et Medjaa... Le sort du combat changea soudain du tout au tout. Khalid, jusque-là assis sur un trône « comme Chosroes », prend enfin personnellement la direction des engagements. Il ramène ceux qui fuient, il repousse les ennemis.

Durant ces trois jours qui ont précédé, que se sont dit les cousins : Oum Temim grâce à qui Medjaa ne fut pas tué d'abord, et Medjaa qui sauva ensuite Oum Temim ? Celle-ci a-t-elle avoué sa nostalgie de

Malik, a-t-elle convenu que ces noces présentes n'étaient que servitude? Ou s'est-elle contentée d'agir en femme du général victorieux, confirmant sur celui-ci son influence?

Leur dialogue par bribes déroulé en de longs et mutuels aveux reste englouti. Oum Temim, malgré sa naissance, malgré les péripéties de ses doubles noces, est réduite au rôle de « celle qu'on épouse après la bataille ».

Après la bataille? Non, après le crime, soutiendra encore Omar, futur second calife quelques années plus tard.

2

Oum Temim aura bientôt une co-épouse — il est probable que le harem de Khalid, en esclaves et en concubines, était déjà nombreux. La veuve de Malik a bénéficié, des mois ou des semaines durant, du rôle d'épouse officielle; elle va bientôt devoir le partager. Peut-être, si nous la supposons encore habitée par le souvenir de Malik, en sera-t-elle plutôt allégée. D'ailleurs, cette « rivale » est une parente, la fille de son cousin, de son sauveur d'une nuit, Medjaa.

La nouvelle épousée apparaît plus brillante aux yeux du généralissime non pas parce que plus belle (il n'est fait nulle mention de cette qualité, au contraire de Oum Temim), ni même parce qu'elle est probablement jeune fille. Les Arabes de l'époque épousaient volontiers telle belle femme ayant déjà eu deux ou trois maris après veuvage ou après répudiation mutuelle. Le Prophète, qui, après sa longue monogamie de vingt années avec Khadidja, elle-même auparavant deux fois veuve, n'aura eu, sur les quatorze femmes qu'il épousa, que Aïcha comme vierge.

Non, aux yeux de Khalid, si cette seconde épouse est plus prestigieuse encore que la veuve de Malik, c'est parce que le don nuptial exigé par le père se révèle d'un montant exorbitant pour l'époque : un million de dinars or doit être versé, et avant la nuit de noces.

Khalid trouva l'argent, le versa le jour même puis, dans la nuit qui suivit, convola.

Comme pour les noces de Oum Temim, ce mariage avec la fille de Medjaa va déclencher une ardente polémique contre Khalid jusqu'à Médine... Le même procureur interviendra : Omar le puritain, sincèrement offusqué par cette prodigalité de nouveau riche. Il ralliera à ses critiques le doux Abou Bekr qui enverra une lettre de très sévère réprobation au généralissime.

La somme considérable de la dot n'aurait pas tant frappé les esprits des Croyants si, au cours de cette nuit de noces pour Khalid, ses milliers de soldats, épuisés après la longue bataille meurtrière de la veille (contre Mosaïlima enfin défait), ne souffraient pas de la faim ! Car le butin qui devait être partagé juste après la reddition de la forteresse de Mosaïlima ne l'est pas encore.

Khalid, les blessures de ses hommes à peine pansées, les cadavres des compagnons morts à peine reconnus et enterrés, a satisfait sa vanité personnelle pour ces noces de munificence. Ostentation hâtive à se comporter comme un roi païen, accusent ses détracteurs. Jusqu'à présent, une jeune mariée dont le père a estimé le prix à un million de dinars or, quel chef l'a obtenue avant Khalid, sinon un empereur, un César, un non-Musulman ?

Ainsi, tout au long de la nuit, les mécontents rappellent l'oubli de la fraternité d'armes la plus élémentaire. Parmi eux, un poète résumera cette grogne en improvisant ces vers :

« *Il a épousé la jeune fille*
/payant tout un million
Pendant que de l'armée
/les plus illustres cavaliers
[sont affamés... »

Le distique est porté jusqu'à Médine, en même

temps que la nouvelle de la victoire définitive au Yemama.

Le père de la jeune mariée, Medjaa, apparaît hors du commun, non par sa bravoure, ni même par son intelligence, mais par sa ruse et son esprit trompeur. De ce fait, il restera l'homme qui, à sa manière, a vaincu le généralissime invincible.

A peine la bataille décisive terminée (corps à corps terrible de milliers d'hommes au dernier acte déroulé dans le « jardin de Rahim », surnommé depuis « jardin de la Mort »), Khalid ne dort pas, préoccupé de constater que, malgré cette issue, le faux prophète Mosaïlima, aux troupes décimées mais toujours insaisissable, a dû se barricader avec ses fuyards dans sa forteresse inexpugnable — celle-là même dont les portes n'ont pas été ouvertes pour la prophétesse Sadjah.

A l'aube, Khalid demande à son prisonnier Medjaa de venir avec lui reconnaître les morts ennemis. Devant un cadavre transpercé, malgré son armure, d'un javelot, Medjaa déclare doucement :

— Voici l'auteur de notre affaire !

C'est Mosaïlima, abattu anonymement dans la mêlée. La joie éclate pour Khalid : toute résistance est terminée, la guerre est vraiment finie ! Medjaa son prisonnier, parent de la belle Oum Temim, lui a été annonciateur de l'issue heureuse. Khalid décide d'en faire son beau-père : l'avoir sous sa main en porteur constant de bénéfiques présages !

Khalid choisit d'envoyer Medjaa à la forteresse pour négocier des pourparlers de reddition. Leur chef mort, que peuvent désormais les survivants, même momentanément préservés ?

Medjaa se révèle négociateur certes, mais armé de duplicité. La forteresse garde ses murailles intactes ; pleine à l'intérieur de femmes, de vieillards, d'infirmes... Medjaa les persuade de revêtir des armures, d'apparaître au loin en silhouettes d'acier, de façon à ce que le mensonge qu'il forgera pour

Khalid (« les assiégés restent nombreux, pleins de forces, avec un ravitaillement pour des mois ! ») soit crédible.

Khalid accepte le jour même de signer un traité peu avantageux pour le camp vainqueur : les assiégés ouvriront leur forteresse, mais ne céderont qu'un quart de leurs biens respectifs. Même lorsque le général musulman, les portes une fois ouvertes, ne peut que constater le subterfuge et en faire reproche à Medjaa, il doit toutefois respecter sa parole.

Une lettre de Abou Bekr arrivera quelques jours plus tard : le calife intimait l'ordre à Khalid de ne rien céder aux assiégés, de les réduire à leurs extrémités. L'ordre tardif se révèle vain.

Pourtant, Khalid, qui n'a pu faire bénéficier son armée d'un butin maximum, ne garde aucune rancune à Medjaa. Bien plus, il lui demande la main de sa fille ! Comme si d'avoir été floué par l'ex-prisonnier, Khalid désirait soudain se lier à lui au plus près, par une alliance matrimoniale.

A nouveau, une seconde épousée « après la bataille » s'avance sur cette scène du chahut à peine retombé ; elle semble comme vidée de sa propre identité. Seulement fille d'un père redoutable ou envié.

Le père n'hésite pas à fixer vraiment très haut la valeur nuptiale de la jeune fille. La joute étrange continue entre le chef guerrier valeureux mais suffisant, et l'ex-prisonnier si subtil dans son astuce tranquille...

— Chez nous, affirme-t-il, toutes les femmes ne sont cédées que pour cette somme !

Un million donc de dinars or. Au milieu de ces morts par milliers, de ces destructions, de la forteresse ouverte mais pleine de survivants à bout ! Dans le camp vainqueur ainsi que dans celui des vaincus, les hommes gardent, quoi qu'il arrive, leur essentielle prérogative : fixer le prix, en or, des filles qu'ils ont élevées et qu'ils donnent en épouses peu après les combats meurtriers.

Certes, la dot ainsi versée devient bien personnel de la fille livrée en épouse légitime au vainqueur. Comme étant sa seule armure. La preuve irréfutable qu'elle n'est pas — forcée ou consentante — objet de butin, mais une personne de rang, une vraie femme, c'est-à-dire une fierté pour les siens ; l'ultime.

Khalid a payé. Le jour même de la reddition de la forteresse. Le million de dinars or a dû représenter l'avance sur la part de butin du chef. Khalid n'a pas pris le temps de calculer le reste, pour ses hommes. Avant même d'assumer le minimum de confort à ses troupes épuisées, avant même de se demander si une seconde fois il ne se sent pas joué à nouveau par Medjaa.

La forteresse dépourvue de soldats et de provisions a été ouverte à un prix indu ; les conditions sont avantageuses pour les vaincus. Les vainqueurs, affamés, passent la nuit à espérer pour le lendemain leur part diminuée de butin. La jeune vierge, auréolée par l'or de la dot versée, n'a-t-elle pas été estimée exagérément par Medjaa si habile à transformer des revers en avantages ?

Non, la question ne se pose pas. Un père peut estimer sa fille au prix or qu'il veut ; c'est au prétendant, aiguillonné par le désir d'amour ou quelque autre ambition, à refuser ou à accepter.

On ne saura jamais le prénom de cette deuxième épouse de Khalid. Elle s'enfonce dans l'oubli, silhouette ballottée en plein milieu des sursauts guerriers. Elle est seulement fille de Medjaa le rusé et, à ce titre, nouvelle épouse légitime de Khalid si prompt à convoler aux lendemains de ses victoires. Peut-être suffit-il de la voir en cousine, en co-épouse — pas forcément en rivale jalousée — de la très belle Oum Temim...

VOIX

Un homme dort au soleil, sur le rebord d'un fossé. C'est le moment de la sieste, à Médine. Est-ce un esclave, un étranger, ou seulement un Croyant quelque peu miséreux qui trouve inutile de retourner chez lui où sa femme et ses enfants attendent de quoi manger ?

De l'arrière d'une cabane, des chuchotements s'élèvent : brouhaha de conversation féminine. Soudain une voix haute, un peu rauque. Et tous de faire silence. Jusqu'à l'homme qui, aux premiers mots du récit, se réveille tout à fait. Il écoute.

Et la voix âcre, rugueuse, presque rieuse parfois, déroule toujours haut ses volutes :

— J'étais là, je vous l'affirme. Et c'est pourquoi je ne vous dis pas : « Telle m'a raconté que telle a raconté. » Non, je me trouvais là !

Brouhaha de nouveau. Puis des interventions presque enfantines. Insistance des interlocutrices. Et la voix, gouailleuse décidément, de reprendre sans discontinuer :

— Le Prophète donc, que le salut et la miséricorde de Dieu lui soient assurés, le Bien-Aimé se tenait debout, en plein soleil, quasiment seul, quand cette femme, dont je vous ai parlé, arriva. Elle se dressa tout près du Prophète.

Silence à nouveau, en pelletées régulières. Creux répétés où se tassent la curiosité, la passion. Puis chuchotements. Retour de la voix :

— Certains ont dit, pour la même scène, que le Prophète (que le salut de Dieu lui soit accordé !) était assis et que la femme vint par-derrière, mit ses deux mains sur les épaules du Messager. (Rires.) Non, non, j'étais là, je l'affirme : elle se dressa à ses côtés et dit tout haut : « Ô Envoyé de Dieu, je suis venue à toi pour me proposer comme épouse ! »

Rires derechef; exclamations.

— Elle a dit ces paroles assez haut et d'une voix grave, que j'entends encore. Sans rire, mais sans hésiter. Moi, d'où j'étais placée, je n'ai pu voir son visage :

je l'apercevais de dos et j'entendais distinctement ses paroles. Le Prophète, il me semble, a dû la regarder; en tout cas, il pouvait la dévisager. Mais lui aussi, je ne pouvais voir comment se portaient ses regards. Peut-être n'a-t-il même pas osé la regarder. Toutefois, je l'ai entendu dire : « Ô femme, je n'ai pas besoin d'épouse en ce moment ! »

La conteuse hésita, elle prononça quelques mots incompréhensibles que l'homme étendu tenta de percevoir en vain; peu après, elle éclaircit sa voix, sembla répéter :

— Non, non, je ne suis plus sûre d'avoir entendu les mots du Messager : « En ce moment. » Non ! Peut-être est-ce à cause de l'intonation que j'ai compris ainsi, que je me souviens ainsi. Il est vrai que, même quand il refusait, Sa voix restait si tendre !

Et l'inconnue soupira fortement. Elle se moucha : sans doute l'émotion, ou la simple peine réveillée, celle de la séparation d'avec Lui, hélas ! L'homme, au bord du fossé, se dressait légèrement sur son coude. Il attendait, certainement.

— C'est alors, reprit la voix calmée, qu'arriva un homme. En face d'eux. Cet homme, je le reconnaîtrais, tant d'années après, j'en suis certaine. Il n'était ni vieux, ni jeune; non pas un Bédouin, quelqu'un de la ville. Il s'avançait lentement : il avait dû entendre le dialogue. Il fit face à Mohammed : « Ô Envoyé de Dieu, dit-il fortement, si tu n'as pas besoin de cette femme, donne-la-moi en mariage ! »

— Je ne saurais affirmer, reprit la chroniqueuse inconnue un peu plus bas, si l'homme qui venait d'arriver avait jeté un regard sur cette femme. Celle-ci, bizarrement, qu'on aurait pu croire audacieuse, se taisait. »

Chuchotements excités de l'auditoire. L'homme, lui, à demi assis, ne bougeait pas : statue dans la poussière.

— Oui, vous avez sans doute raison ! Si l'homme ne l'a pas vraiment regardée, elle, elle au moins, a eu tout le loisir de le dévisager ! Elle aurait pu le refuser, si elle avait voulu ! Certes, tenir un mari de la main même

du Prophète, cela reste un bien grand honneur ! Un gage de paix, de bonheur ! Mais je reprends, continua la voix plus nerveuse, car la suite est bien belle, c'est même pour cette suite-là, après tout, que je tiens à vous raconter ce que mes yeux ont vu, ce que mes oreilles ont entendu... Ah — et la conteuse soupira encore — le Prophète alors était vivant, lui seulement pour lequel j'aurais donné sans hésiter, et mon père, et ma mère réunis !

Dérive, de l'autre côté de la haie. Celle qui parlait sembla sombrer dans un puits de peine. Dans l'auditoire même jeune, certaines se mirent à pleurer avec elle. L'homme, toujours accoudé, attendait.

*— Le Prophète agit pour cette femme comme il l'aurait fait pour une fille de sa famille... « Qu'as-tu à proposer comme dot à cette Croyante ? demanda-t-il. — Rien, rétorqua l'homme. Je n'ai rien que mon '*izar*. Si tu veux que je l'enlève et que je le lui donne ? » — Sur quoi le Prophète rit légèrement, j'entends encore aujourd'hui le bruit de cascade que fit sa voix si agréable ! Puis il dit : « Et qu'en fera-t-elle ? Si elle le porte, tu seras nu, et si tu le portes, elle sera nue ! — Je n'ai rien ! » répéta tristement l'homme. Je le vis tourner le dos pour s'en aller. La femme, toujours debout, ne disait toujours mot : elle assistait à son destin, comme absente. C'est alors que le Prophète rappela l'homme : « Que sais-tu donc du Coran, ô Croyant ? » Et celui-ci, tournant un visage presque joyeux, de répondre aussitôt : « Je sais la sourate de la Vache, celle des Poètes, et... — Mais tu es riche, ô Musulman, tu es plus riche que tu ne le disais !... Eh bien, conclut le Prophète bien-aimé, ces deux sourates seront la plus belle des dots ! » Mohammed attendit un moment, puis il se tourna cette fois ostensiblement vers la femme : « Je te donne ce mari comme époux, ô Croyante ! » décida-t-il et son ton vibrait de joie légère. Car notre Prophète n'aimait rien de plus que de rendre heureuses les personnes !*

La conteuse s'interrompit, puis :

— J'aimerais bien savoir ce que cet homme et cette femme sont devenus ! termina-t-elle.

Avant même la fin de cette phrase, l'homme, d'un coup dressé sur de longues et maigres jambes, secouait la poussière de sa toge grise. Une ardeur illuminait ses traits, son visage émacié semblait rajeuni.

« Mohammed avait raison, songea-t-il. Je suis riche, je suis plus riche que je ne le pense habituellement. »

L'homme se hâtait maintenant pour rejoindre son logis : sa femme, ses enfants s'y trouvaient — cette femme que, quatre ou cinq ans auparavant, le Prophète lui-même (que Dieu lui assure salut et miséricorde !) lui avait accordée.

La répudiée

Lorsque, auparavant, les Beni Kinda, « tribu la plus nombreuse du Yémen », vinrent jusqu'à Médine pour s'islamiser, le prophète Mohammed a dit à leur chef Ash'ash :

— Si j'avais une sœur ou une fille libre d'être mariée, je te la donnerais de ma main !

Il se tourna vers les autres jeunes filles hiérarchiquement les plus en vue. Oum Ferwa, la sœur de son ami Abou Bekr, était jeune et libre. Mohammed la donna comme épouse à Ash'ash.

A la mort de Mohammed, comme tant d'autres tribus arabes, les Beni Kinda se dirent : « Mohammed est mort, l'Islam est mort ! »

Ils retournèrent tous à leur première et totale liberté.

Le mariage de Ash'ash avec la sœur de Abou Bekr, maintenant calife, se trouva rompu.

Une forteresse se dresse dans le désert proche du Hadramaout.

Les Beni Kinda espèrent s'établir dans cette région car ils doivent fuir devant une forte armée musulmane conduite par Mohadjir ibn Ommeyya et Ikrima, deux des onze généraux désignés par Abou

Bekr, en dehors de Khalid, pour réprimer la *ridda*, la dissidence de presque toute l'Arabie.

Nombre d'engagements eurent lieu entre l'armée musulmane et les Beni Kinda. Parmi ceux-ci, ceux qui ne furent pas tués résolurent de s'enfermer, avec femmes et enfants, dans cette imposante forteresse.

Leur chef, Ash'ash, se prépare à livrer une ultime bataille. Tractations avec Mohadjir. Celui-ci promet la vie sauve pour dix hommes qu'il désignera. Ash'ash cite dix noms, mais oublie le sien. Mohadjir, terrible, annonce qu'il sera, lui, le chef, exécuté. Ikrima, plus humain, s'interpose : il propose d'accompagner lui-même la délégation — Ash'ash et ses compagnons — jusqu'à Médine, où le calife seul décidera du pardon.

Pendant ce temps, femmes, enfants, vieillards seront livrés à l'esclavage : c'est la loi habituelle de la guerre alors.

Parmi ces familles qui vont perdre la liberté, se trouve une femme dont nous ne connaissons pas le prénom, qui est fille de No'man fils d'el Djamm. Elle se distingue par une beauté exceptionnelle, ou par quelque autre qualité, don de poésie, de sagesse, d'intelligence. Seule une précision particulière est apportée : quelques années auparavant, son père se sentait tellement fier d'elle qu'au moment de sa conversion à l'Islam il éprouva le besoin (ou le calcul) d'en faire un éloge dithyrambique devant le Chef des Croyants lui-même.

Mohammed, y voyant une invite, ou par politique, pour s'allier ainsi plus fortement aux Beni Kinda, Mohammed lui répondit :

— Amène-la-moi pour que je l'épouse !

Ainsi, la fille de No'man des Beni Kinda allait être épousée par le Prophète. No'man alla chercher sa fille, l'amena jusqu'à Médine : voyage nuptial par lequel toute la tribu, nombreuse et récemment islamisée, dut se sentir honorée.

Au moment de la présentation de la jeune fille à son auguste époux, No'man, père toujours peu modeste, éprouve le besoin d'en rajouter aux nombreux dons de sa fille qu'il a déjà vantés :

— Apôtre de Dieu, ma fille jouit d'une qualité que nul ne possède, je crois : elle n'a jamais eu la fièvre, elle n'a jamais été malade !

Mohammed, excédé de cette présomption naïvement paternelle, ou saisi d'un obscur pressentiment, éprouve un rejet de l'être :

— Je n'ai pas besoin de cette femme ! s'exclame-t-il et il pense — ou il déclare — que la grâce de Dieu se manifeste aussi par la fièvre et la maladie, envoyées comme épreuves aux créatures.

Ainsi cette jeune fille des Beni Kinda, à peine donnée comme épouse au Prophète, est répudiée par celui-ci avant la consommation du mariage. Les Beni Kinda demeurèrent musulmans jusqu'à la mort du Prophète. Puis ils apostasièrent, comme tant d'autres tribus. Peut-être seraient-ils restés dans le giron islamique, si la fille de No'man, à Médine, avait eu les honneurs réservés aux veuves de Mohammed.

La fille de No'man a conservé sa beauté et ses autres mérites : l'un des deux généraux envoyés dans l'Hadramaout, Ikrima, la voit, l'épouse. Il l'épouse donc comme musulmane, certainement pas comme apostat. Il en est probablement amoureux.

Puis Ikrima conduit en personne à Médine Ash'ash et ses dix compagnons. Du calife, Ash'ash obtient définitivement la vie sauve ; bien plus, revenu sincèrement à la pratique islamique, il redemande en mariage la sœur de Abou Bekr, Oum Ferwa. Il a été son époux auparavant ; son apostasie a rendu nulle l'union. Voici que, dans son repentir, il réobtient sa femme !

Entre-temps, la fille de No'man, épouse de Ikrima, a rejoint les siens dans la forteresse. A-t-elle elle aussi apostasié, rien n'est certain. Il est plus vraisemblable que, pour des raisons de sécurité autant que de solidarité, elle a voulu être réunie à son vieux père, à ses autres parents dans le malheur.

C'est alors que, la forteresse une fois livrée à Mohadjir, cette jeune femme va être, comme les autres, emmenée en esclavage!

Autour de la troupe musulmane, fait-on semblant d'oublier que la captive est sous la protection maritale de Ikrima absent? Est-ce une rivalité latente, mais de plus en plus vive, entre les deux chefs, qui se continue ainsi : faire semblant de croire que la fille de No'man ne peut être que concubine pour un chef, ou simple caprice de passage...

Un témoin rappelle soudain à Mohadjir, dans les derniers moments où le troupeau des prisonniers est regroupé devant la forteresse :

— Cette jeune femme-là, la fille de No'man, ne sais-tu pas, mon général, qu'elle a été plusieurs jours — le temps d'arriver à Médine — épouse de votre Prophète?

Et l'inconnu ajoute, en ricanant, que Mohammed l'a d'ailleurs répudiée : il se défia d'une personne qui, selon No'man, n'avait jamais été malade!

Mohadjir écoute, se tait; sincèrement contrit, il décide de redonner à la jeune femme sa liberté :

— Elle ne peut être esclave! Elle a été même un jour, même une heure, épouse de Mohammed, que le salut soit sur lui! Elle est femme libre. Nous lui devons respect et égards... (Puis il se rappelle Ikrima.) Naturellement, conclut-il, les yeux plissés par un éclair de ruse, aucun homme sur terre ne doit dorénavant l'épouser!

Autour de la jeune captive à la taille haute, enveloppée dans ses voiles multiples de couleurs variées, le vide, de respect, s'élargit.

Ikrima revient peu de temps après de Médine. Il ne trouve pas sa femme, apprend ce qui est arrivé, désire vivement la reprendre. Il la cherche, sous les cabanes de misère où les gens expulsés se sont entassés avant qu'on les emmène pour la vente, pour la servitude. Personne, par peur de Mohadjir, n'ose renseigner Ikrima : se serait-elle réfugiée dans quelque ermitage, a-t-elle cherché à retrouver son père vieilli, espère-t-elle que le général Ikrima lui redonnera, avec son amour, protection pour les siens?

Ikrima décidément ne rencontre que le silence. Mohadjir et ses agents semblent partout présents. Et devant son rival, Mohadjir, doucereux, par feinte piété et dévotion pour le Prophète mort, argumente :

— Cette femme a été l'épouse du Prophète, même un jour, même une heure ! Je lui ai, grâce à Dieu, évité l'esclavage indigne d'elle, mais pour tout homme, elle devient dorénavant intouchable, tout comme les autres veuves de Mohammed ! Remercie-moi : tu l'ignorais auparavant. Je t'évite un grave péché.

Ikrima ne peut rien répliquer. Il a sauvé Ash'ash ; il lui a fait retrouver le bonheur auprès de la sœur du calife, mais c'est au prix de son amour à lui, dorénavant perdu. Ikrima murmure pour lui seul, après une méditation :

— Nous sommes les créatures de Dieu et nous retournerons à lui ! Qu'Allah soit loué et que son Prophète nous vienne en aide !

Ainsi la fille de No'man, loin de la forteresse, loin de ses amis réduits en esclavage, disparaît dans une nuit définitive. Elle est devenue doublement répudiée : elle l'a été une première fois par suite de la vantardise bruyante de son père (à moins que le cœur du Prophète n'ait vraiment reculé, à la mention de sa vigoureuse santé. Comme si la perfection d'une qualité ne pouvait que receler, en dernier lieu, une tare obscure). Elle a été répudiée une seconde fois par Ikrima qui sent son cœur, pour elle, frémir mais qui doit se taire ; se soumettre et se taire...

Silhouette de femme devenue libre, et doublement répudiée. Libre parce que doublement répudiée.

La chanteuse de satires

Dans cette forteresse de Beni Kinda, outre la fille de No'man la répudiée, une autre femme était célèbre : une poétesse. Tabari ne livre pas son nom.
Sa verve devait être moqueuse : ses vers lacéraient, taillaient en pièces; ils faisaient ressortir le détail saillant ou ridicule en des vers qui ne s'oubliaient pas, que la renommée faisait circuler loin. Ainsi, au gré des mouvements des Beni Kinda dans le Hadramaout et même après que, assiégés, ils restèrent cantonnés à la forteresse, la poétesse ciselait, sinon au jour le jour, du moins événement après événement, ses distiques, ses quatrains ou ses longues périodes toujours contre l'ennemi.
Sa poésie était reprise, de l'un à l'autre. Ses œuvres polémiques étaient célébrées hors de sa tribu, celle-ci nombreuse et redoutée.
La chanteuse de satires devenait une part de l'âme de résistance des siens. Plus que le guerrier le plus brave, le poète, à plus forte raison la poétesse arabe, jouit de prestiges et d'honneurs. Les guerriers se comptent en nombre de jeunes gens vigoureux; les poètes et les poétesses sont au plus quelques-uns : un hasard, un bienfait que Dieu (de Mohammed ou des païens) accorde en sus. Car ils assurent bien plus que le salut : la gloire qui survit, seule, aux massacres. Cette femme inventait donc sa poésie-danger. Elle la chantait aussi.

Avant le départ des chefs des Beni Kinda à Médine et donc avant leur islamisation, la poétesse avait été l'auteur de nombreuses diatribes poétiques contre Mohammed en personne. Sa polémique avait circulé. Certes elle ne fut pas alors la seule, parmi les poètes et les poétesses, à avoir ironisé, en vers brillants, sur le chef inspiré... En tout cas, ses attaques littéraires ne furent pas oubliées. Elles ne furent pas seulement chantées parmi les Beni Kinda, mais dans d'autres tribus voisines.

C'est cet éclat même, c'est cette gloire acquise tôt dans la guerre verbale, qui dut ensuite retenir la chanteuse. Elle ne vint pas, c'est certain, à Médine; elle ne se trouva pas en présence de celui qu'elle avait fait objet de sa verve acérée. Par fidélité à son art — une forme d'amour propre —, elle dut croire que ce serait se renier que de devenir musulmane. Elle dut le penser en poétesse : comment, soumise et repentante devant Mohammed, aurait-elle pu se concevoir soudain inventant des louanges en l'honneur de celui qui nourrissait sa moquerie, ses reparties, son humour?... Non, un tel retournement dans l'inspiration ne dut pas lui paraître possible.

Elle s'écarta. Comme d'autres de sa tribu, elle s'en tint à sa liberté bédouine préservée, pour ne pas perdre sa fidélité d'inspiration.

Tout cela, elle le ressentit spontanément, dans une fierté intacte de l'être. Tant que sa flamme la nourrissait, tant que son rôle polémique la parait aux yeux des siens d'une valeur rare, plus rare que la beauté, plus recherchée que l'attrait féminin ordinaire, elle n'éprouvait nul besoin de croire en Dieu. Quel Dieu? N'avait-elle pas en elle une étincelle divine? Dieu ne lui parlait-il pas à sa manière, et quelle importance qu'il fût, ou qu'il ne fût pas, celui de Mohammed?

Une autre femme, venue de Bassora, Sadjah, avait poussé la confiance en son verbe et en ses qualités poétiques, au point de se déclarer, elle aussi, prophétesse. L'inconnue des Beni Kinda ne se sentait ni femme d'armes ni chef de tribu. Sa naissance, son rang, à l'origine, étaient humbles : sa promotion présente, elle la devait à sa verve, à ses chants. Elle était poétesse, seulement poétesse; ni guerrière ni meneuse d'hommes.

Une partie des Beni Kinda devenus musulmans, elle n'en continua pas moins son œuvre orale, qui s'envolait aux quatre coins du Yémen et de l'Hadramaout. Puis les Beni Kinda retournèrent à leur foi primitive; elle n'eut pas à apostasier : elle était restée fidèle à elle-même.

Peut-être regretta-t-elle la mort de Mohammed, parce qu'elle allait devoir changer de cible. Tel ou tel nouvel ennemi aurait certainement moins d'envergure que Mohammed; son œuvre à elle allait s'en trouver rapetissée!

La poétesse fut du nombre des femmes, enfants, vieillards qu'on allait réduire en esclavage et qui allaient quitter la forteresse. Quelqu'un — sans doute le même délateur zélé que pour la répudiée — désigna la chanteuse à Mohadjir le vainqueur, et crut bon de lui rappeler :

— Cette poétesse célèbre a été l'auteur de nombreuses satires contre le prophète Mohammed!

Elle fut aussitôt séparée du groupe des victimes. Pour le chef militaire, c'était immanquablement la désigner à la vindicte : ainsi blasphématrice, ayant osé s'attaquer au Prophète lui-même, elle, une femme!... Un châtiment peu ordinaire s'imposait.

Comment dut-elle attendre l'arrêt? Accroupie dans la poussière, face au groupe de la population civile, leurs haillons empaquetés, prêts à l'exode mais devenant témoins à leur tour... Lenteur du désespoir pour tous, puisque tous les hommes ont été tués, exception de leur chef et des dix hommes sauvés envoyés à Médine.

La poétesse ne paraît pas troublée; son visage reste impassible. Elle se prépare à la mort : qu'est-ce que la mort, sinon l'occasion ultime de laisser en soi le ferment de la colère trouver ses rythmes soudains les plus graves? Peut-être a-t-elle regretté pour une fois de ne pas être poétesse lyrique, pour pouvoir chanter le désespoir collectif? Pour hausser le silence de tous, prolonger ces regards brûlés, cette fierté tassée comme une cendre, dans un chant écorché, lentement libéré!

Accroupie — femme mûre, sa chevelure totalement blanchie recouvrant ses épaules, la masse du corps forte, inébranlable. Elle commence à chercher ses mots intérieurs, son souffle qui va s'exhaler. Elle veut faire face à la mort.

Que craindre ? Improviser la dernière satire, contre ce chef guerrier venu de Médine, ce compagnon de Mohammed, lui qu'elle a le plus attaqué, mais toujours respecté. Le général, quant à lui, plastronne !... Il s'approche d'elle. Il va lui trancher la tête, il...

Elle ne se lève pas. Mohadjir fait signe à deux sbires. Ils la bousculent, la poussent. Elle se détache, elle marche, le sourire aux lèvres.

Devant Mohadjir ibn Ommeyya — elle commence d'ailleurs le début de sa diatribe. *Mohadjir,* qui veut dire « Émigrant », « ce sera, pense-t-elle, émigrant du bonheur, expulsé de la vie et des rires... » — devant le vainqueur, aussi cruel que Khalid, mais dépourvu de sa légende, elle fait face :

— Tu n'es qu'un guerrier ! Tu n'as que droit de vie ou de mort ! Moi...

— Toi ? gronde-t-il tandis que leurs regards se croisent.

— Mon éloquence, ma voix seront encore là quand tu seras poussière !

— Ta voix ! réplique-t-il. Justement je ne te retirerai pas la vie, mais la voix !

Il a un geste. Les gardes la bousculent à nouveau, la descendent jusqu'au fossé des tortures, le lieu des lapidations et des exécutions.

Le premier bourreau se présente : est-ce une tenaille qu'il a à la main et pour quoi ? pense-t-elle froidement. Va-t-il lui arracher ses yeux ?... Non, en deux mouvements, lui tirant la tête en arrière, lui ouvrant la bouche comme un trou d'asphyxiée, il lui enlève une première dent, une deuxième dent de devant.

Elle ne sent rien, sinon, ramenant sa tête non coupée, non aveuglée, qu'elle a la bouche pleine d'un sang épais.

Elle ne souffle pas, elle n'a pas un cri. « Ma voix, pense-t-elle, pourquoi mes dents ? » songe-t-elle, la tête bourdonnante, prête à s'évanouir... Tandis qu'elle défaille, elle comprend : sa voix va siffler, sa voix va grincer, sa voix ne va pas chanter tout ce qui, à l'instant même, se presse en son cœur en strophes toutes prêtes, aussi chaudes que le sang qu'elle crache... Elle ne s'évanouit pas, non, elle reste droite, toujours dans le fossé quand le second bourreau s'approche et qu'il lui paraît d'une stature de géant.

Puis c'est le deuxième châtiment. Un long moment s'écoule.

L'homme à la hachette est remonté. La troupe des Beni Kinda s'est levée ; ils ont toujours leurs paquets à leurs pieds. Ils ont su aussitôt les dents de la poétesse arrachées, « pour qu'elle ne chante plus ! » a murmuré un garçonnet. « Ils ne veulent pas la tuer, elle, notre âme ! soupire un vieillard aveugle, mais que lui font-ils donc ? »

L'attente à nouveau. Peu à peu, la poétesse, droite, monte le talus : sa bouche en sang, son visage en masque durci, ses cheveux rivière blanche mais souillée... Ses bras sont levés au-dessus de la tête : statue de la révolte muette.

Ce n'est qu'une fois la poétesse près d'eux que l'horreur s'installe chez les témoins : ses deux bras descendent lentement, encadrent la face toujours silencieuse, les yeux au regard perdu en arrière, pas mort, pas vaincu, même pas chaviré... Les bras...

— Ô lumière du jour, se lamente une voix de femme, regardez ses mains !

— Ses mains...

— Ses mains...

Et ils regardent : la poétesse a eu les mains coupées. Ses bras se traînent en moignons dégoulinants d'un sang noir.

Plus loin, les soldats et leur chef se sont élancés sur leurs chevaux et disparaissent.

La poétesse, debout devant son public tombé en servitude, murmure doucement, si doucement, de cette voix qu'ils ont cassée, qu'ils ont rendue sifflante, mais qui vit encore, rauque :

— Je chanterai avec mes mains !

— Je les maudirai avec mes mains, mes mains

coupées !... Mon chant leur restera insaisissable, tel l'épervier qu'ils n'atteignent pas !

La voix sifflante continue encore quand la douleur a raison d'elle, qu'elle tombe sur les genoux, que les femmes se précipitent pour la panser, pour la bercer.

Abou Bekr, mis au courant du châtiment subi par la poétesse, écrit une lettre de réprimandes véhémentes à Mohadjir :

— Si elle avait été musulmane, elle aurait dû expier par la mort !... Or, ni musulmane ni apostat, elle pouvait, par la force poétique qui était son arme à elle, choisir qui elle voulait comme victime de ses satires !

Surtout, Abou Bekr dut être révolté qu'une femme puisse subir ainsi des atrocités dans son corps : la servitude (dont, à tout moment, on peut se racheter soit en s'islamisant, soit en faisant payer le prix du rachat) est la seule peine imposée aux femmes des vaincus.

— Garde-toi, à l'avenir, de punir quelqu'un de cette façon ! Abstiens-toi où il faut t'abstenir ! Tu n'as pas le droit d'agir ainsi ! accuse le calife.

La péninsule arabe est presque tout entière revenue à l'Islam. La 12e année de l'hégire n'est pas totalement écoulée.

VOIX

Je m'appelle Djamila, je suis femme de Médine; peu importe le nom de mon père, de mes frères, ou de mes fils. Ces derniers étaient hommes faits quand Mohammed, que le salut de Dieu soit sur lui, dirigeait ses dernières expéditions. Mon mari fut tué à la guerre du Fossé. Alors, et après, Médine restait pourtant une cité gaie, avec, hélas, de mauvais lieux où maints Musulmans, le temps d'une soirée, d'une nuit, redevenaient mécréants. Hélas! Résonnent toutefois à mes oreilles l'écho des chansons, la rumeur des fêtes où les Médinoises dansaient, se réjouissaient. Il est vrai que plusieurs des dames Migrantes de La Mecque jugeaient, jugent encore ces mœurs contraires à la pureté musulmane! Le Prophète pourtant...

Je m'appelle Djamila, je suis femme de Médine, et même épouse de 'Ançar. J'ai interrogé, il y a peu, Djaber ibn Abdallah, l'un de nos traditionnistes les plus réputés :

— Que penses-tu de ce débat actuel sur les chants et les danses? Sont-ils licites dans une vie authentiquement musulmane?... Deux ans à peine que Mohammed est mort, et nous voici, dans la ville où il gît, dans sa ville, nous voici désemparés dans des détails de la vie quotidienne!

Et je pensais, il est vrai, aux noces prochaines de mon dernier fils : comment les fêter, pourrai-je m'assurer le concours de musiciennes, de chanteuses?....

Djaber ibn Abdallah — si vieux, presque aveugle, mais son visage tellement ridé paraît toujours souriant, jusque dans ses méditations pieuses — évoqua devant moi un incident vieux de quelques années :

— L'un des 'Ançars de ma famille a épousé, je me souviens, une parente lointaine de Aïcha, Mère des Croyants, et de la famille de sa mère... Oui, je me souviens que la femme du Prophète a alors offert une robe de prix à la mariée.

Or, ce même jour, quand le Prophète — que le salut de Dieu soit sur lui! — entra chez elle, il lui demanda avec sa sollicitude habituelle :

— Est-ce que tu as donné ton cadeau à la mariée?

— Oui, ô Envoyé de Dieu! répondit-elle.

Puis, après un moment, il reprit :

— Est-ce que tu as pensé à faire accompagner le cortège de la jeune épousée par des chants?

Il ajouta, avec un ton d'indulgence, et, je pense, de tendresse :

— Les 'Ançars aiment tant les chants!

— Non! répondit-elle; sans doute Aïcha devait pen-

ser, elle aussi, qu'une joie manifestée bruyamment ne convient pas à une règle musulmane... Eh bien, c'est le Prophète lui-même qui, non seulement songeait à la réjouissance des autres, quand il les aimait et les savait croyants fidèles, mais l'encourageait.

— Eh bien, insista-t-il auprès de sa jeune femme, il n'est pas trop tard. Hâte-toi d'envoyer à la maison de noces Zeineb el 'Ançariya ! »

Moi, Djamila, j'ai écouté le récit de Djaber en silence, puis j'ai osé remarquer :

— Ainsi le Prophète savait le nom de Zeineb, notre meilleure chanteuse !

— Certes oui, conclut Djaber. Voici mon témoignage ; à quoi bon te dire comment je le tiens, d'un des neveux de Aïcha qui l'avait rapporté elle-même le lendemain à ses proches... J'ai évidemment eu l'occasion ensuite d'interroger Zeineb la chanteuse : elle dit qu'elle a vieilli, elle ne va plus tellement chanter aux noces. Il me semble, moi, que, depuis que Aïcha, ce jour-là, la manda pour aller chanter chez sa jeune parente, Zeineb se sent tellement honorée qu'elle se fait désormais plus rare, plus désirable !

Djaber s'arrêta tout à fait. Je le quittai, songeuse. Lalla Aïcha est encore là, tout près, dans sa maison. Zeineb el 'Ançariya, à la voix si ample, si puissante, ne se fait guère plus entendre, c'est vrai, sinon en des cercles restreints... L'une et l'autre peuvent donc témoigner que le Prophète ne méprisait pas les chants, ni les chanteuses, au contraire...

Mais tous ces palabres sur la légitimité, ou non, de la musique de distraction, à quoi servent-ils désormais dans Médine qui n'est plus la joyeuse ? Pourtant les tribus arabes sont revenues toutes à l'Islam ; la victoire de nos armées élargit nos horizons plus loin que nous nous attendions. Pourquoi faudrait-il garder l'âme en deuil, dans le silence et les seules prières ?

J'irai ce soir chez Zeineb el 'Ançariya. Qu'elle chante encore, lui dirai-je, même si elle veut devenir transmettrice des jours de la gloire passée... Rawiya, si elle veut, mais chanteuse d'abord. Je lui ferai assez de cadeaux, en argent, en tissus, en bijoux s'il le faut, mais qu'elle vienne chanter aux noces de mon dernier!

Kerama la Chrétienne

Je suis chrétienne, fille de Abdou el Mesih plus que centenaire (certains affirment même tricentenaire). Je vis en religieuse — épouse de Jésus dans l'amour, don total, et dans la chasteté — cela depuis au moins quarante ans.

J'approche de ma quatre-vingtième année. On me disait belle dans ma jeunesse, certains le répètent encore comme s'ils avaient vu mon visage d'alors, alors qu'ils voyaient, j'en suis sûre, l'éclat, sur ma face, de mon espérance d'hier, de mon espérance d'aujourd'hui. Je voile désormais mon visage d'une gaze blanche ou noire selon les saisons, selon la poussière ou le soleil trop ardent. L'éclat de mon amour pour mon Sauveur reste pour moi, reste en moi.

Ma stature, ma démarche, mon goût de vivre et de prier demeurent les mêmes depuis tout ce temps, que le Fils du Seigneur soit loué! Chaque soir, doucement comme une plainte, pensent les autres, je loue mon Seigneur en arabe, la langue de mon père vivant, de ma mère morte dont j'ai oublié l'image.

Cette année-là — 633 de notre ère — les Arabes musulmans de Médine ont envoyé sur nous leurs armées avec le plus redoutable de leurs généraux, Khalid ibn el Walid.

Celui-ci demanda à voir mon père, le chef de nos tribus. Plutôt que d'attendre avec les épouses apeurées, les mères déjà gémissantes, je restai à prier dans ma chambre, le crucifix devant mes yeux secs.

On m'appelle Kerama, ce qui veut dire « la généreuse ».

Un long tumulte s'empara des gens de Hira. Je ne

voulus pas sortir. Mon père Abdou el Mesih allait paraître. En allant au-devant du général musulman surnommé « le glaive de l'Islam », il m'avait dit qu'il ferait tout pour obtenir la paix.

Le charivari pourtant se prolongeait. De ma baie entrouverte, je crus entendre mon nom :

— Kerama !

— Kerama !

Non, on ne m'appelait pas. Les gens répétaient mon nom, leurs voix s'enflammaient dans des discours. J'entendis même cette naïveté d'enfant presque criée par une grosse voix rude :

— Kerama la belle !

Abdou el Mesih finit par s'avancer ; je l'entendis déclarer fermement :

— J'ai demandé la paix à des conditions que nous avons acceptées : payer un tribut pour ne pas avoir la guerre. Khalid a promis : nous garderons nos biens !

Je me trouvai sur le seuil quand j'entendis cette énormité proférée par un inconnu :

— Ô mon père, tu ne peux perdre la belle Kerama !

— Non ! Nous nous battrons ! s'exclama quelqu'un d'autre.

Je sortis devant eux tous ; je portais sur le visage un voile blanc de la gaze la plus légère, qui ne m'empêchait pas de les voir.

— Nous nous battrons pour Kerama ! répétaient d'autres.

C'était à croire, me dis-je interloquée, que cette scène se jouait en arrière, loin, dans mon passé.

Je finis par faire un geste :

— Père, explique-moi ! Qu'ai-je à faire dans ces pourparlers ?

La foule, pendant ce temps, stationnait : véhémence persistante des gens — des adolescents, quelques hommes mûrs — comme s'ils s'apprêtaient vraiment à résister à Khalid, autant dire à déclencher le feu et la mort pour toutes ces familles ! Et pourquoi, mon Dieu, pour le caprice absurde d'un des Musulmans entourant Khalid, un pauvre Bédouin même pas en âge de porter les armes, un homme de quatre-vingts ans paraissant aussi âgé que mon père, sauf, me dis-je, que cet homme-là devait verser dans la sénilité, tandis que Abdou el Mesih durait comme un chêne noueux, grâce à sa sagesse et à la foi véritable ! Mon père m'expliqua en quelques phrases brèves : ce Bédouin, du nom de Shawail, vint présenter à Khalid, qui venait de conclure les négociations, une étrange requête : « Je veux la fille de Abdou el Mesih, la belle Kerama, pour qu'elle devienne mon esclave ! »

A ce dernier mot, la colère souleva à nouveau la foule, tel un vent d'orage. Mon père attendit le retour au calme, puis du même ton neutre, il relata la fin :

— Shawail prétend que leur prophète Mohammed avait vu, une fois, comment l'Irak, le Sawad et la Perse tout entière allaient devenir bientôt terres de l'Islam. Shawail, présent à ces révélations de Mohammed, avait entendu depuis longtemps parler de la beauté de Kerama, fille du chef Abdou el Mesih, à Hira. Shawail demanda la chrétienne comme esclave à Mohammed. Ce dernier accepta.

— Sauf, précisa Mohammed, si elle consent à devenir musulmane !

En ce jour, Shawail ne faisait, affirmait-il, que se tourner vers Khalid pour concrétiser la promesse faite par leur Prophète.

— Khalid, rapporta mon père, garda un long moment le silence. Moi, je ne bougeai pas de place. Khalid finit par dire au Bédouin : « As-tu un témoin de cette scène, ô Shawail ? — J'en ai plus d'un », rétorqua celui-ci.

» De la cohue des soldats autour, sortirent deux, trois, et même quatre hommes, de ceux que les Musulmans désignent comme 'Ançars, une aristocratie chez eux par l'ancienneté de leur foi... Khalid, continua mon père, se tourna vers moi ; tout en lui semblait regretter cette intervention, et pourtant il ne put que me dire : « J'ajoute cette condition aux précédentes ! » Et me voici, termina mon père. »

En arrière, plus loin, les clameurs reprirent :

— Nous résisterons !

— Nous nous battrons !

— Hira ne s'ouvrira pas !

— Sauvons Kerama la belle !

Je les ai écoutés, eux, comme des enfants insensés, ce peuple d'Arabes chrétiens prêts à mourir pour une vieille femme. Je m'avançai. Enlevai d'une main la voilette blanche.

— Mes amis, mes frères, regardez-moi ! Je suis vieille depuis longtemps ! Cet homme rêve de m'avoir pour esclave. Je ne crains plus pour moi. Nous sommes tous esclaves de Dieu, et de Dieu seul !... Pour un mot, je ne laisserai pas vos vies, vos biens livrés au feu et au pillage ! Ce ne peut être qu'un mot pour moi !

— Tu es la plus libre d'entre nous ! intervint quelqu'un.

— Rassurez-vous, dis-je fermement, et laissez-moi faire ! Je vais racheter ma liberté.

Mon père les contint et me laissa aller.

Je m'avançai d'un pas sûr jusqu'à l'autre camp, après que les portes de Hira se furent ouvertes pour moi et pour deux suivants. J'arrivai à la tente du général. En chemin, j'avais remis mon voile blanc sur ma face.

— Quelle femme es-tu pour demander à voir Khalid ?

— Je suis Kerama et je veux être mise en présence de votre général, mais aussi du Bédouin Shawail.

Ils comprirent. Peu après, j'entrai au milieu d'une assemblée de guerriers. « Grâce à Dieu, me dis-je, ils ne sont pas de ma foi, mais nous partageons la même langue ! »

Je commençai par les saluer, en évoquant Jésus, Envoyé d'Allah et mort sur la croix pour nous tous !

Celui qui semblait le chef, un petit homme râblé à la voix de stentor, répondit :

— Notre Prophète, et nous tous avec lui, nous croyons en l'excellence des vertus du Prophète Jésus, de sa mère, la première des femmes sur cette terre, Marie !

— Je suis Kerama, je désire être mise en présence de celui qui me veut son esclave !

Un homme à la barbe aussi longue que celle de mon père se présenta. Je m'adressai à lui, mais assez haut pour que tous entendent et qu'il y ait jugement. Je me sentais, à cet instant, légère, sûre de vaincre ou de convaincre, sûre en tout cas de sauver les miens !

— A quoi te servirai-je comme esclave, Bédouin ? Si j'enlevais mon voile, tu constaterais que je ne suis bonne ni pour l'amour de chair ni pour les travaux domestiques... Je ne suis bonne que pour prier Jésus et Dieu le Père. Si on t'a dit que je suis encore belle, c'est uniquement dans le regard du Très-Haut, parce que je le prie le plus possible chaque jour !

Un silence se fit dans l'assistance. J'entendis même en arrière, et confusément, des chuchotements de femmes surprises. Je me sentis plus forte.

— Dis ton prix, Bédouin ! La somme de mon rachat, je la paierai !... Je la trouverai, aussi forte soit-elle.

— Dis ton prix, s'exclama Khalid comme s'il voulait, lui, me racheter.

Le vieil homme à la barbe blanche hésita, s'approcha de moi, désirant sans doute m'arracher la voilette, s'assurer vraiment que je n'avais plus de beauté terrestre. Je restai immobile, confiante.

— Je veux mille dirhams ! s'exclama avec une vanterie enfantine le Bédouin, dans un sursaut de tout son corps.

— Je te les paye ! rétorquai-je aussitôt.

Je me tournai vers les deux suivants silencieux que m'avait donnés mon père.

— Allez donc me chercher cette somme ! leur dis-je doucement.

Ils s'éclipsèrent. Je ne regardais même plus les Bédouins. Tête baissée, j'ajoutai :

— Puis-je me retirer à côté ?

Et je me tournai vers Khalid.

— Tes amis vont apporter la somme. Tu es libre dès maintenant, dit-il. Retourne chez les tiens ! Mon respect, notre respect pour toi et pour tous ceux du Livre t'accompagne. Que Dieu te garde !

Je remerciai de la tête ce général si terrible, mais si courtois. Je repartis vers Hira qui ne connaîtrait pas, à cause de moi, la dévastation. Les femmes m'accueillirent avec des chœurs de joie.

Quelques jours plus tard, par les envoyés qui s'étaient acquittés de la somme, j'appris le dialogue final qui clôt ces péripéties dont mon humble personne fut l'enjeu.

Tandis que Shawail recevait son argent, le général Khalid lui aurait dit, sur un ton agacé :

— Comme tu as été naïf ! Pourquoi n'as-tu pas demandé dix mille dinars ? Plus encore ! Elle aurait payé, tous ses concitoyens auraient donné leur part !

Shawail le Bédouin écouta, interloqué, la remarque, qui lui gâtait sa nouvelle joie de possédant (posséder de l'or, à défaut d'une femme). Il fit cette réponse étonnante qui fit ensuite le tour des gens de Hira :

— Je ne savais pas qu'il existât plus que le chiffre mille !

Ainsi des analphabètes, mais dont la force en flux vient de leur foi toute neuve, vont devenir bientôt les maîtres de la Mésopotamie tout entière !

Cette même année, mon père mourut. J'attends, à mon tour, dans une sérénité de plus en plus légère, l'heure de retourner à notre Sauveur.

La combattante

Elle court, elle court, Oum Hakim. Derrière elle, la rumeur confuse, par sursauts enflée, qui a enveloppé depuis l'aube de ce dixième jour du mois de Ramadhan, La Mecque la vaincue. Vaincue par l'armée musulmane de Mohammed, en cette année 8 de l'hégire.

Oum Hakim court sans haleter, les dents serrées, sa tunique relevée au-dessus de ses genoux. Avant que les brumes de la nuit ne se soient dissipées, elle avait rejoint, par les cours, la maison de son père Harith, de sa mère Fatima bent el Walid. C'est, parmi la dizaine de Mecquois les plus en vue, l'un des couples les plus intransigeants jusque-là ; or ils ont choisi de faire allégeance : Fatima parmi les femmes, auparavant Harith ibn Hichem parmi les anciens dirigeants de la riche cité. Ils seront musulmans aujourd'hui même.

Oum Hakim, leur fille aînée de dix-huit ans à peine, est venue leur confier ses deux petits. Depuis qu'elle a su, quelques heures auparavant, que son époux Ikrima se trouvait parmi les dix hommes et femmes auxquels le Prophète n'a pas voulu pardonner, elle a tenté en vain de rejoindre le jeune chef guerrier : lui, l'ancien ami de Khalid ibn el Walid qui, deux ans auparavant, est allé à Médine s'islamiser et qui revient dans l'armée des nouveaux vainqueurs...

Un esclave, peu après, a averti Oum Hakim : Ikrima a choisi de fuir. Il va rejoindre le rivage occidental et, de là, tenter de trouver un bateau, pour aller en Éthiopie, pourquoi pas, comme les premiers Musulmans, ou en Égypte, ou plus loin encore, chez les Roums au besoin. Sauver sa peau par la fuite, refaire la preuve de son courage sur d'autres champs guerriers...

Oum Hakim n'a pas pleuré. Elle est allée trouver ses parents : « Je vais rejoindre, coûte que coûte, mon... » Elle allait dire « mon amour » ; c'était vrai, comment vivre sans Ikrima, sans l'époux auréolé à ses yeux de toutes les grâces — sa beauté, sa fierté mêlée de cette étrange douceur, de ce calme qui le faisait l'exact contraire de son père, Abou Jahl surnommé autrefois « l'ennemi de Dieu » par les fidèles de Mohammed.

Ikrima brave et doux, conjonction rare qui a fait que Oum Hakim, connue pour son esprit de décision et sa vivacité, l'a aimé. Oum Hakim amoureuse de Ikrima depuis tant d'années.

A l'aube, Fatima, sa mère, l'a convaincue d'aller demander elle-même le pardon pour Ikrima :

— Ton époux ne peut être rendu responsable indéfiniment de l'hostilité trop vivace de son père !... Et son père est mort ! Ikrima est un chef exceptionnel : tous ceux qui entourent Mohammed le savent — Ali particulièrement qui fut son camarade de première enfance !

Fatima plaide longtemps, les yeux posés sur sa fille, sachant dominer sa propre inquiétude de mère pour tenter d'ébranler le jugement de Oum Hakim.

De fait, quelques heures plus tard, grâce à l'entremise, il est vrai, du frère de Fatima, Khalid ibn el Walid, la nouvelle est arrivée : Ikrima, s'il venait se présenter devant le Prophète pour prêter allégeance et se convertir à l'Islam, Ikrima serait pardonné.

Aussitôt, Oum Hakim a décidé : elle irait, à pied ou sur une chamelle; elle réussirait à rejoindre Ikrima avant son embarquement vers l'Occident... Elle ramènerait l'aimé. Elle saurait le convaincre et, si elle ne le pouvait, elle partirait avec lui; elle oublierait tout : La Mecque, ses parents, les nouveaux venus musulmans, elle oublierait Mohammed, cause de son malheur, ou de son bonheur, elle ne le savait pas encore. Elle oublierait ses enfants si petits qu'elle confiait à sa mère et à ses sœurs. Elle irait, pour Ikrima et avec lui, jusqu'au bout du monde.

Elle court dans le sable. Elle a, d'un geste nerveux, arraché ses sandales un peu lourdes. Une heure après son départ de La Mecque, la mule qu'elle avait fait sortir subrepticement s'était affaissée, alourdie ou malade.

L'esclave qui lui avait indiqué le chemin qu'auparavant Ikrima avait suivi, un garçonnet de douze, treize ans, se mit à pleurer quand il vit sa maîtresse, les pieds nus, la tunique relevée aux genoux, se transformer en gazelle résolue, en cavale d'une nouvelle sorte :

— Vous n'y arriverez jamais ! geignit-il. Et le soleil qui monte haut ? Et la soif, vous n'avez qu'une outre si petite ! Vous...

Elle l'interrompit, ordonna brièvement :

— Ramène la mule en ville ! J'irai seule et à pied. Demain, si dans la journée, vous ne me voyez pas revenir avec ton maître, tu feras ce que j'ai prévu ; tu t'occuperas, chez mon père Harith, de mes enfants !...

Et elle se précipita, les yeux sur l'horizon. Elle court, elle court, Oum Hakim. Elle a fait rapidement le calcul ; elle connaît la distance jusqu'au rivage. Peut-être, si le souffle ne lui manque pas, arrivera-t-elle avant la nuit... « Avec un peu de chance, juge-t-elle, Ikrima, même s'il est déjà sur la côte, ne trouvera à embarquer qu'à l'aube prochaine ! Je l'atteindrai, reprend-elle peu après, ô Dieu, j'y arriverai ! »

Nulle parcelle d'ombre autour d'elle. Le soleil de ce jour de printemps est au zénith... Oum Hakim ralentit le pas. Elle se reposera cinq ou dix minutes. Elle boira la moitié de la petite outre. Puis elle reprendra, sans s'arrêter.

« Je le rejoindrai », se redit-elle et elle espère ; elle conclut à voix haute :

— Avant la nuit, avant la nuit !

La Mecque est bien loin. Le silence est tombé en chape imposante, partout. Loin de la capitale commerçante et religieuse, tout est déserté : hommes et bêtes ont disparu, car La Mecque est dorénavant ouverte ; soumise aux vainqueurs.

— Aux vainqueurs, non, à Dieu ! avait rétorqué Khalid quand Oum Hakim s'était oubliée devant lui jusqu'à ironiser, quelque peu amère, sur « eux les vainqueurs » et sur la défaite des Mecquois. Vous n'êtes pas vaincus ! Vous êtes dorénavant soumis, et à Dieu seul, à Dieu et à son Messager ! Tu diras cela à ton époux que j'estime tant, qui va redevenir mon frère ! Convaincs-le ; tu le peux, toi !

— Je le convaincrai ! avait promis Oum Hakim avant de partir.

Avant de courir.

Et le pas de la femme qui avance — ne ralentit pas, malgré le sable en cet endroit plus meuble, malgré les dernières dunes dont la barrière discontinue sépare Oum Hakim de son but.

— Je le rejoindrai ! répète-t-elle, les traits durcis, mais le pas égal, presque mécanique. Avec un rythme tenace de coureuse de fond.

Ainsi, c'était le milieu du mois de Ramadhan de l'an 8, il y avait cinq années de cela.

Une journée et une partie de la nuit, elle avait couru continûment. Sur la dernière dune, elle avait aperçu des feux de brousse. Elle ne songea pas à avoir peur. Elle avait fait halte seule, sous un acacia épineux et odorant. Le temps de donner à sa mise un ordre convenable. Elle s'était approchée du rivage. Dans le noir, les mains tremblantes d'épuisement, elle avait fait ruisseler de l'eau de mer sur son visage, sur ses bras. Elle avait trempé ses jambes à mi-mollets. Puis elle s'était assise pour vider la dernière eau de l'outre. Elle eut faim. Elle regarda au loin les feux éparpillés : le reste d'une caravane prête à partir à l'aube ; ou de simples pêcheurs, elle ne savait.

Leur parler ; les interroger sur Ikrima... Celui-ci serait-il déjà parti quelques heures avant le crépuscule ? Serait-ce vraiment trop tard ? Sa gorge se noua : non, ne pas désespérer ! Même s'il avait embarqué, elle le suivrait ; elle le retrouverait sur la rive africaine.

Après une heure de détente forcée, elle reprit son air serein d'aristocrate mecquoise. Elle s'avance vers le premier groupe en cette nuit claire, étoilée de la mi-printemps...

Elle a mis auparavant sur ses cheveux une coiffe qui lui donne grand air et elle s'est rechaussée : elle s'est présentée comme si elle sortait à l'instant de la maison paternelle ; elle obtient des renseignements précieux et même un jeune guide qui l'accompagne le long de cette plage qui lui semble infinie.

Ils marchèrent en silence, le jeune garçon et elle, presque toute la nuit.

Sur le bord d'une presqu'île, vers quatre heures du matin, elle arrive soudain, de nouveau haletante, parce que l'angoisse s'est remise à lui vriller le cœur; la silhouette de l'aimé debout sur une barque assez longue qui a quitté de plusieurs mètres la terre et qui semble se diriger vers un lourd et large boutre de couleur sombre, immobile.

— Ikrima!

Le nom lui sort de la gorge, sans qu'elle se rende compte : appel aigu, désespéré; part-il vraiment? Et son cri se perd dans la brume grise qui s'installe par plaques, planant entre le ciel bas et la surface marine au noir luisant étrangement. La forme droite et maigre du jeune homme reste droite : un rêve dans le brouillard qui vire au gris. L'aurore qui approche glisse dans ces premières nuances. L'œil de Oum Hakim reçoit les moindres détails visuels et, pourtant, elle se sent hors d'elle.

— Ikrima! répète-t-elle, cette fois plus consciente de crier.

La barque a-t-elle avancé ces dernières minutes? Seulement alors, tandis que l'écho du second cri de l'épouse s'éteint, l'homme, lentement comme un soldat de plomb à demi animé, tourne enfin la tête vers elle. Derrière lui, et parce que l'aurore soudain semble là, Oum Hakim voit des ombres de matelots à demi courbés sur des paquets de cordages, de caisses, tout un chargement qu'ils manipulent.

Ikrima fait un geste. La barque s'immobilise. Oum Hakim qui s'est mise à courir, entre dans l'eau, oubliant qu'elle n'est plus pieds nus... Elle veut avancer, elle distingue enfin le visage, les traits, le regard même de l'homme aimé. Elle parle et sa voix qui débite, seule, la nouvelle, elle ne peut plus la contrôler. Elle doit s'arrêter, mouillée jusqu'à mi-cuisses; mais la barque revient vers elle.

— Je t'ai obtenu le pardon, Ikrima! Je suis venue te dire que tu peux rentrer, que tu peux revenir, que...

— Tu as vraiment fait cela ?

Ce fut sa première phrase tandis qu'il saute à terre, qu'il la soulève à bras-le-corps, qu'il la tire vers le sable, qu'il se baisse pour voir ses pieds, ses jambes trempés. Et d'un coup, sur un rocher, ils s'assoient, liés par les bras, les épaules, les paroles qui s'enchevêtrent, leurs mains... Oum Hakim tâte en aveugle, le visage, la poitrine d'Ikrima :

— Je suis arrivée ! Ô Dieu, j'ai réussi ! sanglote-t-elle.

Son cœur se met à battre trop fort. Elle doit s'allonger sur le dos, tenter de mieux respirer. Ses mains restent accrochées au corps de l'homme. Elle lui a tout dit : ils vont revenir ensemble ; ensemble retrouver La Mecque ; musulmane ou non musulmane, quelle importance, c'est leur ville !... Ikrima n'est ni un chef vaincu ni un guerrier qui part en exil. Ils vont rentrer chez eux. Elle dormira à ses côtés, ses petits à leurs pieds ; elle...

Ses yeux ne quittent pas le ciel qui blanchit, car ce premier jour du bonheur retrouvé s'annonce à peine.

Oui, cinq ans après, elle revit cette résurrection comme si c'était le jour d'hier. Leur retour ensemble, cette même matinée. Ses rires à elle, dans le sable ; l'attention grave d'Ikrima ému certes par sa course de la veille, qu'elle lui décrivait... Il l'écoutait ; il souriait. Ils avaient trouvé deux montures. Il se mit à veiller précautionneusement sur elle, comme si elle était fragile, alors qu'elle était seulement épuisée.

L'après-midi du même jour, au centre de La Mecque, ils se présentèrent devant la tente du Prophète. A l'entrée, Omar ibn el Khattab se trouvait là ; il la regarda elle d'abord (c'était sa cousine maternelle, il ne l'aurait pas reconnue, l'ayant laissée enfant) ; il introduisit ensuite le jeune Ikrima. Omar baissa les yeux ; il ne voulait pas se souvenir de tant de ses proches que le redoutable Mecquois avait tués à Ohod. Mohammed n'avait-il pas pardonné ?

Une heure après, Ikrima ressortit de la tente, converti. Aux côtés de Oum Hakim, il retrouva leur logis, leurs enfants et la paix.

Oum Hakim se souvient n'avoir pas bougé de chez elle deux longues années. Puis la nouvelle se répandit que Mohammed, avec les Migrants et les meilleurs des 'Ançars, allait revenir pour le pèlerinage.

Certes, tout ce premier temps de leur islamisation, Ikrima allait souvent à Médine. Elle sut indirectement par la rumeur féminine, qu'il se voyait devenir le beau-frère de Ali ibn Abou Taleb, puisque ce dernier, paraît-il, avait demandé en mariage sa sœur, la petite Jouwayria...

Est-ce à ce moment qu'elle se dit que Ikrima risquait de faire un jour comme Ali ; Ali, époux de l'extraordinaire Fatima, dont toutes rappelaient ici la présence d'autrefois, les mots, les traits de caractère ; multiples anecdotes ! Or, Ali, jusqu'à ce que Mohammed l'en empêche, avait désiré avoir seconde épouse !

Ikrima, un jour, n'aimerait plus rester à La Mecque. Peut-être que, dans cette ville, tout lui rappelait qu'il vivait là grâce justement à Oum Hakim, son épouse ! Comme l'ombre de celle-ci devait paraître gigantesque au-dehors, dans les yeux des autres hommes, justement pour celui qui va et vient, qui veut oublier !

Oum Hakim regardait Ikrima rentrer ; son pas vif, son allure plus jeune encore que son jeune âge. Leurs enfants, pendant ce temps, grandissaient.

Elle se trouvait près de lui quand il reçut sa nomination comme chef d'une des armées levées contre les Bédouins qui avaient apostasié. Elle désira partir. Partir avec lui. Combattre. Comme autrefois, quand c'était contre l'Islam, contre son Prophète et ses fidèles. Les couples les plus brillants de La Mecque, entourés de leurs affranchis et esclaves, de musiciens et poètes à leur solde, tous se préparaient en grande pompe. Comme pour une fête. Comme pour Ohod : Abou Sofyan sortant avec Hind bent Otba, Hind la redoutable et la joyeuse, Sofyan ibn Ommeyya avec Barza, 'Amr ibn 'As avec Rita Oum Abdallah, d'autres encore, et naturellement Harith avec Fatima, ses parents, elle-même la plus jeune avec Ikrima le bien-aimé !

Oum Hakim retrouvait, de ces jours dont on ne parlait plus, l'élan, le désir de fureur, le frissonnement des femmes parées, chacune admirant l'époux en armes et s'exposant à ses côtés... Oum Hakim soupira : « Comment retrouver cette ivresse ? »

Elle espéra quelque initiative de l'époux. Cela aurait été de nouveau si exaltant si Ikrima, le premier, lui avait dit :

— Ce premier honneur qu'on m'accorde en Islam, c'est grâce à ce retour ! Souviens-toi, ce jour, sur la plage ! La sauvegarde première que je te dois.

Il ne dit rien de ces mots qu'elle imaginait. Il n'évoquait jamais le passé ; absorbé seulement par l'attente des chefs de Médine : en cette 10e année de l'hégire (ils s'étaient mis, à La Mecque aussi, à compter selon ce nouveau calendrier), on ne parlait que du prochain pèlerinage.

Oum Hakim gardait silence devant Ikrima. Le lendemain, parmi les dames mecquoises qui se réunissaient peu après la sieste, l'une d'elles évoqua de possibles aventures : pourquoi ne reprendraient-elles pas comme leurs hommes, et dans les armées de l'Islam cette fois, leurs jeux guerriers, leurs chevauchées ?

— Est-ce la règle chez eux ?

« Eux », c'est-à-dire les Migrants dans Yatrib, la ville-refuge du Prophète ; « eux », c'est-à-dire les 'Ançars dont les femmes se révélaient, disait-on, souvent coquettes, soucieuses de bruits et de danses, aimant les toilettes et les bijoux... Les Musulmans, ces dernières années, luttaient difficilement contre ces mœurs. On disait que « les maisons de joie » n'avaient pas diminué en nombre, malgré les succès qui confortaient la règle islamique. Dorénavant, les épouses du Prophète, semblait-il, sortaient moins librement qu'auparavant et même quand elles se rendaient à la mosquée, le plus souvent pour la première prière de l'aube, elles se dissimulaient tout entières dans des voiles...

— Certaines d'entre elles tiennent encore, comme au début, à aller à la prière collective !

— Seulement celle de l'aube, rectifia l'une, celle avant le jour ! Dans la demi-obscurité, on les distingue mal... On dit qu'il y a tant d'hypocrites et de malveillants à Médine !

— Nous, nous sortons avec nos hommes ! intervint une Mecquoise que Oum Hakim ne reconnut pas. Nous les accompagnons, y compris au combat, et c'est pourquoi ils vont rarement vers les femmes de peu !

— Vont-ils vraiment rarement ? répliqua une autre à la voix aiguë. Disons plutôt que « ce sont les hommes de peu qui vont vers les femmes de mauvaise vie ! »

— Les femmes ont la vie qu'elles peuvent ! intervint Oum Hakim. Qu'est-ce que « la mauvaise vie » ? Peut-être que cette vie dite « mauvaise », parce que sans contrainte, est moins grave qu'une vie de soumission à un mauvais époux.

Elle s'arrêta, interloquée elle-même de sa pensée qui se hasardait elle ne savait où... Elle ne dit plus rien. Elle écouta les moindres répliques. Elle se confirmait son vœu profond : oui, elle désirait accompagner Ikrima sur les champs de bataille, retrouver le passé et son rythme ; savoir si une vie à deux restait possible, grâce au risque et à son ivresse.

Elle comprit qu'il lui serait aisé d'entraîner d'autres dames de la ville. Les « combattantes ». Celles qui ne voulaient pas vieillir parmi leurs brus, et peut-être parmi les inévitables et futures coépouses. Non.

Se battre. Se battre à cheval, ou à dos de chamelle, et pour l'Islam dorénavant. Leur montrer à eux, les chefs de Médine, les fameux Compagnons que, même du clan vaincu, ces femmes de La Mecque restaient des dames. A la fois des épouses, des maîtresses de maison, mais aussi des combattantes.

Leurs corps exposés pour le goût du danger ? Pour l'odeur de la poudre, dans le désordre du premier tumulte, elles qui ne se contentaient pas, à partir des lignes arrière, de pousser des you-you, elles qui négligeaient les mutilations sur les morts ou les agonisants (Oum Hakim certainement), elles qui s'élançaient au galop sur les cavales qu'elles excitaient dès qu'elles voyaient les rangs des mâles perdre pied, ou d'autres fois, hélas, reculer. Oui, elles s'élançaient avant qu'il ne fût trop tard; elles arrivaient, sabre et même hachette à la main, groupe d'Amazones joyeuses qui refaisaient gonfler le flux des guerriers regroupés. Et même si ces derniers tombaient et mouraient, ils tournaient alors vers elles, qui surgissaient, nerveuses, un regard d'espoir.

Exposées donc; il fallait qu'elles s'exposent, avec la même audace, leur même fureur allègre, cette fois en Musulmanes.

Habitée par cette fièvre qui la reprenait, Oum Hakim apprit que plusieurs milliers de pèlerins étaient en chemin pour la visite de la Ka'aba... Plus tard, l'on surnomma ce pèlerinage « le pèlerinage de l'Adieu », car ce fut le dernier pour Mohammed.

Oum Hakim se mit à s'informer du protocole et de l'obligation des rites en ces circonstances; elle comprit en fait, qu'elle désirait retourner au Sanctuaire. Depuis que, deux années auparavant, Khalid ibn el Walid avait, sur l'ordre du Prophète, brisé toutes les statues — chacune avait un nom, et pour les vingt les plus célèbres d'entre elles, Oum Hakim en avait connu par cœur toute la liste — elle n'était jamais retournée là-bas.

Là-bas, lieux d'enfance. Elle, fillette qu'emmenait son grand-père maternel, un homme vénérable qui, plusieurs fois dans l'année, allait se prosterner et faisait, devant chacune des statues les plus imposantes, une prière, une imploration suivie d'une longue méditation. Fillette de quatre ou cinq ans, pour qui l'aïeul avait une préférence, elle avait aimé le suivre plus d'une fois : elle ne priait pas, elle ne jeûnait pas auparavant comme lui. Seulement, assise sur les talons, immobilisée sans effort, la fillette les regardait, elles. Les idoles : leur forme diverse et si étrange, avec des excroissances ou des recoins; surtout leurs couleurs — fauves, jaune safran, indigo, gris vert, rouge vermillon...

Sous la flamme des flambeaux du temple, ces lueurs ondoyaient, grimaçaient, vagues désordonnées, fantasmagories qui fascinaient la fillette délicieusement effrayée... Comme le vieux s'abîmait dans sa méditation fervente, la petite Oum Hakim fixait obstinément une même statue dont la face semblait la menacer; le rouge de son ventre nu s'empourprait davantage, le noir des yeux à demi verdâtre étincelait dans la pénombre.

Quand le vieillard, d'un coup, se redressait, il lui prenait la main, la tirait presque, l'arrachait à la magie de ces lieux.

Voici que Khalid, son oncle, avait abattu les idoles ce même jour où, le cœur dilaté de joie, elle avait sauvé son époux grâce à son amour rayonnant... Comment pourrait-elle se douter que c'était justement cet amour visible que Mohammed avait lu dans la voix de Oum Hakim, dans ses gestes et sa démarche, tandis que, sous la tente, elle s'était avancée la première, précédant Ikrima ramené le jour même, que c'était pour cela précisément que le Prophète avait pardonné à Ikrima. Un homme capable de susciter une telle passion courageuse, un tel homme conservait une valeur rare devant Gabriel et devant Dieu !

Or, tandis que Ikrima sortait de la tente du Prophète gracié, ce même jour, Oum Hakim apprit que les statues là-bas, sous les coups de Khalid ibn el Walid, avaient volé en éclats ! Un durcissement en elle. Son « homme » contre elle (elle dormit la nuit suivante dans ses bras), comme renaissante chaque seconde de ce double sommeil, elle eut des rêves longs, déchirés. Une sorte de peau intérieure tatouée se détachait d'elle douloureusement : faces gigantesques des statues qui la cernaient, se rapprochaient, étrange sarabande qui l'affolait... Elle se réveilla, suant, grelottant de froid sous le drap. L'évidence s'empara d'elle, tandis qu'elle réfléchissait, yeux ouverts dans le noir : elle n'avait pu sauver les idoles, parce qu'il lui avait fallu ramener Ikrima.

Engourdie, elle replongea dans le même sommeil

moite : les statues revenaient, somptueuses, une orgie pour ses yeux d'enfant émerveillée ; elles se mettaient à se dissoudre, nuages multicolores dont la poussière moirée s'envolait. Elle se voyait fillette accroupie comme autrefois, l'esprit et les yeux ravis. Pour finir, elle désira pleurer, elle ne le pouvait pas.

Au matin, elle se sentit épuisée. Les étreintes d'Ikrima lui furent baume. Pouvoir oublier !... Oublier quoi ?

Ces premiers jours en Islam, elle sut qu'elle n'irait pas à la Ka'aba.

Oum Hakim se savait musulmane d'emprunt, en quelque sorte. Non pas honteuse, non pas hypocrite, simplement « musulmane » (« soumise », comme ils spécifiaient parfois) parce que ainsi elle avait gardé, envers et contre tous, son époux... Elle ne priait pas.

Ikrima par contre était devenu étonnamment scrupuleux dans sa nouvelle croyance. Il ne lui fit aucun reproche de son évidente indifférence. Au mois de Ramadhan certes, elle observait le jeûne : c'était autant en souvenir de l'aïeul — mort peu avant le départ de Mohammed pour Médine —, lui qui jeûnait si souvent, et bien plus que le temps d'un mois lunaire.

Elle décida pourtant de se joindre aux pèlerins de La Mecque, en cette année 10. Serait-ce pour elle une fête des yeux, une distraction de l'esprit dont elle attendait quoi... Elle désira voir tout l'aréopage des Musulmans de la première heure (leurs ennemis d'hier, à eux, les Mecquois) : cela se ferait dans ces jours prochains du pèlerinage.

Des premiers moments de celui-ci, elle ne retint que quelques incidents : son face-à-face, une minute, avec Lalla Aïcha, si jeune décidément, ainsi qu'avec Oum Salama qu'elle retrouvait à peine vieillie, après tant d'années. Elle se rappela également comment, le deuxième jour, l'épouse de Abou Bekr dut quitter le groupe des dames ; quelques heures après, elle accoucha d'un fils prénommé Mohammed.

Vint le troisième matin. Jour de soleil. Sur le seuil,

Oum Hakim regardait la foule de plus en plus dense se masser ; elle apprit que le Messager devait faire une harangue.

Elle se trouvait dans l'antichambre d'Esma l'accouchée, au milieu de quelques servantes. L'une d'elles avait soulevé par hasard le rideau, lorsque le discours attendu du Prophète avait commencé.

Clarté dure de la lumière. Dehors, des centaines d'hommes et de femmes debout ; quelques pèlerins, sur le côté, accroupis dans la poussière. Peu à peu, une voix pas très grave, pas très haute, perceptible dans son énergie lente, dans sa diction, un peu dansante, une voix planant au-dessus de tous ces humains silencieux.

Oum Hakim, un fichu sur la tête, était habillée comme tous, de ce lin blanc non cousu qui la grandissait, la rendait opulente. Elle sortit dans le matin ensoleillé. Elle se découvrait une hâte irraisonnée : dépasser ces rangées d'auditeurs, se rapprocher de quoi, sinon de la voix qui se gonflait maintenant, qui prenait de l'ampleur, qui s'éloignait puis revenait.

Oum Hakim, comme dans un rêve, se dirigeait avec la même hâte vers l'avant. Elle ne comprenait pas ce que prononçait la voix pourtant distincte, voulait-elle vraiment comprendre ou seulement se laisser prendre ?

Elle vit clair soudain dans la hâte qui l'habitait : l'aiguillonnait le désir d'apercevoir *sa* face. Elle redit lentement les deux mots : *sa face*. Visage de Mohammed.

Lorsqu'elle avait quémandé et obtenu le pardon, sous la tente à La Mecque, Ikrima attendant derrière elle, Oum Hakim se souvenait : *il* se trouvait face à elle, mais elle n'avait pas levé les yeux. En entrant, elle avait seulement noté le sourire complice de Omar qui les introduisait. Tout le temps — de longues minutes — où elle avait attendu d'être rassérénée au sujet d'Ikrima, elle n'avait pu regarder le Prophète.

Voici que, deux ans après, elle suivait sa voix à la trace parmi les méandres de cette foule impressionnante et elle éprouvait le besoin de *le* voir. Contempler Mohammed... Elle parvint au niveau des trois ou quatre premières rangées, là, au pied du mont Arafat.

Elle aperçut sur une chamelle de couleur fauve, dressée immobile, la silhouette du Messager : une toge blanche lui découvrait une épaule. Il eut un mouvement du bras ou, elle distinguait mal à cause de la trop vive lumière, de la main : le tissu remontait sur l'épaule qu'il recouvrait, mais l'autre épaule, aussitôt, se dénudait.

Oum Hakim le vit faire par deux fois ce mouvement alterné, cela dans un brouhaha des voix qui montait autour d'elle en houle compacte. Se rapprochant du lieu où *il* se tenait, Oum Hakim se sentait en état de ne plus rien entendre, de ne plus rien comprendre. Figée, tendue tout entière à regarder, à... (plus tard, elle songea sans oser le dire : « à témoigner »).

Elle comprit que Mohammed avait choisi de se poster sur cette éminence pour que sa voix porte... Or, depuis un certain temps, le Noir Bilal, de si haute taille, se tenant en contrebas, reprenait plus fortement (ce qu'elle avait pris pour un écho amplifié et qui l'avait irrésistiblement attirée) les mêmes questions du Messager, auxquelles la foule maintenant (qui lui sembla une seule bouche, une seule entité) répondait.

Soudain l'image du Prophète sur sa chamelle rousse se brouilla devant Oum Hakim ; tremblota, se dilata comme dans un halo. Elle ne sut si c'était l'excès de chaleur ou la lumière aveuglante et blanchie. Elle fut propulsée sur le côté, et un long chant profus, scandé doublement, éclata : Bilal reprenait la question du Messager. Oum Hakim percevait, comme voguant à travers d'autres sphères, la voix aérienne de Mohammed. A la phrase reprise amplifiée, par la voix fortement timbrée de Bilal, la foule, autour de Oum Hakim, répondait une première fois. Une hésitation s'ensuivait, un suspens de quelques secondes, durant lesquelles Oum Hakim percevait les respirations bruyantes, quelques toux, un ou deux gémissements de femme... A nouveau, le Messager et sa voix d'ailleurs, claire, lisse aussi ; puis Bilal, avec son timbre métallique, reprenait ce qu'avait prononcé le Messager que les Croyants répétaient comme un seul homme.

« Un seul homme », pensa Oum Hakim, bousculée par une vague de la foule. Elle se sentit oppressée ; plus tard, elle décrira ces instants à son époux qui se trouvait alors aux côtés de Ali, elle s'attardera autant sur l'ardeur qui l'avait saisie d'apercevoir *sa* face, que sur ses efforts de simple fétu de paille emporté au hasard dans cet océan de fidèles.

— Un million de pèlerins ! précisera Ikrima qui s'appliquera à lui réciter ce que le Prophète avait alors exposé.

— Puisque le temps a pris un tour circulaire, avait déclaré le Messager, lorsque Dieu a créé le ciel et la terre, alors je vous le rappelle : l'année se compose de douze mois. Quatre parmi eux sont des mois sacrés : trois d'entre eux se succèdent, les mois de l'iqdar, de l'hijja et de moharem et le quatrième, le mois de redjeb se trouve entre djoumada et cha'aban !

« C'est alors, continua Ikrima tourné vers sa femme silencieuse, qu'il a commencé son chapelet de questions à nous tous.

— Quel jour sommes-nous donc, ô Croyants ? interrogea-t-il.

Et après que Bilal eut repris la question, tous répondirent, après une hésitation :

— Le Seigneur et son Prophète le savent !

Tous, en répondant ainsi, nous avions pensé — commenta Ikrima — qu'il allait cette fois peut-être, nous changer le nom de ce jour. Non, il répliqua par une question et Bilal après lui :

— Est-ce que ce n'est pas le jour du sacrifice ?

— Oui ! avons-nous répondu, dans un bel ensemble.

Il interrogea à nouveau :

— En quel mois nous trouvons-nous, ô Croyants ?

Après que Bilal eut amplifié cette question, nous avons repris, sous le coup d'une nouvelle hésitation :

— Le Seigneur et son Prophète le savent !

Il se tut un moment ; de nouveau, nous avons cru qu'il allait changer le nom de ce mois.

— Est-ce que ce n'est pas le mois de hijja ?

— Certes oui ! avons-nous tous répondu.

Il a continué (Ikrima, évoquant la scène, ne regardait plus Oum Hakim qui revivait l'ambiance collective, ainsi que sa propre faiblesse de femme tellement émue) :

— Quelle est donc cette contrée, ô Croyants ?

— Le Seigneur et son Prophète le savent ! avons-nous répliqué après l'intervention de Bilal.

Cette fois, Mohammed — que la grâce de Dieu lui soit accordée — s'est tu un peu plus longtemps encore ; « sans doute », ai-je pensé à cet instant, continua Ikrima, tandis que, derrière lui, aux côtés d'Ali dressé sur sa mule blanche, je me tenais, « sans doute, Mohammed est vraiment fatigué et il tend jusqu'au bout ses dernières forces physiques... »

— N'est-ce pas votre terre qui est sanctifiée ? a-t-il questionné tandis que la houle de la réponse unanime envahissait tout :

— Certes oui, ô Messager !

Alors, conclut Ikrima se tournant vers Oum Hakim qui (il le remarqua presque froidement) pleurait en silence, statufiée, les yeux grands ouverts vers ce jour du sermon de l'Adieu, alors, poursuivit Ikrima, Mohammed a prononcé ce que maintenant tous répètent :

— Ainsi, votre sang, votre terre, votre famille, à vous, désormais vous sont protégés : comme ce jour vous est protégé, et ce mois, et ce lieu !

Dans le silence qui suivit, il a continué, Bilal après lui, et moi, derrière lui, tout près de Ali sur sa mule blanche, c'est sa voix, pourtant faible, que j'ai entendue :

— Vous allez, ô Croyants, rencontrer votre Créateur. Il vous interrogera sur ce que vous avez fait. Je vous en conjure, ne revenez plus, quand je ne serai plus parmi vous, ne revenez plus sur vos pas, ne vous reperdez plus sur les chemins de l'ignorance, au point que vous irez jusqu'à vous frapper entre vous à la gorge ! Je vous en conjure ! »

Ikrima interrompit l'évocation, la gorge nouée. Oum Hakim avait, entre-temps, essuyé ses pleurs : ses yeux brillants suivaient les mots d'Ikrima sur ses lèvres...

Ainsi, ce jour-là, les époux, dans leur demeure mecquoise, évoquaient mutuellement cette matinée d'Arafat où Mohammed faisait ses adieux à tous, tous.

Ikrima reprit le récit du sermon du Prophète :

« Je vous en conjure ! déclara Mohammed, ne vous frappez pas à la gorge les uns les autres ! »

Ikrima expliqua à Oum Hakim que le Prophète voyait alors, en vision prémonitoire, tant de tribus apostasier et s'entre-tuer.

Ikrima partit quelques jours après à la tête d'une des armées que le calife Abou Bekr décidait d'envoyer au sud de l'Arabie.

Au cours de ces conversations conjugales, Oum Hakim n'avait pas raconté à Ikrima comment elle s'était trouvée à nouveau presque en face du Messager (sa silhouette encore plus haute, plus mince, légèrement penchée sur le côté). Elle avait entendu la fameuse interrogation, au ton émouvant jusqu'au déchirement (et qui la déchirait depuis, elle) puis la reprise en voix ample, un peu frappée, plutôt basse, de Bilal, mais sans le pathétique, sans la souffrance sous-jacente, avec seulement l'espoir que le questionnement final du Messager contenait :

— Aujourd'hui, ô Croyants, j'ai parachevé mon bienfait pour vous... (Soudain l'interrogation :) Est-ce que j'ai bien transmis le Message ?

Puis, dans la distance entre le Messager sur sa chamelle là-haut, et le Noir premier muezzin de l'Islam dressé en contrebas à quelques mètres, Bilal à la voix de stentor, dans cette distance-là, le ton angoissé, peut-être même souffrant du Messager, s'affaiblit pour ne faire parvenir à la foule fervente que la charge d'espoir espéré :

— Certes oui, ô Envoyé ! répondirent-ils tous dans une exaltation maîtrisée et les « oui » multipliés revenaient par vagues successives, passant par-dessus la tête de Oum Hakim en pleurs.

— Ô Dieu, sois témoin ! reprit la voix aérienne du Messager puis, dans le silence à nouveau suspendu, Mohammed répéta par trois fois :

— Ô Dieu, sois témoin !

Bilal, de sa voix à l'énergie inaltérable, reprit par trois fois, le « ô Dieu, sois témoin ! »

De nouveau le public renvoya un « oui » unanime d'abord, puis par vagues de l'est, de l'ouest, du plus profond de la foule...

Oum Hakim se ressaisissant, distingua non loin d'elle son cousin Omar ibn el Khattab. Accroupi presque aux pieds du Prophète, il gardait son visage large et rougeaud entièrement tourné vers Mohammed. Elle le vit, buste imposant, plutôt à demi assis, ou accoudé, le visage de profil et — c'est ce qui la frappa d'abord — les joues humides « de sueur », pensa-t-elle. Puis elle vit des larmes couler sur la face de son cousin. Elle le fixa intensément, son cœur à elle versant dans un bouleversement, comme si le trouble de Omar la frappait de plein fouet, contagion irrésistible qu'elle n'expliquait pas.

Tout ensuite se dissipa dans la houle de ce jour. Plus tard, bien plus tard, quand elle deviendra veuve (mais elle ne le sait pas encore, tandis que Ikrima va partir pour Médine), des années après, quand elle sera demandée en mariage, par Omar, second calife, elle se rappellera ces pleurs sur la face de celui-ci au cœur de cette émotion, lors des adieux publics de l'Aimé. Ce sera lui, le cousin devenant son second époux (mais elle le quittera pour retourner à La Mecque, redevenir ce qu'elle avait toujours été, une Mecquoise, musulmane certes) qui lui rapportera la suite de cette scène :

— Lorsque j'ai entendu le Prophète, que la grâce de Dieu lui soit assurée, nous dire : « Aujourd'hui j'ai parachevé mon bienfait à votre égard », certes oui, j'ai pleuré. Ce même jour d'Arafat, le Prophète m'a demandé la raison de mes pleurs, j'ai répondu : — « Ce qui me fait pleurer, c'est que, jusqu'à présent, nous étions dans un accroissement constant dans notre religion, mais si, à présent, elle est achevée, il faut dire qu'il n'y a pas de choses qui atteignent leur plénitude sans que, par la suite, elles ne s'amoindrissent ! » Et le Prophète, m'ayant écouté, a répondu après un long moment : « Certes, Omar, tu dis vrai ! »

Omar ibn el Khattab, à l'évocation de cette affirmation attristée du Prophète, sent monter des larmes à ses yeux. Il se raidit. Il regarde sa cousine qui s'impatiente ici, à Médine, qui demande sa liberté pour retourner à La Mecque.

Pour l'instant, Oum Hakim passe la dernière nuit avec Ikrima. Ils s'accouplent plusieurs fois et, plusieurs fois, Ikrima se lève pour accomplir des prières surérogatoires.

Peu avant l'aube, Oum Hakim est étendue, yeux ouverts, sur la couche vers laquelle revient l'époux devenu si fervent pratiquant ; Oum Hakim, le cœur mélancolique, sent combien une distance perceptible s'est installée entre eux. Elle a continué à dire à Ikrima si souvent : « Je ne prie pas » ; contrairement aux autres femmes, elle ne prie pas parce qu'elle a ses menstrues ; non, elle ne prie pas parce qu'elle ne peut pas, ou qu'elle ne veut pas se soumettre continûment à Dieu.

Pourquoi, par contre, a-t-elle caché à Ikrima son bouleversement de ce jour à Arafat ? Comment, voyant le dur Omar s'émouvoir en public, elle a traversé la foule, elle a fui ; elle est revenue dans sa maison où elle s'est enfermée.

Elle ne bouge plus sur la couche, tandis que dehors la première aurore éclaircit le ciel sur la ville « Ville sacrée... votre lieu protégé ! Votre sang, votre terre, votre famille! » La voix du Messager (« que la grâce de Dieu lui soit accordée! ») résonne à ses oreilles; elle finit par dire à l'époux :

— Je désire, si tu restes aux armées, te rejoindre dans tes expéditions! Comme autrefois nous toutes!

Ikrima se tait.

— Nous sommes plusieurs Mecquoises à le penser, le presse-t-elle. Nous voulons combattre auprès de nos hommes, ou au moins les regarder combattre. Les éperonner!

Ikrima ne dit toujours rien. Quand il l'étreint — ils se sont levés, les enfants, les serviteurs vont venir, les entourer, les séparer — il finit par murmurer :

— Mon vœu le plus cher pour cette nuit est que tu me donnes à nouveau un fils, et qu'il devienne plus tard un combattant pour l'Islam!

Il partit ce même jour. Le mois suivant Oum Hakim apprenait à la fois la nouvelle tragique de la mort du Messager à Médine, et qu'elle était enceinte. Elle ne douta pas : elle donnerait un nouveau fils à Ikrima qui était en train de combattre dans l'Hadramaout.

Ikrima ne revint même pas lorsque Oum Hakim accoucha d'un fils. Elle observa la règle habituelle aux dames mecquoises : trouver une nourrice bédouine de santé vigoureuse pour le nourrisson. Ce problème à peine résolu, elle se sentit prête à partir : retrouver Ikrima sur les nouveaux champs de bataille où Abou Bekr l'avait désigné. Le sud de l'Arabie revenu entièrement à l'Islam, Ikrima devait rejoindre les autres chefs musulmans en Syrie pour affronter le péril byzantin.

Fatima bent el Walid, la mère de Oum Hakim, ainsi qu'une dizaine d'autres Mecquoises s'apprêtaient elles aussi. Or la veille même de ce départ tant attendu, « vers les armées de mon frère », disait Fatima bent el Walid orgueilleusement, Oum Hakim dut affronter l'affreuse nouvelle : Ikrima venait de mourir, en héros, à la bataille d'Agnadayn, à une demi-journée de Jérusalem, le 28 du mois de Joumada 1er de l'an 13 (30 juin 634).

Le départ de La Mecque eut lieu le lendemain : Oum Hakim, voilée de blanc, se sentit plus que jamais une combattante. Sans pleurer, elle écoutait en elle la voix d'Ikrima formuler son dernier vœu : « Que tu me donnes un nouveau fils et qu'il soit un combattant pour l'Islam ! » Le visage durci, l'attention aiguisée, Oum Hakim, quittant sa ville pour l'est, se dit : « Pour l'instant, ce sera moi, moi, la combattante pour l'Islam ! Ainsi, songea-t-elle ensuite sur les routes de Syrie puis d'Irak, vais-je trouver ma seule façon de prier, de prier ardemment : au milieu des armées et de leur tumulte, être prête, à tout instant, à m'élancer, à cheval et le sabre à la main, pour mourir ! »

Elle ne souffrit même pas (comment souffrir davantage) quand, retrouvant après plusieurs étapes, l'armée qu'avait commandée Ikrima, elle eut à subir les confidences apparemment compatissantes d'une des esclaves de l'époux mort. Celle-ci tint à lui raconter l'épisode, six mois auparavant, où Ikrima, de retour de Médine où il avait plaidé la cause de Ash'ash, auprès du calife, Ikrima avait eu l'intention d'épouser une captive d'une grande beauté...

Oum Hakim écoutait le récit se dévider : cette femme fut refusée à Ikrima par Mohadjir ibn Ommeyya, parce qu'elle avait été épousée (moins d'une journée, il est vrai) puis répudiée par le Prophète, quelques années auparavant. A l'esclave confidente, Oum Hakim, avec une froideur qui n'était pas feinte, se contenta de répondre :

— Ikrima n'aura eu qu'une seule épouse, moi !

Il était mort ; sa jeunesse à elle était morte aussi (courses et cavalcades, dans un désert sans fin). Ne restaient que les pleurs de ce jour des adieux du Prophète, dont elle n'avait même pas pu parler à l'amour de sa vie ! Oui, aux yeux d'Ikrima, elle avait été une épouse amoureuse, qui n'avait pu le suivre dans sa foi neuve.

Oum Hakim n'était qu'une combattante ; « pour l'Islam », se dit-elle avec une hésitation intérieure.

Ils partirent tous, Oum Hakim, sa mère Fatima et

son père Harith, rejoindre l'armée de Khalid ibn el Walid pour l'énorme bataille qui se préparait contre les Grecs et qui allait être décisive, dès la semaine suivante.

En ces circonstances, en l'an 14 de l'hégire, Tabari qui consacre plusieurs pages de sa chronique à décrire cette impressionnante bataille de Yarmouk (Khalid ibn el Walid revient à marches forcées de l'Irak vers la Syrie, rejoint les trois armées de Yazid ibn Sofyan, de Amr ibn el 'Aç et de Obeidallah ibn Jerrah, les unifie contre l'immense armée byzantine et invente à chaud une stratégie audacieuse), Tabari mentionne, en deux lignes, le personnage de la fascinante Oum Hakim.

A une charge byzantine, tandis que les Musulmans (avec dans leurs rangs des troupes arméniennes, momentanément leurs alliées) reculent, Tabari évoque ce qui restait ineffaçable dans la mémoire collective, près de deux siècles plus tard :

« La lutte fut tellement acharnée, écrit-il, au point que l'armée musulmane commença à reculer. Alors, parmi les femmes quoraïchites qui se trouvaient aux armées, certaines d'entre elles s'élancèrent sur les cavales, le sabre à la main. Elles combattirent en personne et rivalisèrent avec les hommes. Parmi ces combattantes, se trouvait Oum Hakim bent Harith ibn Hichem. »

Puis Tabari évoque quelques tribus alliées qui, devant l'âpreté des combats, font défection et quittent le camp musulman. Il accumule d'autres détails, entre autres, l'incident du très jeune Abdallah ibn Zubeir, le neveu de Aïcha, qui, à peine âgé de quatorze ans, veut participer au combat, et que son père Zubeir ibn el Awwam éloigne en le confiant à un affranchi.

Le sort sera finalement favorable à Khalid : victoire décisive contre les Byzantins, qui permettra d'aller plus à l'est et d'affronter, cette fois, la puissance des Perses.

Ainsi, les épouses quoraïchites, voyant refluer

leurs hommes, se sont portées sur le devant. Par leur audace, elles ont contribué, au moment décisif, à faire pencher le balancier vers le versant victorieux... Oum Hakim et à sa suite sa mère, Fatima, la sœur de Khalid, généralissime, ainsi que d'autres Mecquoises, avaient été, six ans auparavant, pareillement combattantes : dangereuses alors pour le camp musulman!... Tandis qu'elles se lancent cette fois contre les Grecs, quelques mois plus tard contre les Perses, le passé resurgit-il pour elles dans son même rythme ?

Au terme de quel amour, de quelle ardeur calcinée de femme, la jeune Oum Hakim se mue-t-elle à nouveau en guerrière ? Tabari ne se soucie guère du levain obscur qui transforme les destinées féminines. Simplement, il ne peut s'empêcher de croquer la silhouette indomptable de Oum Hakim s'exposant au soleil et à la mort désirée.

Oum Hakim a-t-elle vraiment voulu mourir ce jour-là, à Yarmouk et de même, l'année suivante, quand elle est à nouveau mentionnée dans les combats d'el Quadissiya, en Irak ? Se consolera-t-elle par la suite ?

Après l'an 15, elle accepte d'épouser son cousin, devenu second calife. Omar lui a été proche en deux moments décisifs à La Mecque : quand elle a demandé la grâce d'Ikrima et lorsque, au moment du sermon de l'Adieu, elle a été témoin du bouleversement de Omar, au dernier verset coranique révélé à Mohammed.

Elle devient l'une des épouses de Omar. Il semble qu'elle lui a donné une fille, Fatima. Assez vite, elle a dû demander sa liberté pour finir ses jours à La Mecque, parmi ses premiers enfants et sa mère qui vieillit. Elle ne combat plus; non. Elle rêve; rêve-t-elle qu'elle guerroie encore, loin, si loin de Médine ?

3.

LES VOYAGEUSES

VOIX

D'après Quais, lorsque Abou Horaïra vint embrasser l'Islam, il avait avec lui son esclave.

Il dit lui-même plus tard, évoquant cette journée :

« Comme je me rendais auprès du Prophète, au cours du voyage, je récitai le vers :

— Quelle nuit longue et pénible ! Pourtant c'est grâce à elle que je me suis délivré de l'infidélité !

A ce moment-là, dans l'obscurité, mon esclave s'égara en chemin, si bien que, ayant perdu ce compagnon, j'arrivai le premier, mais seul, chez le Prophète. Je lui prêtai serment de fidélité et Il me fit asseoir à ses côtés.

Un moment après, l'esclave apparut et s'arrêta devant nous.

— Ô Abou Horaïra, me dit alors l'Envoyé de Dieu, voici ton esclave !

— En vérité, répondis-je, cet homme est libre pour la face de Dieu !

Et je l'affranchis sur-le-champ. »

La fugueuse d'hier

Elle ne sait pas, la petite Oum Keltoum de quinze ans, elle ne sait plus quand elle a pris sa décision irrévocable : fuir, quitter la maison paternelle... Elle s'est glissée, peu avant l'aube, hors de la demeure, l'une des plus opulentes de La Mecque. Ses mains ont tâtonné dans le noir : ne pas allumer la chandelle ; là, une gourde pleine, un linge enveloppant une mince galette, et des sandales enroulées dans une ceinture — préparatifs de la veille. Oum Keltoum entend le souffle de l'un de ses deux frères, tout près. Oui, partir, les retrouver eux, Mohammed et ses amis.

Enfin dehors, et les pieds nus ; ses yeux surveillent le ciel noir, strié à l'horizon d'une pâle lueur. Sur le côté, au loin, masse imposante, l'ombre de la Ka'aba. Oum Keltoum se sent envahie de panique : les yeux mi-clos, elle récite la *fatiha.* Comme si elle aspirait de l'oxygène : un appel au secours d'enfant et de femme à la fois — depuis trois années, grâce à Barka, une vieille esclave, libérée et repartie maintenant, l'adolescente s'est islamisée secrètement. Seule, si seule dans cette demeure où tous les hommes sont farouches ennemis du Prophète !

Oum Keltoum traverse la cité endormie ; précautionneuse, le regard à l'affût. Un jappement de roquet, tout près ; « et les hyènes, quand ce sera le désert ! » s'alarme la jeune fille. Elle tremble de tout son corps, mais elle avance : une heure encore, le froid, avec la nuit, se dissipera.

A la limite de la ville d'où part la route pour Médine, Oum Keltoum s'accroupit près d'un arbuste. Transformée en Bédouine arrivant au marché, en esclave sans refuge...

Elle se recroqueville, réfléchit à son évasion.

Depuis quand le mirage de l'ailleurs ?... Enfant déjà, tandis que La Mecque résonnait du tumulte des persécutions contre Mohammed et les siens, que les femmes, tout bas, les commentaient, Oum Keltoum, fillette de cinq ou six ans, allait, les yeux émerveillés, dans la maison de son frère utérin, Othmann ibn Affan, qui la dépassait de près de vingt années... Un jeune homme si raffiné, aux manières douces, qui la prenait sur ses genoux, qui lui demandait des nouvelles de la mère. Elle revenait, les mains chargées de friandises, elle se blottissait chez Arwa, sa mère — celle-ci, les yeux rougis de larmes, se plaignait de n'avoir pu voir son aîné depuis si longtemps. La fillette décrivait Othmann, et sa rayonnante épouse, Reggaya, la fille de Mohammed... La mère soupirait :

— On raconte qu'ils vont partir loin et en bateau, à partir de Djedda !

Et elle pleurait, craignant de ne plus revoir son fils ; affaiblie, elle ne visitait ni ses sœurs ni même sa mère vieillie, celle-ci tante paternelle de Mohammed, et toutes, fières descendantes d'Abdou el Mottalib. Arwa se trouvait isolée de son clan, car son deuxième époux, Okba, s'était mis à la tête des ennemis du Prophète. Il interdisait à son épouse la moindre entrevue : « Tu choisis, ce sera eux ou nous ! » Arwa se taisait : ses deux fils soutenaient leur père dans ses diatribes violentes contre « le fou » ; elle serrait Oum Keltoum sur ses genoux : garder près d'elle, quoi qu'il arrive, sa seule fille !

Il y eut ensuite le départ de Othmann avec sa belle épouse, ainsi que de plusieurs autres couples pour l'Abyssinie.

Quelque temps après, l'on apprit que Mohammed, avec son ami Abou Bekr, avait fui La Mecque et, malgré les poursuivants, rejoint ses fidèles à Yatrib. Nombre de familles se voyaient disloquées. La malheureuse Oum Salama, islamisée, se retrouvait séparée de son époux ; Oum Keltoum, âgée de dix ans alors, la suivait quand elle errait éplorée, jusqu'aux collines de Safa. Quelques mois plus tard, Oum Salama avait pu partir. Oum Keltoum, à qui la vieille Barka ânonnait patiemment des versets du Coran, avait envié la fugitive. Son cœur s'était empli de passion et de rêve.

L'année suivante fut marquée par la terrible bataille de Bedr où la colonie musulmane de Yatrib-Médine écrasa l'armée mecquoise. La désolation envahit La Mecque en deuil. Okba, le père de Oum Keltoum, fut du nombre des tués.

Au milieu des pleureuses qui emplirent aussitôt la maison, parmi les servantes et les deux parentes qui se lacéraient méticuleusement le visage, Oum Keltoum resta figée, le cœur dur. Elle aurait pu improviser, elle aussi, des lamentations, mais qu'aurait-elle déclaré, elle, l'orpheline accusatrice qui n'avait rien oublié, sinon :

— N'est-ce pas Okba qui, le premier, a déclenché les persécutions contre le Prophète ? Lui qui, dans l'enceinte de la Ka'aba, a tenté d'étrangler Mohammed avec des viscères de mouton sacrifié ? Le voici mort sans avoir été inhumé dignement, et le Prophète, lui, reviendra triomphant un jour !

Elle s'était tue... Sa mère alitée, muette, allait mourir, c'était sûr, d'étouffement ; Okba avait réussi au moins cela : asphyxier la cousine de Mohammed ! Oum Keltoum, maintenant que ses frères allaient prendre les commandes, et continuer, obstinés, la lutte paternelle, aurait à les affronter. Qu'elle entre en dissidence, ils ne la chasseraient pas, non, ils ne la battraient pas, non ; ils la donneraient en épouse au premier venu...

Deux, trois ans, elle put refuser chaque prétendant qui se proposait. « Le mariage ainsi ! Hélas, ma pauvre mère ! » Alors elle se mit à prier quotidiennement : par besoin d'une arme intérieure. Arwa la surprit, un jour, dans ses dévotions. Elle l'embrassa, pleura en silence, puis retourna à sa couche de malade. Elle mourut le mois suivant, après avoir pris soin d'affranchir son esclave Barka.

Barka décida d'aller rejoindre sa tribu dans le Sud. « Je partirai, moi aussi ! » affirma Oum Keltoum, au moment des adieux.

— Si tu choisis d'aller à Médine, Messaoud, un ancien berger de ton père, est un de mes cousins !

Envoie-lui un message. Je lui parlerai, il te guidera chez « eux » ! Sois prudente, promets-le-moi !

L'adolescente avait promis.

Elle hésita six mois. Puis elle apprit que Mohammed avait signé une trêve avec les Mecquois — elle n'en savait pas les clauses, quelle importance, c'était bien la paix, n'est-ce pas ? Oum Keltoum envoya un message au cousin de Barka.

Ce matin-là, elle attendait de voir surgir l'homme ; son guide.

Ils marchèrent une journée entière, Messaoud devant, maigre et droit, et elle, enveloppée de sa tunique beige, la poussière lui irritant la peau du visage, les cheveux, qu'elle avait lourds et longs, peu à peu dénoués dans la fatigue de la marche. Oum Keltoum heureuse ; épuisée et heureuse. Le soir, au gîte d'étape qu'ils choisirent, elle proposa de partager ce qui restait dans sa gourde et sa galette encore inentamée, avec le vieil homme. Il hocha la tête sans dire le moindre mot, à croire qu'à part le premier salut du matin, avant la fuite, il était devenu muet.

Il s'éloigna, sous un figuier voisin. Puis il revint, avec dans ses mains noueuses une poignée de dattes sèches et longues. Il repartit s'enrouler dans sa toge sale et sembla s'endormir. Oum Keltoum, désemparée, l'observa du coin de l'œil, remarqua qu'il ne semblait faire aucune prière ; pas comme Barka, quand elle se savait seule avec la fillette... « Je suis libre ! libre ! » se répéta-t-elle soudain avec violence. Elle s'allongea sur le sable et offrit son visage, ses cheveux, son cou renversé, au froid de la nuit.

Le surlendemain, ils entrèrent dans Médine peu avant midi : le vieil homme devant, l'allure soudain plus vive, la jeune fille derrière d'un pas égal, redressant le torse, sa chevelure nouée en tresse large qui lui battait régulièrement les reins. Oum Keltoum souriait, sans regarder la foule qui, de plus en plus dense, les entourait.

Elle s'arrêta au centre d'une placette ; une mosquée se dressait en face. Tant d'hommes s'étaient massés qu'elle finit par baisser les yeux et par attendre. Calmement : elle était arrivée au but.

Le guide parlait assez bas à quelques-uns qui l'interrogeaient. Oum Keltoum entendit quelques bribes : la *mohadjera*, c'était donc elle ?... Puis la foule se creusa, laissa s'ouvrir un chemin pour un groupe d'hommes, quatre ou cinq. Oum Keltoum vit confusément ces dernières silhouettes. Le brouhaha environnant cessa d'un coup.

Le guide répétait plus nettement ses explications : il était de la tribu des Beni Temim ; pour respecter la parole qu'il avait donnée à Médine à une vieille parente, il avait conduit de La Mecque, en un jour et une nuit, cette... Oum Keltoum entendit alors le mot qui la désignait à tous, et son cœur palpita : « Cette Croyante » !

— Quel est ton nom, ô ma fille ?

Était-ce la voix du Prophète lui-même, ou celle de l'un de ses proches ? Elle ne se posa cette question qu'un peu plus tard. Pour lors, dans un calme et une sérénité qui la raffermissaient — toute fatigue physique avait disparu, une sorte de fierté, de nervosité de tout son corps l'éperonna —, elle répondit, les yeux levés vers le groupe des quatre ou cinq hommes, sans en regarder aucun :

— Je m'appelle Oum Keltoum bent Okba ben Mo'ait !

Elle s'arrêta, hésita, ajouta presque dans un souffle :

— J'ai quitté de ma propre volonté la maison de mes frères !

— Et quel est ton but, pour cette *hijra*, ô ma fille ? reprit la même voix, insistante, mais douce, calme, prenant son temps.

Oum Keltoum, les sens affûtés, devina l'amplitude de cette patience, de cette attente dans la voix. Elle répondit dans un élan de confiance qui la détendit tout à fait :

— Ô Messager de Dieu, je suis musulmane et je désire vivre parmi des Musulmanes !

Un silence général répondit à l'élan de la voix juvénile. Oum Keltoum gênée, prenant conscience de se trouver seule femme parmi cette assemblée masculine, baissa les yeux.

Chuchotements de quelques-uns. Elle entendit, confusément, le nom de son demi-frère, Othmann ibn Affan. Elle comprit qu'on songeait à lui trouver un foyer.

En effet, le guide désirait repartir le jour même, tandis que l'on conduisait la jeune fugueuse — « une Musulmane désirant vivre parmi des Musulmanes ! » répétait-on autour d'elle — à la demeure de son frère.

Épuisée, elle s'endormit parmi les femmes de la maison ; elle ne fit aucune prière, elle se sentait dans un havre et elle se redit la dernière phrase du seul homme qui lui avait parlé : « Ton sort bientôt, ô Migrante, se décidera ! Aie confiance ! » — Elle revoyait sa barbe noire, les boucles de ses cheveux caressant son cou, et son allure générale. Debout, léger, il lui avait paru presque irréel, se dit-elle dans son rêve, car elle rêva de lui, la nuit entière.

Ses deux frères, Walid l'aîné, le brutal, et Omra, le taciturne, arrivèrent vingt-quatre heures après, juste avant la sieste du lendemain.

Même foule que la veille, pour laisser passer les deux Mecquois. Ils semblaient avoir couru d'une traite : leurs vêtements étaient maculés d'une poussière rougeâtre. Ils jetaient vers les uns et les autres des regards furibonds et Walid, en tête, grommelait, d'un ton de fureur mal contenue : « Votre chef, je veux parler à votre chef ! »... Personne ne répondait, mais la foule s'ouvrait lentement sur leur passage. Certains de ces Musulmans avaient partagé avec ces arrivants des jeux d'enfants, autrefois, dans les rues de La Mecque. Ceux-là détournaient la tête vite, car Walid les reconnaissait et reprenait, toujours plus hostile :

— Votre chef ! Votre chef !

Ils parvinrent à la même placette, face à la mosquée modeste, au charme quasi campagnard, là où, la veille, s'était dressée, presque allégrement, Oum Keltoum derrière son guide.

Même groupe de Compagnons et de « leur chef », sortant de la petite mosquée. Le dialogue s'établit vite. Un instant intimidé, Walid ibn Okba changea de ton et fit effort pour plaider :

— Vous avez signé le traité de Hodeiba. Il est convenu que vous nous rendriez les nôtres, au cas où ils viendraient chez vous, comme nous vous rendrions les vôtres s'ils fuyaient chez nous ! Ô Mohammed ben Abdallah, sois fidèle à l'accord que tu as toi-même signé : rends-moi ma sœur !

Walid s'arrêta ; Omra, derrière lui, comme son ombre, fit un pas pour se placer au niveau de son frère. Il se mit à fixer les spectateurs avec un drôle de sourire crâneur...

Parmi les cinq qui faisaient face à Walid, le même homme que la veille commença :

— Que l'on fasse venir Oum Keltoum bent Okba !

Une houle parcourut la foule, tandis qu'un esclave amenait un tabouret pour que celui qui avait parlé puisse s'asseoir.

Cinq ans après, Oum Keltoum se souvient de cette scène, de sa lumière ; dressée sur le seuil, elle avait observé le soleil, à peine déclinant du zénith. Elle était ressortie de la maison de Othmann, refusant de changer quoi que ce soit à sa mise, à sa coiffure, à ses sandales de la veille. Revenant, droite et fière, sûre d'elle, ne doutant pas de rester là définitivement — ainsi, elle fit face à Walid et à Omra qui n'avaient pas bougé, qui lui jetèrent un regard de mépris. Omra y ajouta deux longues malédictions qu'elle fut seule à entendre.

Oum Keltoum se tient à nouveau devant le Prophète. Walid réitère sa demande de sa voix métallique : « Il vient réclamer la brebis de son troupeau ! » se dit-elle, habitée d'une rage froide.

— Ô Mohammed, sois fidèle à ta promesse ! intervint Walid.

Dans le nouveau silence, tandis que Oum Keltoum sent les regards des Compagnons la dévisager lentement (plus tard, l'un d'entre eux rapporta : « Elle si belle, Oum Keltoum bent Okba, avec sa forte silhouette, ses jambes solides, sa peau couleur miel, et ces cheveux, ces cheveux qui bougeaient jusqu'à sa ceinture, en arrière, quand elle parlait, nerveuse ! »), elle plaide, la face tournée seulement vers celui qui aujourd'hui est assis, vêtu de blanc :

— Ô Messager de Dieu, je ne suis qu'une femme ! Or tu sais, toi, combien la situation des femmes est toujours celle des êtres les plus faibles ! (Elle s'arrêta abruptement, elle eut un sanglot dans la voix, qu'elle ne put réprimer, tant l'évidence, en effet, de sa faiblesse durant ces dernières années lui parut si tragique...)

L'assistance attendait ; chacun sentit l'émotion qui s'était emparée de Oum Keltoum. Seul Omra, le frère, ricana ostensiblement, puis lança un petit crachat, insolemment.

Le cœur de Oum Keltoum se raffermit : pourquoi, serait-elle si vulnérable ? Non, elle ne doutait pas, elle ne douterait jamais de Mohammed !

— Ô Envoyé de Dieu, s'exclama-t-elle, si tu dois aujourd'hui me rendre à mes parents, ils me contraindront, je suis sûre, dans ma foi ! Je sens, oh oui, je sens bien que mon espoir de vivre en Musulmane faiblirait : hélas, je n'aurais plus de patience, je le crains !

Oum Keltoum, à présent, se remémore. Le Messager de Dieu est mort, hélas, depuis plus de deux années ; le calife Abou Bekr, dit-on, s'est couché par suite d'une maladie inquiétante. Elle, qu'on appelle, à Médine, « la première Migrante » — non la première chronologiquement depuis l'hégire, mais la seule à avoir quitté la demeure paternelle pour Dieu —, Oum Keltoum commence sa journée dans sa troisième demeure d'épouse, chez Abderahmane ibn 'Auf.

Elle se souvient, toutes les femmes de Médine se

souviennent, et en particulier Aïcha, mère des Croyants, qui, de sa maison, pouvait suivre elle-même la scène — oui, Oum Keltoum se souvient comment, dans l'attente qui suivit sa supplication, après le long silence où elle tentait d'arrêter ses larmes brusques, elle, la fugueuse de quinze ans qui jusque-là n'avait eu peur ni du danger ni du désert, mais seulement de Dieu... Alors le Prophète — « que le salut de Dieu soit sur lui ! » murmura-t-elle, les yeux perdus dans ce passé encore proche — le Prophète, sentant les transes approcher, se dressa, franchit en quelques enjambées la distance qui le séparait de la chambre de Aïcha où, là, recouvert d'un manteau par son épouse attentive et émue, il laissa arriver à lui les versets, depuis connus de tous, de la sourate dite de l'Épreuve :

— Ô vous, les Croyants !
Lorsque des Croyantes qui ont émigré viennent à vous,
Éprouvez-les !
Dieu connaît parfaitement leur foi !
Si vous les considérez comme des Croyantes,
Ne les renvoyez pas vers les incrédules !
Elles ne sont plus licites pour eux !
Ils ne sont plus licites pour elles !

Une heure plus tard — Oum Keltoum revoit l'intensité de lumière qui enveloppait la scène —, les assistants dans l'attente, Walid et Omra immobilisés, Omra continuant à grommeler des insultes vers sa sœur, elle, tout près, statue figée, espérant, ne doutant pas, jusqu'à ce que « celui tout en blanc », à la voix si douce, à la barbe parfumée, aux cheveux bouclés sur le cou, revînt vers eux, vers elle.

A peine quelques sursauts de l'assistance, à peine quelques chuchotements qui moururent, puis la même voix ferme, pas très haute, distincte — la voix qu'elle entendrait dès lors dans ses rêves, chaque nuit de sa longue vie, elle, Oum Keltoum :

— Dieu vient de rompre notre accord, du moins

au sujet des femmes ! déclara Mohammed aux deux frères, puis il répéta pour ces deux infidèles, pour tous les fidèles présents, pour Aïcha qui, de sa porte entrouverte, ne perdait rien de la scène, il répéta les deux versets de la sourate, ainsi révélés :

« Lorsque des Croyantes qui ont émigré viennent à vous !... »

Oum Keltoum écouta la parole divine intensément, la retint scrupuleusement ; les versets à peine déclamés, elle récita pour elle-même, le cœur allégé, le corps habité d'une nouvelle certitude :

— Ne les renvoyez pas vers les incrédules !

Elle redit deux, trois fois, les mots de l'exhortation divine. Elle se retint dans un accès violent de joie enfantine, pour ne pas courir loin, bondir au-dessus des fossés — autrefois, ainsi se dépensait son ivresse de fillette quoraïchite !

Elle entendit par deux fois le Messager ordonner, en direction de ses deux frères :

— Partez !

Omra, en frôlant Oum Keltoum, lança de biais un autre crachat ; ils tournèrent le dos dans un mouvement mécanique, s'éloignèrent, deux ombres noires sous le soleil ardent.

Ce jour de la révélation, ce jour où, à Médine, Dieu fit descendre sa parole sur la protection des femmes qui viennent, même fugueuses, à l'Islam, Oum Keltoum retourna à la maison de son demi-frère Othmann. Les femmes n'osèrent, les jours suivants, lui faire des remarques sur sa mise, sur son habitude à ne pas rester en place, à vouloir aller à la mosquée (elle n'y était pas la seule, mais la plus jeune)... Une considération craintive l'entourait, « elle, la première Migrante ». Toutes ces dames, peu après, se mirent à répéter ce que Aïcha entendit de la bouche du Prophète :

— Par Dieu, vous êtes sorties, aurait dit ce même jour Mohammed devant son épouse Aïcha, en revoyant l'image de la petite Oum Keltoum, vous n'êtes sorties que pour l'amour de Dieu et de son messager, que pour l'amour de l'Islam !

Il rêva, se rappelant sans doute, que cette enfant fugueuse d'hier était fille d'un de ses plus véhéments ennemis de La Mecque, Okba ibn Mo'ait, tué à Bedr, mais fille aussi de sa cousine, Arwa, petite-fille de Abdou el Mottalib. Il ajouta :

— Vous n'êtes sorties ni pour un époux ni pour un bien de ce monde !

Des décennies durant, il suffira qu'une fugueuse répétât ces deux phrases du Prophète — rapportées par son épouse Aïcha — pour que, jeune ou vieille, forte ou faible, elle soit sauvegardée, mise sous protection islamique et, en aucun cas, renvoyée à un père, à des frères, à un mari...

Les cinq années suivantes, à Médine, Oum Keltoum changera trois fois de demeure ; de demeure conjugale. Deviendrait-elle désormais une autre sorte de nomade : celle qui supporte mal le moindre joug marital, à peine le désir ou l'amour de l'épouse se muant en autre chose, en une habitude ou, pire, en une quelconque autorité ? Quelques voisines, femmes des 'Ançars ou anciennes Migrantes elles-mêmes, se mettent sans doute à le penser à propos de Oum Keltoum...

Le cœur serré, elle repense à la mère, Arwa, morte à force de se taire, qui ne put vers la fin que libérer une vieille esclave, laquelle, à sa manière, libéra, plus largement encore, la fillette Oum Keltoum, la fugueuse...

Elle se remémore ces années mobiles. Son premier époux fut Zeid ibn Haritha, si proche au cœur de Mohammed. Ce fut celui-ci qui s'entremit pour ce mariage, s'assura, par l'intermédiaire de Othmann, que Oum Keltoum en serait heureuse. Voulait-il manifester sa reconnaissance à son fils adoptif — qui, deux ans auparavant, avait répudié la si belle Zeineb bent Jahsh pour que Mohammed puisse l'épouser, cette cousine pour laquelle également des versets coraniques avaient été révélés. Oui, Mohammed imaginait que la seule remplaçante possible à celle qu'appelait un autre destin serait, pour Zeid, cette autre petite cousine, dont l'image hantait ceux qui avaient été présents ce jour-là — Oum Keltoum pour laquelle, à son arrivée, Dieu lui-même était intervenu...

Premières noces : amour et ferveur. Un peu de la douceur de Mohammed, s'imaginait Oum Keltoum, était passée chez Zeid. Celui-ci avait un fils de sa première femme, Oum Aymann : Osaïma, à peine un peu moins âgé que Oum Keltoum... Sa beauté métisse, ses yeux étirés... Il passait des heures à observer les moindres déplacements de Oum Keltoum : quand elle allait à la mosquée, quand elle rendait visite à chacune des tantes paternelles du Prophète, pour qu'elles lui parlent de Arwa, de la mère de Arwa, de ses cousines, de toute la famille de Abdou el Mottalib... Osaïma, fils de Zeid, la guidait. Le soir, Oum Keltoum retrouvait Zeid : son désir respectueux, sa rudesse un peu maladroite et elle, soudain, elle s'esclaffait, elle regardait dans les yeux de Zeid les éclats de son rire étinceler... Comme il était bon d'épuiser enfin sa gaieté d'enfant entravée ; en même temps, dormir nue entre les bras d'un homme amoureux !

Une fois, Zeid osa lui dire, avec un embarras dans la voix, que peut-être, que même entre époux sans doute...

— Quoi donc ? coupa-t-elle, écarquillant ses yeux, qu'elle avait larges, un peu ronds.

Elle comprit, après maintes circonvolutions, que Zeid s'inquiétait dans sa piété scrupuleuse : est-ce qu'une « croyante » peut ainsi rester nue dans les bras de son époux, est-ce que cela était licite, ou peut-être non recommandable, peut-être non permis, peut-être défendu, ou haïssable, peut-être...

— Un péché ? Ce serait un péché de s'aimer ? pouffa-t-elle devant l'embarras de Zeid.

« Suis-je restée une païenne ? » se demanda-t-elle dans un plaisir de tout son être, tant elle se sentait bien, d'avoir cette chambre ombreuse, de rencontrer dans la cour Oum Aymann si douce, de pouvoir envoyer Osaïma lui apporter ce qu'elle voulait

(« ainsi, pensait-elle, j'ai un frère, un vrai frère ! »), d'aller rendre visite à Othmann qui l'écoutait parler du passé avec un sourire d'indulgence. « Je suis croyante, une émigrée pour laquelle Dieu, par l'intermédiaire de son Messager, que le salut soit sur Lui, a tranché ! »

Et elle s'enroulait, lascive, autour des reins de Zeid qui fermait les yeux.

Zeid ibn Haritha mourut en martyr à la bataille de Muta, quelques mois plus tard. Oum Keltoum venait d'accoucher d'une fillette, Zeineb. Durant les quatre mois de son veuvage, elle s'installait seule dans sa chambre, le bébé à ses pieds, et elle parlait longuement avec l'ombre de son mari mort.

Temps d'amour interrompu d'un coup. Elle continua à aller chaque jour prier à la mosquée du Prophète. Seule la voix de Mohammed, quand il dirigeait la prière, seule la douceur rêveuse de cette voix lui devenait baume sur la brûlure de cette rupture.

Quelquefois, Oum Aymann heurtait légèrement la porte de sa chambre. Entrait. S'accroupissait près du bébé.

— Puis-je l'emporter ce soir avec moi ?

Oum Keltoum lui laissait l'enfant chaque nuit maintenant. Elle, elle tentait de dormir dans ce lit, restait les yeux ouverts à se demander comment oublier, comment vivre...

Maintes fois dans le rêve, elle sentait la présence de Zeid ; elle voulait l'appeler : elle se découvrait sans voix et elle souffrait. Elle continuait à deviner, dans un coin, l'image de l'époux : son visage brun, ses traits osseux, sa tendresse proche et pourtant ses mains demeuraient invisibles, peut-être coupées... De toutes ses forces, Oum Keltoum tentait de s'avancer ; près d'eux la voix du Messager, comme à la mosquée, s'élevait et cette musique rendait les nuits lentes, réparatrices.

Ainsi s'écoula son veuvage. Oum Aymann s'occupait presque exclusivement de la petite Zeineb. Oum Keltoum se dit un jour :

— Ô Dieu, me voici devenue oublieuse ! Oublieuse de mon premier bonheur de femme !

Et elle pleura enfin la mort de Zeid ibn Haritha. Elle voulut écouter le récit détaillé de sa mort, comment il était tombé le premier, en portant le drapeau, comment, dans le martyre, le suivit Djaffar ibn Abou Talib, le cousin du Prophète, puis Abdallah ibn Rawal, le troisième héros de ce jour qui fut pourtant victoire musulmane.

Othmann entra un matin chez elle et l'informa, de sa voix attristée (il vivait son second veuvage, avec la mort de la deuxième fille du Prophète qu'il avait épousée) :

— Ô fille de ma mère, je suis envoyé par Zubeir ibn el Awwam, le cousin de Prophète et gendre de Abou Bekr es Sadik, auprès de toi. Il désire t'épouser !

Oum Keltoum se tut. Elle se rappela comment Zeid ibn Haritha, dans un de ses rares moments d'abandon où il surmontait sa timidité à son égard, comment Zeid avait raconté son arrivée à elle à Médine... Il se trouvait, disait-il, à la gauche du Prophète, quand leur groupe, à la sortie de la mosquée, s'était dressé devant la jeune fugueuse... « J'étais à la gauche du Messager ! » avait avoué Zeid ; il n'avait pas osé ajouter comment il l'avait admirée, désirée. Mais il avait précisé, elle se le rappelait : « A sa droite, se tenait Zubeir ibn el Awwam ! »

Oum Keltoum répondit à Othmann qu'elle viendrait elle-même lui communiquer sa décision. Othmann changea de sujet, s'informa de l'enfant, demanda si l'esclave qu'il envoyait chaque matin s'acquittait bien de sa tâche...

Peu après, Oum Keltoum fit savoir qu'elle acceptait Zubeir. Elle savait qu'outre Esma bent Abou Bekr, sa première femme, si forte et qui possédait déjà sa propre légende, Zubeir avait épousé une très jeune femme, Oum Khaled, elle dont on disait — originalité assez rare chez les femmes mecquoises réfugiées à Médine — qu'elle était née en Abyssinie, lorsque ses parents avaient participé à la première Migration. Elle avait treize ans, guère plus, quand Zubeir en avait fait sa deuxième épouse, alors que Esma venait de lui donner successivement trois fils.

Oum Keltoum avait entrevu une fois Oum Khaled; elle lui avait parlé. Par la pâleur de son visage, son corps fluet, son habillement modeste, presque austère, la jeune Oum Khaled ressemblait un peu à Arwa, étrangement rajeunie. En donnant sa réponse positive à Othmann, Oum Keltoum rêva à sa future co-épouse : pourquoi retrouvait-elle chez celle-ci la soumission de sa mère ? Un malaise l'envahit : existait-il des femmes qui jamais ne seraient heureuses dans un mariage ?

Oum Keltoum, en oubliant peu à peu Zeid, ne pouvait effacer ses nuits d'amour, ses rires, les heures courbes de la pénombre, emplies de caresses, de confidences, de plaisir...

— Oui, dit-elle à Othmann, j'épouserai celui qui se tenait à la droite de Mohammed, le jour de mon arrivée !

— Comment le sais-tu, allait rétorquer Othmann qui n'avait pas assisté à cette scène.

Par délicatesse, il n'osa questionner.

Quand Oum Keltoum regagna sa demeure, il regretta de ne pas lui avoir fait une recommandation précieuse : elle avait à poser des conditions particulières à Zubeir, dont il connaissait les manières rudes... Transmettant l'accord de sa sœur au prétendant, il se permit donc de préciser :

— Tu auras à laisser Oum Keltoum bent Okba se rendre à la mosquée, comme elle en a l'habitude !

Zubeir écouta; n'ajouta rien. Après un silence, il proposa pour la dot une somme qui parut importante même à Othmann, connu pour ses largesses.

Les secondes noces de Oum Keltoum furent célébrées dans la huitaine.

L'année n'était pas terminée que Oum Keltoum — dix-huit ans maintenant — se sentit habitée par la même antienne qu'autrefois :

« Je partirai!... Il faut que je parte, ô Seigneur! »

Ce n'était plus l'élan d'autrefois, une vague profonde qui l'avait soutenue et contre laquelle, là-bas, dans cette maison noire de La Mecque, elle avait lutté, des mois et des mois, avant de trouver la force de fuir.

Elle répétait chaque matin désormais, durcie, entêtée : « Je partirai... Il faut que je parte! », mais un désarroi l'habitait.

Elle priait. A qui demander conseil, et à quoi bon, car elle avait peur que quiconque, femme ou homme, à qui elle avouerait « partir! je veux partir! » la regarde, elle, « la première Migrante » et l'accuse aussitôt :

— Est-ce donc de l'Islam que tu voudrais maintenant partir, pécheresse?

— Non, non, criait une voix en elle, je veux quitter cet homme!

— Comment, Zubeir ibn el Awwam, l'un des premiers Compagnons du Prophète et son cousin, le plus courageux après Ali ibn Abou Taleb, le plus pieux après Othmann, le plus...

— Je veux quitter cet homme!

A force de prier, elle éclaira sa volonté :

— C'est un Compagnon noble, c'est un soldat de Bedr qui a gagné le Paradis, c'est le gendre du doux Abou Bekr et l'époux de la valeureuse Esma « aux deux ceintures », c'est... c'est (elle se révolta, seule, dans sa chambre). Ce n'est pas le mari que je veux!... Je ne l'aime pas, je ne le désire pas, ô Dieu, je le refuse!

Et elle pleura. Dans la solitude de sa chambre (elle avait laissé la petite Zeineb à Oum Aymann qui la choyait), elle voyait deux ombres vengeresses : ses deux frères dressés, Walid et Omra. Ce dernier, tourné vers elle, de temps en temps crachait sur le côté, dans sa direction. Walid ne daignait pas lui jeter un regard.

Était-ce ce passé qui prenait sa revanche? Elle priait pour chasser les deux fantômes : n'étaient-ils pas devenus musulmans? Ils combattaient même dans une armée au Yémen... Elle récita entièrement la sourate de l'Épreuve.

Un mois s'écoula. Quand, une nuit sur trois, Zubeir entrait chez elle, elle prétextait ses menstrues, ou sa fatigue; elle se murait dans un silence hostile. Elle dormait seule sur la natte.

« Je n'aime pas ses mains! Je n'aime pas sa rudesse, je ne supporte pas sa façon de me parler... Comme un maître! »

Elle se répéta ensuite ces paroles. Elle se remit à avoir ses rêves de douceur (le Prophète en toge blanche, sa voix présente; en arrière, le regard timide, mais si proche, de Zeid...).

— Je suis musulmane! Si je désire encore partir, c'est parce que je n'accepte pas Zubeir comme époux! L'Islam, c'est le contraire de la contrainte! se réconforta-t-elle peu à peu.

Elle n'avait pas osé parler à ses tantes (elles étaient trop âgées); elle n'avait pas de sœur à qui se confier. Elle s'était imaginé que sa co-épouse Oum Khaled, du même âge qu'elle, deviendrait son amie. Or, quand elle se trouvait face à elle, un sentiment indéfinissable de deuil et le souvenir de sa mère Arwa se mêlaient en Oum Keltoum, qui se taisait, qui s'éloignait.

— Je désire que tu me répudies! finit-elle par dire à l'heure de la prière, un après-midi, à Zubeir entré chez elle.

Il la regarda. Ne lui répondit rien. S'abîma dans une longue prière. Puis, sur la natte, sans un mot, sans une caresse, il s'accoupla à la jeune Oum Keltoum.

— Je désire que tu me répudies! s'obstina-t-elle, cette semaine et la suivante, dans les mêmes circonstances.

C'était le mois de l'iqdar, un mois de chaleur et de vents de poussière grise. Tous, à Médine, se préparaient au pèlerinage qu'avait annoncé le Prophète peu avant.

De nouveau, Zubeir la fixa en silence. Oum Keltoum entendit s'élever, de la cour, un rire, « un rire de fillette », pensa-t-elle avec un battement du cœur. Quand il s'approcha d'elle et qu'il voulut l'entraîner vers la couche, elle s'écarta, le dévisagea — lui, sa haute stature, sa lourdeur et ses épaules marquées encore des blessures de Bedr, son visage aux traits rudes, son souffle qu'elle perçut sur son cou, son odeur également. Elle déclara, presque heureuse de mentir :

— Je jeûne aujourd'hui !... Pour préparer mon pèlerinage !

Elle tourna le dos, sortit de la chambre. « Je partirai ! Je sais que je partirai ! » se dit-elle dans la cour où deux garçonnets et une fillette traînaient, à demi nus, sur le sol en terre battue. « Je préfère la poussière de cette courette à la chambre où il se trouve ! Il ne me touchera plus ! » décida-t-elle.

Elle dénoua sa longue chevelure et prit son temps pour la brosser lentement, pour l'entrelacer en plusieurs fines tresses.

A sa troisième demande, de nouveau, un après-midi :

— Je désire que tu me répudies !

Zubeir se retourna en un mouvement raidi : il était accroupi devant une cruche et commençait ses ablutions... Elle l'avait regardé du fond de la chambre, se demandant ce qu'elle trouverait comme ruse, au moment où, finissant sa prière il se tournerait vers elle, il chercherait... Elle s'impatientait : oui, pour la troisième fois, avec véhémence, Oum Keltoum demande sa liberté. Zubeir qui va s'adresser à Dieu, qui allège son esprit de ses soucis, de ses colères, de son désir hostile, Zubeir, surpris, s'est tourné vers elle ; elle, la rétive. Encore habité de l'idée de Dieu, vers lequel humblement il désire s'approcher, il répond cette fois d'emblée, sans réfléchir :

— Femme, par Dieu, tu es répudiée !

Il a dit une seule fois la formule de répudiation. Il a continué, à sa manière lente, les préparatifs de sa prière. Il psalmodie, un peu plus haut que d'ordinaire, des versets de la sourate « La caverne ».

Quand il s'est levé puis qu'il s'est dirigé vers le fond de la pièce profonde, Oum Keltoum n'est déjà plus là.

— Ô Dieu de la Ka'aba, ô Messager de Dieu, ce jour, à nouveau, est celui de ma liberté ! s'exclame-t-elle, le cœur en émoi, tandis que, sans bagages, sans voile et ses sandales à la main — comme ce jour de son arrivée à Médine — elle se hâte, elle se précipite vers la demeure de la douce Oum Aymann, son ancienne co-épouse qui lui est devenue seconde mère.

Oum Keltoum ne se rendait plus à la mosquée, comme à son habitude. Quel homme, quelle vieille femme entra, un matin, chez Zubeir ibn el Awwam et l'informa doucereusement :

— Sais-tu donc, ô Abou Abdallah, que la femme que tu as répudiée est enceinte ? (Puis, après un silence, car d'autres hommes s'approchaient, allaient entrer dans le vestibule pour saluer Zubeir et rompre le tête-à-tête.) T'a-t-elle fait savoir, lorsqu'elle t'a demandé sa répudiation, qu'elle était déjà alourdie ?

Zubeir se dressa, le visage rougi ; il remercia l'informateur, ou donna une aumône à la mendiante. Il salua hâtivement les 'Ançars qui s'avançaient respectueusement vers lui. D'un pas vif, il se dirigea vers la maison de sa belle-sœur, Aïcha : avec un peu de chance, ce serait le jour où Mohammed se reposait chez elle.

Le pèlerinage, qu'on appellera de « l'Adieu », venait de se terminer, peu de jours auparavant. Les gens de Médine semblaient tous avoir repris des habitudes casanières — comme si le bouleversement intérieur causé par ce pèlerinage laissait en chacun, en chacune, une sorte d'engourdissement.

Mis en présence de Mohammed qui venait d'entrer chez son épouse, Zubeir ibn el Awwam raconta en quelques mots brefs, presque secs, ce qu'il venait d'apprendre : Oum Keltoum, la Migrante, lui avait demandé sa répudiation ; or, sans qu'elle le lui ait fait savoir, elle était déjà enceinte et il venait d'en avoir confirmation, deux mois après.

Mohammed, dans la pénombre, le visage pâli (il tentait de masquer devant tous sa fatigue qui, ces jours-ci, s'accentuait), réfléchit un long moment : est-ce que Zubeir venait se plaindre de son ancienne épouse, est-ce qu'il désirait la reprendre ?... Zubeir était toujours ainsi, secret, rude, et, pour les affaires de ses femmes, opaque à lui-même.

— Si tu désires la reprendre, tu le peux, ô Zubeir ! Tu ne l'as répudiée qu'une fois !

— Non, répliqua Zubeir, la face soudain empourprée, je ne le désire pas ! Elle m'a trompé, que Dieu la trompe !

Mohammed étendit sa jambe devant lui, comme s'il luttait contre une douleur physique. Son regard ne quittait pas Zubeir, dont il tentait de saisir les pensées...

— Tu ne peux parler ainsi de cette femme, ô Zubeir. N'oublie pas que, pour cette Croyante, Dieu lui-même est intervenu !

Le silence s'installa entre les deux hommes. Zubeir souffrait d'avoir élevé la voix devant le Messager (une voix plaintive en lui : « Ô toi, pour qui je donnerai et mon père, et ma mère ! »), mais il gardait encore en lui cette colère sombre, ou ce sombre désir, vis-à-vis de cette femme... « Cette Croyante », a dit le Prophète.

Quelqu'un toussa derrière le rideau de l'entrée. Tout près, Aïcha écoutait le dialogue entre les deux hommes : elle en témoignera plus tard.

— Je ne veux pas reprendre cette femme comme épouse ! bougonna Zubeir.

Tête baissée, le cœur humilié, il salua et quitta la pièce.

Cinq ans après son arrivée à Médine, trois ans après sa seconde liberté arrachée à Zubeir, Oum Keltoum fille de Okba, assise dans sa troisième demeure conjugale, se souvient.

L'enterrement du Prophète. Puis ces deux années d'angoisse, d'attente, à cause de tant de tribus qui ont apostasié ! Le temps de la *ridda* semble finir ;

reviennent les jours de calme, de sérénité pour les femmes. D'une certaine tristesse aussi... Comprendre que cette époque où l'on avait vécu en même temps que le Prophète, dans la même ville que le Prophète, parmi les parents et les épouses du Prophète, cet âge-là est révolu ! Comprendre.

Oum Keltoum ne rêve plus au Prophète, ni à sa voix, ni à la présence de Zeid, chaque nuit. Une ou deux fois seulement, elle a senti le rêve s'approcher, puis se dissoudre en images emmêlées qui se lacéraient. Elle se réveillait en larmes. Elle se mettait à prier.

« A peine vingt ans, et je me sentirais vieille ? » s'interrogeait-elle depuis un an, elle a accepté d'être l'épouse de Abderahmane ibn 'Auf... Oui, elle a vieilli, elle a perdu sa jeunesse qui stimulait son élan dans le désert, sa course dans la nuit, ses rires avec Zeid et jusqu'à son orgueil défiant Zubeir ibn el Awwam.

Abderahmane, tellement plus âgé qu'elle, cinquante ans au moins, est époux estimable. Honorable. Il la rassure. Il l'écoute ; il éprouve du plaisir à laisser s'égrener ses dialogues anodins, ses remarques spontanées, ses souvenirs fugaces. Quelquefois, elle s'oublie, va jusqu'à s'esclaffer devant lui : pour un rien. Il l'observe ; ses yeux brillent. Elle sait qu'il la désire. Ils s'accouplent lentement, sans passion avec, comment dire, pense-t-elle, « avec affection ».

Peu à peu, elle comprend qu'elle est, parmi ses autres épouses (et il en a répudié plusieurs), celle qu'il préfère... Elle se rend compte, durant les visites que lui font les dames médinoises ou quand elle-même se rend chez les anciennes Migrantes, combien Abderahmane est entouré de la considération de toutes : pour son jugement qu'appréciait le Prophète, disent les unes ; pour sa prodigalité et sa magnificence, disent les autres. Elle, la plus jeune de ses épouses, elle ne porte aucun jugement sur lui :

elle le regarde entrer, elle reste elle-même, elle lui raconte ses journées. Peut-être finit-elle par penser : « Je l'aime, puisque je le respecte et que sa présence me donne de la joie », peut-être...

Elle porte de lui un enfant : un fils, espère-t-elle. Elle se sent enfin heureuse d'être mère, elle, la fugueuse d'hier; va-t-elle cette fois s'immobiliser?

Ce jour-là, Abderahmane arrive chez elle, abruptement. Elle ne l'attend pas : elle comprend qu'il désire se détendre ou, ce qui était rare chez lui, parler. Pour la seconde fois (en dehors des jours qui suivirent la mort du Prophète), il est vraiment ému.

Elle s'assoit près de lui et attend.

— L'Émir des Croyants m'a fait appeler, commença-t-il. Mon cœur s'inquiète. Abou Bekr est malade; il croit que son heure est venue!

— Que Dieu l'assiste et assiste les Musulmans, murmure-t-elle machinalement, gagnée par sa gravité. Comment vois-tu que la situation est grave? ajoute-t-elle, en réfléchissant.

— Simplement, répond-il, parce qu'il voulait avoir mon avis sur sa possible succession!... (Un silence.) J'ai donné mon jugement puisqu'il le quémandait, mais mon cœur est lourd, j'ai le pressentiment que Abou Bekr es Seddik va mourir!

Oum Keltoum, sans quitter Médine, restera l'épouse aimée de Abderahmane qui, l'âge venant, mourra chez elle, près de vingt années plus tard, au temps du califat d'Othmann, le frère de Oum Keltoum. Oum Keltoum sera ensuite demandée en mariage, le délai de veuvage passé, par Amr ibn el 'Aç, le quatrième des hommes qui se tenait près du Prophète lorsque, adolescente, elle arriva au terme de sa fuite, ce jour-là, à Médine.

Chez Amr ibn el 'Aç, le fameux conquérant de l'Égypte, elle vivra sa quatrième — et dernière — histoire conjugale; elle, la fugueuse d'hier.

TROISIÈME RAWIYA

Je suis la sœur de celle qui a offert des palmiers au Prophète, lorsque celui-ci arriva pour la première fois à Yatrib; oui, je suis la sœur de Oum Salem épouse de Abou Talha, lui qui possédait les plus belles palmeraies de Médine. Je suis la sœur de celui qui fut envoyé par le Prophète contre les Beni Amir... Mon frère se proposa d'aller en avant-garde, pour entretenir les infidèles des enseignements islamiques, l'un d'entre les auditeurs le transperça de sa lance. Il poussa un cri : « Dieu est grand! » Il mourut, comme ses Compagnons massacrés à sa suite, sauf un boiteux qui s'enfuit dans la montagne.

Quarante matins, le Prophète prononça des malédictions contre ces ennemis; et c'est depuis qu'il se mit à entrer indifféremment chez moi et chez ma sœur, lui qui n'osait entrer de lui-même que chez ses femmes, chez ses filles et ses tantes... Je suis la sœur de Anas ibn Nadr, qui n'avait pu prendre part au combat de Bedr, mali qui, le matin d'Ohod, dit au Prophète :

— Envoyé de Dieu, Dieu verra comment je me comporterai!

Or, à Ohod lorsque les Musulmans furent en déroute, Anas s'avança en disant :

— Ô mon Dieu, je m'excuse à toi de ce que font ceux-ci!

Il s'avança en lui disant :

— Le paradis, par le dieu de mon père, je sens son parfum s'exhaler d'Ohod!

L'on trouva le corps de mon frère percé de plus de quatre-vingts blessures : coups de sabre, de lance, de flèche. Il fut mutilé par les polythéistes : seule ma sœur, Oum Salem, le reconnut au bout de ses doigts!

Oui, je suis la sœur de Oum Salem, la mère d'Anas ibn el Malik qui devint, à peine pubère, le serviteur principal du Prophète, et cela, dès l'année de Khaibar, en 7 de l'hégire... Si bien que Anas resta, parmi les transmetteurs sur la vie du Prophète, l'un des plus sûrs et des plus célèbres.

Je m'appelle Oum Harem, bent Melhan, épouse d'abord de Amrou ibn Quais et mère de Quais et de Abdallah ibn Amrou, puis maintenant épouse de Obada ibn Samit.

Je me souviens : le Prophète (que la grâce de Dieu lui soit accordée) était entré chez moi en pleine chaleur et avait demandé à faire la sieste sur une natte... Il s'endormit assez vite, tandis que, accroupie sur le seuil de cette chambre fraîche, je surveillais de loin son sommeil.

Et je l'entendis rire — un rire qui sonne encore à mes oreilles aujourd'hui ! — Il rit longuement, puis il se réveilla :

— Qu'est-ce qui t'a fait rire, ô Envoyé de Dieu, osai-je demander doucement.

Sans quitter sa place, il me répondit :

— J'ai été émerveillé de voir les gens de mon peuple embarqués sur la mer ! Ils me paraissaient semblables à des rois sur leurs trônes et ils semblaient si heureux de leur voyage !

Il se tut un moment, comme si la vision le remplissait de joie; une joie vibrante dont la contagion me saisit, ce qui me fit dire, sans réfléchir :

— Demande à Dieu, ô Messager, de me mettre de leur nombre !

— Tu en es, Oum Harem ! ajouta-t-il aussitôt, puis il se rendormit.

Le silence s'installa dans la chambre, léger, d'une qualité étrange; je restai immobilisée, accroupie sur mon seuil, certaine d'entendre, bientôt, les nouveaux songes qui peuplaient le sommeil du Bien-Aimé.

En effet — je ne me rappelle plus si ce fut quelques minutes après, ou bien plus tard — le Prophète (que la grâce du Seigneur lui soit assurée) rit tout comme la première fois : un rire clair de jeune homme. Puis il se réveilla; il fit un mouvement pour s'asseoir.

Il me raconta de nouveau le même rêve : le voyage des Musulmans sur la mer; sans même me rendre compte, je quémandai encore :

— Demande à Dieu, ô Messager, de me mettre de leur nombre !

Il rit tout en se levant — et je m'apprêtai à lui laisser le passage :

— Tu es déjà avec les premiers, ô Oum Harem !

Je le regardai partir, le cœur envahi d'espoir car je le sais, je partirai un jour en voyage, et sur les mers ! Un jour, je voguerai en bateau, moi qui, jusqu'à maintenant, comme ma sœur Oum Salem, n'ai pas quitté les faubourgs de Médine !

Pour se reposer de l'ardeur trop grande du soleil, Mohammed entra une fois chez ma sœur Oum Salem, puis il s'endormit.

Comme chez moi auparavant, il eut un songe. Oum Salem, à son réveil, n'osa pas l'interroger. En sortant accompagné du jeune Anas qui le suivait partout et veillait scrupuleusement sur ses besoins, Mohammed se laissa aller à décrire son rêve :

— Pendant ce songe d'aujourd'hui, murmura Mohammed, les yeux encore illuminés, je me suis vu entrant au paradis. Tout d'abord, je rencontrai ta mère, la femme de Abou Talha... Puis j'entendis comme un bruit de pas. Je demandai qui c'était : « C'est Bilal ! » me répondit-on.

Le Prophète se pressait alors pour se rendre à sa mosquée où, justement, ces jours-ci, c'était le Noir Bilal qui appelait les fidèles à la prière !

Je n'envie pas le sort privilégié de ma sœur Oum Salem. Je regrette seulement que, malgré toutes les prévenances du Prophète à son égard, elle n'ait pas le courage nécessaire pour s'instituer transmettrice... Sa mémoire est gonflée, telle une outre du type mesada, *c'est-à-dire des plus grandes... Elle se laisse aller à évoquer devant moi tant et tant de souvenirs ! Quand je m'impatiente :*

— Pourquoi ce ton de secret ? Pourquoi ne pas parler ainsi, avec moi, avec toutes les femmes de Médine, Migrantes et 'Ançariyates ? Pourquoi ?

Invariablement Oum Salem, après avoir baissé les yeux, répond :

— Anas, mon fils, transmettra plus sûrement que moi-même !

« Y a-t-il donc incompatibilité, pensai-je, entre se sentir rawiya et demeurer mère, mère fervente d'un fils tel que Anas ibn el Malik, devenu, malgré son jeune âge, un fqih *si respectable ?... Et elle, Oum Salem ? »*

Ce jour de l'arrivée du Prophète à Médine, les 'Ançars vinrent dire au Prophète, en voyant combien les Compagnons de celui-ci, ayant émigré avec lui, se trouvaient démunis :

— Ô Messager, opère le partage des palmiers entre nous et nos frères !

— Non, rétorqua Mohammed.

— Alors, reprirent les 'Ançars en s'adressant aux Mohadjirins, vous cultiverez ces palmiers et nous ferons de vous nos associés pour les fruits !

Ainsi donc furent établis les premiers contrats entre Migrants et 'Ançars médinois.

Ce même jour de l'arrivée des Mohadjirins, ma sœur, femme de Abou Talha qui parmi les 'Ançars de Médine était le plus riche en palmiers, ma sœur, Oum Salem, fut la première à s'avancer au-devant du Prophète pour lui donner plusieurs palmiers. Mohammed (que la grâce de Dieu lui soit accordée) les accepta, puis il en fit don à son tour à son affranchie, Oum Aymann, la Noire. Elle était l'épouse de son fils adoptif Zeid ibn Haritha, lui qui n'avait pas encore épousé la belle Zeineb bent Jahsh, cousine du Prophète... Oum Aymann, grâce à ce don, put élever son fils Osaïma, âgé alors de huit ans à peine et qui était l'un des enfants préférés du Prophète.

Quelques années plus tard, quand eut lieu la guerre de Khaibar, le Prophète, après sa victoire, laissa aux Juifs leurs terres et leurs palmeraies, à condition qu'ils ne gardent que la moitié des récoltes, et que l'autre moitié soit réservée aux Mohadjirins. Ces derniers rendirent aux 'Ançars les propriétés dont ils partageaient les produits. Alors Mohammed redonna à Oum Salem les palmiers qu'elle lui avait cédés. Il offrit à Oum Aymann, à titre de compensation, les fruits de son clos qui fut sa part personnelle à Khaibar...

N'est-ce pas pour cela que Mohammed, un jour,

déclara : « C'est Dieu qui donne ; moi, je ne suis parmi vous que celui qui partage ! »

Ce jour-là, je me trouvais parmi les auditeurs, moi, Oum Harem, tante maternelle de Anas ibn el Malik ; je me rappelle encore, tant d'années après, l'intonation de la voix du Prophète, car il répéta :

— Certes, ô Croyants, je suis le Quasim !

Si bien que mon voisin, qui appela peu après son fils Quasim, prétendait se parer désormais du surnom de Abou Quasim !

Beaucoup de ses interlocuteurs protestèrent :

— Comment oses-tu prendre la konia *de Mohammed qui certes est « Quasim », il l'a déclaré lui-même, mais fut longtemps Abou Quasim du nom de son premier enfant mâle, mort en bas âge, autrefois à La Mecque ?*

Je parle, mais ai-je le droit de rapporter, même si c'est seulement à ma sœur, ce qui se dit dans les rues de Médine ? Est-ce qu'une rawiya peut se sentir assez d'autorité pour transmettre ce que ses yeux ont vu, ce que ses oreilles ont entendu parmi les hommes ? Ou faudrait-il pour cela devenir une errante, une mendiante, surtout une femme sans enfants, sans fils dont elle s'honore, le contraire d'Oum Salem et de moi-même qui sortons si peu de nos demeures à Médine ?

Cet autre jour où Abou Talha arriva cher lui presque hors d'haleine et aborda sa femme, Oum Salem :

— Je viens d'entendre l'Envoyé de Dieu parler à la mosquée d'une voix très affaiblie. J'ai compris qu'il a faim !

C'était l'époque (les premières années à Médine) où souvent ses femmes — Aïcha le confirmera plus tard — n'avaient pas de quoi allumer le moindre feu, plusieurs soirs de suite !

— As-tu quelque chose par-devers toi ? continue Abou Talha devant ma sœur.

— Certainement ! répondit-elle.

Elle sortit quelques pains d'orge : détachant sa ceinture, elle en utilisa une partie pour attacher les pains ensemble. Elle appela son fils Anas (il n'avait pas alors plus de dix ans) ; elle cacha les pains sous le bras de l'enfant et elle l'envoya à la mosquée.

Anas trouva l'Envoyé en train de sortir de la mosquée avec nombre de Compagnons. Il resta planté devant lui sans rien trouver à dire.

— C'est Abou Talha qui t'envoie ? demanda Mohammed.

— Oui !

— Pour un repas ? reprit-il.

— Oui !

Le Prophète invita l'assistance à suivre le jeune Anas.

Oum Salem me continua le récit de cette mémorable journée :

— Voici l'Envoyé de Dieu, me dit Abou Talha en accourant de nouveau, avec beaucoup de monde ! Et nous n'avons pas assez à leur donner à manger ! déplora-t-il.

Calmement, je le rassurai :

— Dieu et son Envoyé savent mieux que nous ce qui doit arriver !

Le Prophète arriva, entra chez moi avec Abou Talha et me dit :

— Allons, Oum Salem, apporte-nous ce que tu as !

Je repris les pains que me redonna Anas. Je les posai sur la table ; l'Envoyé de Dieu ordonna de les émietter. Je sortis mon outre pleine de graisse, j'assaisonnai les miettes avec ce que déversait l'outre.

Mohammed, en me regardant faire, souriait :

— Faites entrer les dix premiers Compagnons ! ordonna-t-il.

L'invitation faite, dix personnes entrèrent, mangèrent jusqu'à être rassasiées. Ils sortirent.

Le Prophète réitéra son ordre, dix autres entrèrent, mangèrent à leur tour et sortirent... Deux autres fois, le Prophète procéda de même ; regardant ce qui restait sur la table, je constatai qu'il restait encore assez de miettes assaisonnées pour que le Prophète puisse enfin manger à son tour !

« Oui, je l'affirme, insista Oum Salem, et tu peux le

demander à Abou Talha et à Anas qui étaient présents, ces pains furent comme multipliés et suffirent, grâce à la bénédiction du Prophète, à tous ses gens ! »

Oum Salem, habitée cette fois non par l'émerveillement mais par la nostalgie, me rapporta une étrange nuit, d'amour et de deuil à la fois, qu'elle avait vécue.

Oum Salem, veuve de Malik dont elle avait eu son fils Anas, n'avait pas voulu se remarier de nombreuses années, ceci avant l'hégire. Elle n'accepta ensuite d'épouser Abou Talha que lorsqu'il s'islamisa.

Elle eut un autre fils, Abou Omaïr.

Un jour que le Prophète reposait, au moment de la sieste chez Oum Salem, il remarqua l'air triste et le visage amaigri de cet enfant.

— Qu'a-t-il ? s'inquiéta-t-il.

— Il est ainsi, depuis que l'oiseau, auquel il tenait, s'est envolé !

Le Prophète bénit l'enfant ; durant des mois il le rencontra ainsi avec sa mauvaise mine. Il lui murmurait des phrases douces sur l'oiseau, sur la liberté dont il jouissait, sur son bonheur dans le ciel, sur son retour un jour... Abou Omaïr écoutait ; ne se déridait pas. Il tomba sérieusement malade.

Or Abou Talha dut s'absenter de Médine pour ses affaires. Quelques jours passèrent, Abou Omaïr n'allait pas mieux ; il mourut un matin, le jour précisément où l'on attendait son père.

Alors Oum Salem montra la fermeté de son cœur. Je l'entends encore :

— Je me suis levée, se rappela-t-elle. J'ai lavé mon enfant ; je l'ai purifié en utilisant des parfums et du souak. *Je l'ai enveloppé du linceul. Puis je l'ai couvert d'un tissu ordinaire, une couverture usagée et je l'ai laissé gisant dans un coin. J'ai fait ensuite des recommandations aux serviteurs : « Que personne ne parle de cette mort à Abou Talha, quand il arrivera ! Je m'en chargerai seule, et que le Seigneur m'assiste ! »*

Abou Talha arriva peu avant le crépuscule. Auparavant, j'avais eu le temps (et le courage ! soupira-t-elle) de me parfumer moi-même, de me parer, comme lorsqu'une épouse veut montrer qu'elle attend avec impatience le retour de l'aimé... Je fis effort de ne parler de rien ; je le saluai avec empressement et me proposai de lui servir moi-même à dîner.

— Que fait Abou Omaïr ? demanda-t-il.

Je sus qu'il désirait l'embrasser et se réconforter à son sujet.

— Il va mieux ! affirmai-je. Il venait de dîner peu avant ton arrivée et j'ai tenu à ce qu'il s'endorme pour qu'il ne se fatigue pas !... (Après un silence, j'ajoutai, le dos tourné :) Tu le verras demain ! Sois rassuré, ô Abou Talha !

Il dîna, rasséréné. Puis, me voyant parée pour lui, il eut hâte de recevoir de moi ce que tout homme attend de sa femme !

Oum Salem, les yeux baissés, s'arrêta un instant : je lus sur son visage son trouble, celui de cette nuit si étrange où, dans son cœur de femme, l'amour et la mort s'emmêlèrent... Elle continua, la voix plus ferme :

— Peu avant l'aube, quand Abou Talha se réveilla (moi, en effet, je ne pus fermer l'œil), je lui dis, ayant préparé soigneusement mon annonce : « Ô Abou Talha, que penses-tu quand des gens prêtent un bien à d'autres ; est-ce que quand le ou les propriétaires réclament leur bien, les prêteurs doivent le garder ou le rendre ?

— Certes oui, répondit mon époux surpris, ils doivent le rendre ! C'est la première règle de l'honnêteté !

— Eh bien, répliquai-je, après une hésitation, considère que notre fils Abou Omaïr est le bien que Dieu nous avait prêté. Il nous l'a réclamé hier !

Je me suis levée sans le regarder quand il se dressa sur la couche. (« Ô Seigneur ! murmura-t-il. Ô Messager ! ») Je l'accompagnai devant notre enfant dans son linceul. Nous fîmes ensemble, devant le mort, notre prière de l'aube. Je me souviens : j'avais vu Abou Talha inébranlable dans maintes circonstances difficiles ; ce matin-là, il s'agenouilla et se prosterna comme absent de lui-même...

— Remercie Dieu ! repris-je plusieurs fois pour le réconforter.

Il ne disait rien. Il sortit en silence; plus tard j'appris, par Anas, qu'il arriva très tôt chez le Prophète. Il l'attendit longtemps, accroupi dans la poussière, devant la porte de ses femmes.

Abou Talha raconta d'un trait au Prophète son retour la veille, notre nuit, mes paroles du matin. Anas m'affirma avoir entendu le Messager s'exclamer, par deux fois, devant Abou Talha :

— Que le Seigneur bénisse votre nuit!

Abou Talha revint calme; il s'occupa sur-le-champ de faire inhumer son fils.

Quelque temps après cette nuit, j'annonçai à Abou Talha que j'étais enceinte. Je ne doutais pas que Dieu me donnerait, grâce au souhait du Prophète, un nouveau fils qui remplacerait mon garçon mort! »

A mon tour, à moi, Oum Harem, de me souvenir de l'accouchement, l'année suivante, de Oum Salem. Elle me fit venir dès ses premières douleurs; je ne la quittai pas, craignant pour sa santé car elle n'était plus très jeune.

Ce fut un fils en effet. Ayant repris conscience, Oum Salem déclara qu'elle refusait, pour l'instant, de lui donner la moindre gorgée de lait.

— Je ne le nommerai pas moi-même! décida-t-elle, et que Abou Talha, son père, s'en dispense également!

Elle recommanda de mander Anas, puis elle s'endormit pour quelques heures.

Dès l'aube, le lendemain, Anas, qui était accouru, fut chargé d'emmener le nourrisson, enveloppé de ses langes, auprès du Prophète (que la grâce du Seigneur lui soit accordée!).

— Ma mère, dit Anas à Mohammed, vient d'accoucher de ce bébé. Elle ne veut pas donner la moindre goutte de lait avant que tu le nourrisses, toi, d'une bouchée.

Le Prophète sourit.

— Qu'as-tu donc sur toi, comme aliment, ô Anas?

— J'ai quelques dattes fraîches! répondit Anas.

Le Prophète prit une datte, la mâcha un moment, puis il la sortit de sa bouche et la mit dans celle du bébé. Celui-ci se mit à la sucer avec vigueur. Mohammed, qui l'observait, s'exclama avec une joie amusée :

— Ô l'amour des 'Ançars pour les dattes !

— Il est vrai, ajouta Anas devant moi, tout rêveur, que la patience du Prophète pour les enfants de tous âges était sans limite !

Puis j'ai suivi, continua-t-il, la seconde recommandation de la mère :

— Ma mère te demande également de nommer l'enfant, ô Messager ! lui dis-je.

— Il s'appelle Abdallah ! répondit-il aussitôt.

Le récit d'Anas sur cette matinée s'arrête là. Ce second neveu, Abdallah ibn Abou Talha, je le vois maintenant grandir. Il a sept ans à peine et il est si vigoureux : attentif aussi, scrupuleux malgré cet âge si précoce, ayant hâte d'apprendre le Coran et de faire ses prières...

— Ô Abdallah, lui dis-je, avec une telle bénédiction du Prophète, je vois dans ton destin que tu auras au moins sept garçons qui, comme toi, s'empresseront de bien apprendre le Coran !

Oum Salem m'écoute rêver tout haut. Elle se tait. Simplement par son récit de cette nuit étrange où elle a su rendre au Seigneur son second fils tout en recevant, grâce à lui, conception de son troisième enfant, Oum Salem reste, à mes yeux, la plus précieuse des rawiyates...

Je suis Oum Harem, la tante maternelle de Anas ibn el Malik dont la renommée, je le sais, va grandir, lui âgé de moins de vingt ans et pourtant consulté par le premier calife, Abou Bekr, ainsi que par son plus proche, Omar ibn el Khattab...

Je suis la tante également du petit Abdallah ibn Abou Talha qui laissera descendance de lecteurs et de récitants du Livre. Je suis la sœur de Oum Salem, silencieuse le plus souvent... Que le Seigneur me la sauvegarde et que, même plus jeune, je meure avant elle — pourquoi pas, dans un voyage en mer, comme m'a vue, une fois, en songe le Prophète lui-même (que la grâce du Seigneur lui soit accordée !), tandis qu'il riait.

L'étrangère, sœur de l'étrangère

« Je sais, je sais, murmura Sirin pour elle-même, je sais bien ce que je dirai un jour tout haut ! » Et elle regarda le cercle de bambins, de fillettes aux yeux endormis qui, pour l'instant, était son seul auditoire.

Elle soupira, elle, « la Chrétienne », comme disaient quelques voisines, certes tout bas, jalouses encore, alors que Sirin s'était islamisée dès son arrivée à Médine, tout comme sa jeune sœur Marya, il y avait de cela un peu plus de cinq années. « Autant dire cinq décennies ! » pensa Sirin, en se levant pour préparer aux enfants leur bouillie habituelle.

C'était toujours ainsi : quand Marya partait de chez Sirin (Marya rendait visite à sa sœur une fois par semaine), celle-ci, l'âme submergée de nostalgie, réunissait en hâte toute sa couvée — Abderahmane, son aîné de quatre ans, grâce à la naissance duquel Sirin avait obtenu pleinement son statut de femme libre, puis les deux fillettes qui se suivaient et ne se ressemblaient pas (l'une claire, blanche, les yeux immenses comme Marya sa tante, l'autre noiraude et chétive). S'ajoutaient aux trois enfants deux autres des co-épouses de Sirin.

Ces dernières évitaient de se rendre chez la « Chrétienne » ; leurs causeries dans la courette commune étaient réduites aux échanges minimum. Mais elles lui envoyaient leurs petits, dès qu'ils encombraient : toutes savaient que Sirin n'était gaie qu'avec une marmaille autour d'elle.

Elle les installait en cercle, comme aujourd'hui et, qu'ils comprennent ou ne comprennent point, elle leur racontait tout à haute voix, sur un ton presque cérémonieux, comme devant un auditoire adulte. « Tout », c'est-à-dire pour Sirin, sa vie passée à Alexandrie, ses souvenirs d'enfance dans la glorieuse métropole... Elle revivait à haute voix les fêtes dont le chatoiement la hantait encore. Alors les rues s'emplissaient de familles et surtout d'enfants : tous, en habits de fête, allaient en procession jusqu'au fleuve au milieu de cortèges bruyants de danseurs. Les uns montaient sur des barques, de nombreux autres se tenaient sur le rivage, durant cette « nuit du Bain », comme on appelait cette fête... Les mots coptes remontaient à la bouche de Sirin, elle se souvenait qu'on surnommait également cette nuit « la fête des lampes ardentes ».

Et ces jours où les enfants se promenaient en paradant, parce qu'ils portaient des gâteaux aux œufs durs, peints de couleurs vives ! Sirin se voyait en fillette, de l'âge des siennes qui écoutaient, les yeux ronds ; elle se revoyait les mains chargées de deux œufs ornés au pinceau, si somptueusement qu'elle n'avait pas voulu les casser pour les manger... Garder l'objet multicolore ainsi éternel !

Tant d'autres souvenirs phosphorescents, images flottant sur un fleuve de musique ininterrompue et grondante (cymbales et tambours rythmant des chœurs juvéniles...). Et toujours les rues d'Alexandrie, toujours cette lumière d'aube étirée ou ces nuits illuminées ! Les femmes autour d'elle et de sa sœur, des guirlandes dans les cheveux, s'offraient des corbeilles de figues — les merveilleuses figues d'Alexandrie — et de grenades. Des dattes étaient distribuées aux pauvres dans les cimetières.

A quoi bon évoquer cette profusion ? Comment les gens d'ici pouvaient imaginer tant de richesses, excepté ceux qui suivaient les caravanes, excepté, parmi les dames migrantes, celles qui avaient vécu quelques années en Abyssinie...

Sirin, à la fin de ses récits à son public endormi ou passif, se mettait à chanter en copte : elle avait une voix harmonieuse, par instants déchirée. Elle se rappelait qu'à six ans on l'avait choisie, elle, dans ce sanctuaire dont les dimensions, la majesté et l'ombre lui restaient présents, était-ce hier ? Sept prêtres, dans leurs habits liturgiques chargés d'or, avaient allumé, l'un après l'autre, la mèche d'un cierge énorme, tandis qu'un homme (son père malade, lui semblait-il) était porté malaisément, pour être oint ensuite de l'huile sacrée. Et Sirin chantait, chantait, comme si sa voix qui s'envolait de plus en plus loin ne lui appartenait plus. Elle chante aujourd'hui sur un ton plus bas, cette même mélopée qui, à Médine, devient nostalgique, alors que, là-bas, elle vibrait, triomphante...

— Si seulement l'Islam s'enrobait ainsi de chants d'enfants et de femmes, soupira-t-elle, comme j'aurais manifesté une foi palpitante, telle une passion amoureuse ! Cela m'aurait fait supprimer la distance avec ma ville d'enfance !

La plupart des hommes ici semblaient si rudes ; et leurs femmes si soupçonneuses, se rendant compte confusément de ce qu'elle et Marya avaient quitté. Pourtant, les derniers jours où, devenues des captives puisque leurs parents, d'ascendance persane, avaient été faits prisonniers, puis envoyés Dieu sait où par le nouveau patriarche d'Alexandrie, le terrible Cyrus... (Cyrus le Caucasien, el Mokaoukez, disait-on ici en le respectant comme un roi magnifique), Sirin se souvenait qu'âgée de douze ans on l'avait présentée, accompagnée de sa sœur, à celui-ci. Il les avait dévisagées de son œil fixe de tyran et avait décidé qu'elles seraient envoyées en cadeau à Mohammed — elles deux, plus une ânesse et une jument portant des morceaux de lin de toutes les couleurs ! Elles seules, accompagnées d'un eunuque, et que suivait l'ambassadeur de Mohammed, venu de Médine avec une correspondance diplomatique. Leur long voyage dura des semaines ; ils arrivèrent à l'aube dans cette cité ceinturée de palmiers, qui leur parut presque un village.

Sirin eut la chance d'avoir, peu après, comme époux, le poète préféré du Prophète, Hassan ibn Thabit. Cinq ans durant, Hassan ne sembla pas se douter que Sirin n'avait soif, elle, que de chants. Ses improvisations à lui, elle aurait pu les reprendre aussitôt, les moduler, les amplifier, les rendre plus tragiques ou plus douloureuses, mais Hassan ne déclamait jamais devant elle ! Bien plus, il était entré une fois à l'improviste, tandis que, le dos tourné, les mains malaxant une concoction de racines pour quelque onguent, elle se laissait aller à roucouler dans sa langue maternelle... Calmer les blessures indicibles ! A peine avait-elle terminé sa complainte que Hassan se manifesta par une remarque douce-amère :

— Je te croyais islamisée !

— Est-ce contraire à l'Islam que de parler la langue de ses père et mère ?

Il opéra un retrait, mais sans paraître s'excuser :

— Certes pas, protesta-t-il, seulement si tu pouvais atténuer l'accent étranger que tu gardes dans l'arabe !

« Seul mon cœur, et sa transparence, compte devant Dieu ! » allait-elle rétorquer, mais elle se tut. Elle n'était après tout qu'une concubine, elle n'avait pas à l'oublier. Certes, Hassan, depuis qu'il appelait Sirin « Oum Abderahmane » (mère d'Abderahmane), était si fier de se trouver, lui le poète préféré de Mohammed, allié, grâce à ce fils, à la famille même du Prophète. Car Marya, la sœur de Sirin, avait donnée un fils à Mohammed — un fils mort hélas à deux ans : mais, malgré cette mort précoce, Abderahmane, fils de Hassan et de Sirin, restait le cousin d'Ibrahim, fils de Mohammed !

Plus que tous les honneurs littéraires dont il avait bénéficié du vivant de Mohammed, Hassan ibn Thabit s'enorgueillissait de cette parenté inattendue qu'il n'aurait jamais espérée.

Sirin ne parlait plus, devant son époux, que dans la langue arabe. D'où peut-être, ces deux ou trois dernières années, ce besoin irrépressible de se remémorer, une fois seule — « seule », c'est-à-dire avec les enfants —, le temps d'avant.

« Avant », c'était loin, loin de Médine, dans cette ville, Alexandrie, dont elle rêvait maintenant chaque nuit — quelquefois, réapparaissait l'œil terrible de Cyrus, le patriarche, qu'elle n'avait vu qu'une seule fois, mais qui l'avait glacée de terreur. Comme le visage de Mohammed, au terme de ce long voyage poussiéreux de la caravane « des cadeaux », lui avait paru paisible, d'une douceur rayonnante!

Les nuits s'emplissaient d'images de foules, se déversant en flots réguliers vers le fleuve large dont les eaux montaient, puis rougissaient peu à peu, certains prétendant que « les eaux du fleuve se transformaient en vin! ». Rires, chants, éclats de cymbales, danses légères de très jeunes enfants éparpillés...

A chaque aube, tandis que, dans la masure sombre, Hassan se courbait pour la première prière, Sirin paressait sur la couche, les oreilles bourdonnantes des fêtes d'Alexandrie. Restait-elle vraiment « la Chrétienne »? Ses voisines, ses rivales avaient-elles raison? Sirin doutait d'elle-même alors. Elle se forçait à se lever et commençait sa journée de mère de famille : le fils unique à réveiller, les fillettes à laver; les menus gestes revenaient, et Sirin émergeait à un présent de silence, de soleil dur, de pénombre dans les cours rafraîchissantes. Après la sieste, quand, du moins, ce n'était pas « son jour » auprès de Hassan, elle redevenait la conteuse pour enfants, la chanteuse mélancolique et exilée.

Marya la Copte, que tous appelaient respectueusement Oum Ibrahim, rendait visite à Sirin chaque veille de vendredi.

Elle arrivait entièrement voilée (un voile de lin très doux, d'un bleu verdâtre, d'une nuance rare), le visage englouti, sa silhouette reconnaissable par sa sveltesse et son élégance. L'eunuque marchait en avant, à demi voûté, car il prenait maintenant de l'âge. Avec Marya, deux servantes, dont une jeune Noire, portaient quelques effets — des paquets contenant des surprises pour les enfants.

Alors les co-épouses de Sirin faisaient effort de civilité, d'amabilité presque pas feinte. La réunion de femmes se tenait dans la partie ombragée de la courette, sous un palmier. Telle ou telle hôtesse sortait ostensiblement de sa chambre qui un coussin de soie, qui un plateau argenté, qui un éventail...

Marya s'installait avec sa simplicité coutumière, disponible à toutes, écoutant de chacune les propos enjoués, répondant aux questions sur sa santé ou son bien-être. Sirin, heureuse de la simple vue de sa jeune sœur, jouissait des regards admiratifs des enfants sur l'invitée. Dieu, comme Marya restait belle ! Plus que belle, resplendissante.

Sirin savait que, Marya partie, chacune allait évoquer tout ce que les Médinoises répétaient à propos de « la femme copte du Prophète » : combien celui-ci, de son vivant, avait toujours été sous le charme — le mot n'était pas trop fort — de Marya, et cela, depuis son arrivée. La clarté exceptionnelle de son teint, la lumière qui se dégageait de ses yeux, la rondeur enfantine de ses joues, la frisure mousseuse de ses cheveux légers, la timidité fragile de son sourire ! Oui, les femmes, sitôt Sirin retournée dans sa chambre après le départ de Marya, allaient tout revivre : la jalousie si vive que quelques épouses du Prophète avaient ressentie devant cette attirance manifeste que Marya suscitait chez Mohammed, jalousie encore plus voyante chez Aïcha, « la préférée ».

— La préférée, dit-on, bougonnait Sirin, allant et venant dans ses tâches ménagères. Moi qui voyais comment le Messager était devant ma sœur, je sais bien que la préférée en tout, celle qui emportait ses sens et son cœur, c'était Marya...

Ce n'est là aujourd'hui que le début du monologue habituel de Sirin. Même dans cette troisième année commençante de la mort du Prophète, Sirin comprenait qu'elle avait à se taire sur cette question de l'union de Marya et de Mohammed. « Oui, se taire pour l'instant », pensa Sirin : tout témoignage qu'elle livrait innocemment, fidèlement, sur ce sujet, allait porter ombrage à la plus jeune, la plus respectée des Veuves. Respectée aussi parce que fille du calife et gardienne du tombeau de l'Aimé... Sirin rêvait à ce rapport de forces, dans un brouillard de sa pensée; elle souffrait parfois de ne pouvoir avoir de confidente. Avec Marya sa sœur, jamais, même en tête à tête, elle n'abordait ce sujet : comme si, devant l'eau pure des yeux de Marya, devant son innocence, Sirin répugnait à jeter quelque trouble.

Aussi, le soir des visites de Oum Ibrahim, même si Sirin prévoyait que Hassan ibn Thabit risquait d'entrer dans sa chambre, elle se remettait à chantonner ses anciennes mélopées. Le petit Abderahmane demeurait emprisonné sur ses genoux; il écoutait, le visage tendu, ce parler incompréhensible pour lui. Il s'en souviendrait, mais autrement, plus tard.

Sirin osa déclarer, peu après, au père d'Abderahmane :

— Je suis sûre que Abderahmane, mon fils, sera aussi poète!

— Et son fils aussi le sera, rétorqua Hassan. Mon père qui était l'ami d'Abdou el Mottalib, le grand-père de Mohammed, l'était déjà!

Sirin ne voulut pas dire qu'elle voyait Abderahmane poète, mais autrement : le bambin l'écoutait avec des yeux fiévreux quand elle chantait pour lui seul. Ce serait ces accents-là, Sirin en était persuadée, qui donneraient plus tard à ses vers une sonorité étrange; non, étrangère.

Vingt ans plus tard, ou davantage, Abderahmane fils de Hassan ibn Thabit rapportera à Mondir ibn Abid, qui le rapportera à Osaïma ibn Zeid, qui le rapportera à Mohammed ibn Omar — et c'est dans cette transmission bien précise que l'*isnad,* ou chaîne islamique, sera accepté par les traditionnistes les plus soupçonneux — Abderahmane, donc, se souviendra :

— Ma mère, Sirin, m'a dit un jour : « Tandis que le petit Ibrahim, fils du Prophète, agonisait, nous nous tenions, Marya et moi, dans la chambre, en même temps que le Prophète (que le salut de Dieu soit sur lui), au chevet de son fils... Ma sœur et moi, nous pleurions, nous gémissions, et Mohammed ne nous disait rien. Ibrahim mourut. Le Prophète nous demanda alors de ne plus pleurer aussi bruyamment ! »

Sirin est désormais femme mûre ; son fils, poète confirmé, l'écoute ; elle pense à sa sœur Marya qui est morte, six ans seulement après la mort de Mohammed.

Sirin se souvient, mélancolique :

— Ibrahim mort, ce fut Fadl ibn Abbas, le cousin germain du Prophète, qui l'a lavé. Mohammed restait assis, regardait le lavement de son fils et ne manifestait rien de sa vive peine... Sans doute la dernière, car hélas son heure à lui survint un an après seulement ! J'ai vu ensuite Mohammed sur le bord de la tombe qu'on a creusée pour son enfant. Abbas, son oncle, était à ses côtés. Sont descendus dans la tombe les deux jeunes gens, Fadl et Osaïma, le fils de Zeid et de Oum Aymann. Tous, « gens de sa maison » !

Sirin s'arrêta de parler, et elle rêva, tandis que son fils Abderahmane attendait. Il était accoutumé à ses absences soudaines, à ses rêveries sur autrefois.

— Tu songes encore à ce jour de la mort d'Ibrahim ? finit-il par demander — lui qu'habitait l'image de ce cousin germain qu'il n'avait pas connu, le propre fils du Prophète !

Puis la voix en arabe de Sirin la Copte se déroula, menue, presque anonyme, telle la voix d'une des centaines de rawiyates de Médine, ou de ses environs :

— Il y eut, ce jour-là, une éclipse de soleil. Les gens ont alors dit, bouleversés : « C'est pour la mort d'Ibrahim, le fils de notre Prophète ! » Le Prophète, qui était rentré dans la chambre de Marya pour méditer, et auquel on rapporta ces propos, rétorqua, mécontent (j'entends encore l'accent de sa voix) : « Il n'y a d'éclipse de soleil ni pour la mort ni pour la vie d'un être humain, quel qu'il soit ! »

Sirin se tait. Cela fait des années qu'elle ne se souvenait plus dans la langue de ses père et mère... Sirin, Oum Abderahmane, et sœur de la très belle Oum Ibrahim.

Plus tard, Sirin, à la suite de son deuxième fils Mohammed, et avec l'aînée de ses filles, Safya, quittera Médine pour s'installer et mourir à Basra, en Irak.

On retrouve trace de sa descendance dans cette ville. Bien plus, « la maison de Sirin » sera un lieu connu dans cette cité riche, jusqu'au moins vers l'an 150 de l'hégire, à l'époque de ses arrière-petits-enfants. « La maison de Sirin » joue alors le rôle d'un havre de paix, d'un lieu de protection pour les femmes esclaves, pour les servantes effrayées, en un temps où l'opulence de la nouvelle société — composée également de chrétiens protégés, d'esclaves et d'affranchis de races variées — occasionne des injustices inévitables, des violences internes.

Un menu incident — entrecoupant la biographie d'une personnalité pieuse, ibn 'Aun marié à une arrière-petite-fille de Sirin — nous fait entrevoir un sillage de tendresse derrière la vie de Sirin la Copte : une servante, travaillant chez ibn 'Aun provoque un haut-le-corps de celui-ci, car elle lui présente « une marmite d'où sort une forte odeur d'ail ». Il contient mal sa colère : effrayée, la jeune fille s'enfuit « à la maison de Sirin ». Humble détail d'une humble vie quotidienne...

Sirin ressuscite; sa vie, commencée à Alexandrie, s'est nouée à Médine, comme si, en compagne sororale de la belle et tendre Marya, elle était venue jusque-là pour veiller sur les quelques années de pur bonheur de Mohammed... Devenue femme libre, comme mère du poète Abderahmane fils de Hassan ibn Thabit, la voici quittant finalement Médine, non pour retrouver ses lieux d'enfance (l'Égypte est pourtant devenue province musulmane), mais pour aller encore plus à l'est : mourir à Basra, en exilée permanente, protectrice des servantes, des esclaves, des femmes sans appui.

VOIX D'ATYKA

Non, ma voix aujourd'hui ne sera pas celle de ma poésie, puisque, toute cette dernière année, jeunes et vieux dans Médine répètent si souvent les lamentations rimées que j'avais improvisées à l'enterrement de Abdallah ibn Abou Bekr, le tendre, le si tendre fils du vicaire de l'Envoyé de Dieu... Abdallah, mon premier mari, mon grand amour de si longues années !

Non, ma voix ne sera pas celle de ma poésie, puisque aujourd'hui qui est le jour de mes secondes noces avec Omar ibn el Khattab, le plus proche conseiller de Abou Bekr, me voici devenue l'« oublieuse » ! Or, je n'oublie rien.

Il est vrai que j'avais fait un serment solennel à Abdallah, celui de ne jamais me remarier s'il venait à mourir avant moi. Il est vrai que, ce serment, je le fis à sa demande, dans des circonstances si particulières !

Dire que Abdallah m'a aimée passionnément, comme jamais sans doute un Musulman, jusque-là, n'avait aimé son épouse. Ne l'avait affiché. Au point que — cela se passait alors du vivant du Prophète — Abou Bekr, si doux et si indulgent de nature pourtant, s'irrita contre son fils.

Un jour, Abou Bekr passa devant notre logis, pour se rendre à la mosquée. Nous étions, Abdallah et moi, en conversation tendre, sur une petite terrasse où nous prenions le frais ; Abou Bekr, passant au-dessous, entendit le bruit de nos murmures. Nous avons continué notre bavardage : à cette époque, il est vrai, Abdallah s'était mis en tête de rivaliser avec moi en joutes d'improvisation poétique : peu importait les thèmes, même les plus saugrenus (si nous devenions oiseaux dans l'azur, si nous nous perdions dans le désert, si nous nous souvenions soudain avoir été Adam et Ève...). Était-ce à ce point sacrilège, tant de liberté d'esprit, d'ivresse légère à exercer à deux ?

En fait, Abdallah qui, aux yeux des autres hommes, devait sembler trop tendre, et surtout trop amoureux, au point de négliger maintes activités habituelles pour des tête-à-tête avec moi, Abdallah m'avait annoncé qu'il désirait « me battre sur mon terrain », c'est-à-dire en poésie.

— Je veux apprendre de toi, et le flux verbal, et sa facture rythmique, et sa sonorité !

Et il ajoutait en confidence :

— Pour mieux dire mon amour pour toi, dont je ne me lasse pas !

Ainsi devions-nous bavarder ce jour-là, quand, une heure après, sous notre balcon, Abou Bekr es Seddiq repassa. Il interpella son fils rudement : aussitôt, je devinai l'orage.

— Ô Abdallah, s'exclama-t-il, as-tu fait tes prières ?

— Père, répondit mon mari se penchant, en toute bonne foi, sur la balustrade, les fidèles sont-ils déjà à la mosquée ?

— Ainsi donc, s'écria, assez bas mais avec vivacité, Abou Bekr, ta femme te fait oublier et tes devoirs et tes obligations ! Tu es en faute, à cause de tes sentiments pour elle ! Répudie-la, je te le demande !

Cette réponse martelée, Abou Bekr la débita d'un trait, puis il s'éloigna.

Son fils, devant moi, s'était quasiment affaissé. Le visage pâli et tendu, son corps maigre recroquevillé sur lui-même, il ne dit mot : pas un soupir, pas une plainte. Je voyais la souffrance contracter son visage au point que j'oubliai de ressentir, pour ma part, quoi que ce soit.

Il leva enfin la tête et sans me regarder, murmura :

— Mon père a raison : je t'aime trop, ô bien-aimée. Hélas, je dois te répudier sur-le-champ.

Il ne prononça la formule qu'une fois. Aussitôt, avec hâte, je m'éloignai de lui. J'allai dans ma chambre me cloîtrer, oublier le monde et moi-même. Et l'aimé.

Que dire de notre souffrance, les semaines suivantes ? Certes, ma réputation de poétesse circule dans les demeures de Médine. Peu m'importe : je sus que Abdallah, au cours de cette séparation forcée, souffrit si vivement qu'il se mit à trouver des accents poétiques parmi les plus déchirants que je connaisse. Or, ce don de poésie qui s'attisa en lui nous fut délivrance.

Une nuit, Abou Bekr, ne trouvant pas le sommeil, veillait dans son jardin quand il entendit, venant d'un peu plus bas, les plaintes de son fils Abdallah se déployer en vers désespérés :

« Ô toi, Atyka, jamais je ne t'oublierai,
tant que le vent de l'Est souffle ses rafales
tant que la lune sourit aux pigeons enfiévrés
Non, jamais, je ne t'oublierai !

Ô toi, Atyka, qu'illuminent toutes les grâces,
que protègent la pudeur et la chasteté
Quel homme, sinon moi, a dû répudier
une telle femme, justement pour ses qualités ? »

Abou Bekr en fut tout bouleversé, conscient alors que Abdallah jamais n'oublierait Atyka. Non. Il souffrait : peut-être même, se dit Abou Bekr qui retrouvait chez ce fils une émotivité au moins aussi grande que la sienne, peut-être même ne se consolera-t-il jamais ? « Aurais-je fait, moi, son père, le malheur de mon fils au cœur si tendre ? » se reprocha-t-il.

Au matin, après ses prières, Abou Bekr fit appeler Abdallah.

— J'ai entendu cette nuit, et bien malgré moi, les vers que tu débitais à la lune !

Abdallah se taisait, le regard baissé.

— On m'a dit que tu as répudié ta femme une seule fois ! Le délai légal n'est pas terminé. Si tu désires la reprendre, si elle le désire, elle aussi, je ne ferai aucune objection !

Et Abdallah d'improviser, dans une effervescence qu'il maîtrisait mal :

« Ainsi la volonté de Dieu va et vient,
entre les gens,
il y a un amour puis la séparation,
Ainsi tu es revenue à moi, toi dont Dieu
a embelli la face ! »

Il fit sur-le-champ appeler un jeune esclave du nom d'Aymann.

— Ô Aymann, tu es libre!

et, se dirigeant vers la partie de la demeure où, depuis des semaines, je m'étais isolée, Abdallah ne savait que répéter ce qu'il avait répondu à son père :

— Je te fais témoin que je la reprends!

Il se présenta à moi, tout palpitant :

« Mon cœur, dans la séparation, était un oiseau perdu!
Aussitôt que la volonté de Dieu t'a fait revenir,
Le voilà enfin calmé, adouci...
En toi, ô aimée, je ne vois que magnificence! »

Ce fut dans ces circonstances, au creux de ce bonheur retrouvé, que Abdallah décida de me faire un don exceptionnel.

— J'ai reçu, dans ma part de butin de l'année dernière, un des plus beaux vergers, que je trouve trop beau pour moi. Je décide, ô Atyka, de t'en faire, dès aujourd'hui, donation!

Il hésita, puis il ajouta :

— Puis-je te demander une faveur, pour fêter ce jour : tu peux accepter ou refuser, cela ne changera rien à la donation!

— Quel est ton vœu? interrogeai-je.

Abdallah, pâlissant légèrement, avoua :

— Mon désir le plus vif est que tu me promettes, si je venais à mourir avant toi, que tu n'appartiennes pas à un autre!

Je me blottis dans ses bras.

— Ô bien-aimé, répondis-je, bouleversée à l'idée de sa possible mort, je te fais cette promesse de tout mon cœur! Bien plus, je n'accepterai ton verger qu'en échange de ma promesse, Dieu m'est témoin!

Hélas, Abdallah fit partie de l'expédition de Taif, conduite par le Prophète en personne, à la fin de l'an 8 de l'hégire. Mohammed avait emmené avec lui deux de ses femmes : Oum Salama et Zeineb.

Abdallah combattit en héros dans la bataille. Dans une mêlée où il se trouva seul, il reçut de graves blessures... Il fut ramené presque agonisant, à peine conscient.

Oum Salama et Zeineb, Mères des Croyants, m'ont parlé longuement de sa bravoure, de sa conduite trop audacieuse comme si, depuis ces années où il m'avait reprise, il avait à cœur de montrer à son père que partout, à la mosquée comme sur le champ de bataille, il était le meilleur.

Je l'ai soigné longtemps. Il a souffert longtemps. Conscient à nouveau, supportant ses douleurs sans se plaindre et ne se lassant pas de me voir à son chevet, mais insistant pour que je ne renonce pas à aller prier à la mosquée, comme j'en avais l'habitude.

De son lit de malade, il s'intéressait à ce qui devenait inaccessible pour lui : après la mort du Prophète, la stupéfaction et le trouble des fidèles, l'accession au califat de son père, sur lequel il m'interrogeait — je lui apportais mes impressions que je rassemblais lorsque, après la prière, je surprenais, de mon coin de la mosquée, les palabres des hommes... Je lui communiquais également ce que disaient les femmes, leur inquiétude devant la ridda *des tribus...*

Abdallah se fatiguait vite ; avec un pâle sourire, il me demandait :

— O Atyka, récite-moi l'un de tes poèmes, parmi les anciens ou parmi les plus récents ! De l'entendre, je me consolerai de mon état, car, je le sais maintenant, je ne vais pas guérir.

Je protestais. Puis je lui récitais ce qu'il voulait : j'évitais toutefois la verve tragique pour ne lui rappeler que mes poèmes d'amour, à lui pour toujours dédiés.

Non, ma voix aujourd'hui ne sera pas celle de ma poésie...

Quand Abdallah mourut, je me laissai aller, une dernière fois, à improviser... Six mois après, Omar ibn el Khattab me fit parvenir une demande en mariage. Par deux fois, je répondis que je ne voulais pas me consoler.

Quelques mois plus tard, Omar ayant renouvelé sa demande, je répondis simplement :

— J'ai fait vœu de ne pas me remarier, après Abdallah ibn Abou Bekr. A cette condition, j'avais accepté en donation d'Abdallah un verger... Je ne saurais comment me délier !

La réponse de Omar parvint le jour même :

— Demande une fetwa *sur ce point, et nul, en cela, n'est plus qualifié que Ali ibn Abou Taleb, le gendre du Prophète !*

L'intervention de Ali fut conclue par ce conseil :

— Elle peut se remarier, mais à condition de rendre le verger aux parents du mari. Qu'elle se libère ainsi !

En fait, je n'eus pas besoin de faire connaître ce verdict : Aïcha, sœur de Abdallah, mise au courant de la demande en mariage de Omar, avait fait dire à son père :

— Atyka bent Zeid, au cas où elle se remarie, doit rendre le verger, reçu en don de mon frère, aux héritiers de celui-ci !

Ainsi, elle me précéda. Je tins à me présenter moi-même devant Abou Bekr :

— Ô vicaire de l'Envoyé de Dieu, je veux te rendre, à toi héritier de ton fils mort, ainsi qu'aux sœurs et au frère de Abdallah, la donation qu'il m'avait faite de son vivant. Je me délierai du serment que j'avais fait, et que Dieu me pardonne ! J'accepte de me marier à Omar ibn el Khattab.

Je dois épouser Omar aujourd'hui. Ces derniers temps, nombre de voisines sont venues s'enquérir, ou me mettre en garde :

— Ne sais-tu pas combien Omar est rude, est dur avec ses femmes ? Combien de répudiations n'a-t-il pas sur son compte, bien souvent à la demande de ses épouses, qui ne supportent pas longtemps non seulement son caractère, mais aussi la trop grande frugalité de ses habitudes ?... Et sa jalousie qui faisait sourire le Prophète lui-même ? Toi qui as eu la chance d'avoir comme époux Abdallah célèbre pour sa douceur.

Je me taisais. Quelquefois, j'interrompais le flot des conseils. Comment dire, ou me l'expliquer à moi-

même : peut-être est-ce cette dureté même qui m'attire. Je répondais, le plus souvent par le rappel des qualités si connues de Omar; moi dont la piété détermine mes actes, comment ne serais-je pas touchée par l'élan, fait d'impétuosité, mais aussi de rigueur hautaine, de cet homme ? Comment ne pas vouloir approcher un Compagnon si peu ordinaire? Je devine que sa rudesse extérieure cache la richesse d'une affectivité farouche... Tant de humbles, tant de femmes dans le besoin, mères et orphelines sans appui, l'ont trouvé lui d'abord!

Suis-je donc une femme à demander le confort en ménage, la sécurité des habitudes et d'un horizon amoindri? Omar a une stature qui dépasse l'espace des jours ordinaires. Quant à sa jalousie « soupçonneuse » comme suggèrent certaines, je l'affronterai; je ne la craindrai pas car je ne m'y soumettrai pas!

La cérémonie du mariage se déroule dans sa simplicité habituelle. Je me retrouve au milieu des femmes de ma famille et de Fatima bent el Khattab, sœur de Omar, de Hafça fille de Omar mère des Croyants, de Aïcha mère des Croyants, de Esma bent Abou Bekr sa sœur ainsi que de Esma épouse de Abou Bekr. Je partage avec toutes le repas de noces. A côté, Omar a réuni plusieurs des Compagnons, ses amis.

Alors, je le sus plus tard, Ali ibn Abou Taleb s'adressa à Omar, après que tous eurent mangé.

— J'ai une recommandation à rappeler à Atyka bent Zeid, ô Omar. Si tu le permets, dis-lui de se voiler entièrement et mets-moi face à elle, en ta présence, pour que je lui parle... (Après une hésitation, il ajouta :) Quelque chose reste dans mon cœur, que je me dois de lui déclarer!

Omar, dissimulant sa surprise, se leva et me fit dire :

— Voile-toi entièrement, ô Atyka! Ali ibn Abou Taleb désire te parler. Présente-toi donc parmi nous!

Un affranchi vint me prévenir. Quelques chuchotements coururent parmi les visiteuses. Elles répétaient le nom de Ali ibn Abou Taleb. Aïcha, mère des Croyants, me fixa d'un regard assez long mais elle ne dit rien. Lorsque j'avais refusé une première fois la demande de Omar, le bruit avait couru alors parmi les Médinoises que, certainement, Ali lui-même désirait m'épouser... S'attendait-il à ce que je reste fidèle au serment que j'avais prêté à Abdallah ? Aurait-il admiré une telle fidélité ?

Je me suis levée. Je pris dans mes affaires un long tissu de lin très fin, d'un noir légèrement moiré. Je pliai l'étoffe en deux ; je m'en couvris entièrement, de la tête aux pieds.

— Ton visage ! s'exclama une vieille.

Je fis effort pour ne pas répliquer, en ce jour de fête : « Eh bien, en cette année 12 de l'hégire, près de sept années après les versets du Voilement, ceux-ci ne concernent que les mères des Croyants, non les femmes ordinaires comme moi ! »

Je ne dis rien. Je développerai ces arguments plus tard, quand je reprendrai mon habitude quotidienne d'aller à la mosquée du Prophète pour prier. Je saurai moi-même, et par moi-même, appliquer les conseils de tenue chaste, et non d'enfouissement total du corps.

— Ton visage ! reprit une autre, effrayée à la pensée que je pourrais arriver parmi les hommes d'à côté, le visage découvert, même si je gardais les yeux baissés.

Aïcha, mère des Croyants, m'observait. Je décidai que ce mariage était d'abord jour de joie pour tous, et d'abord pour Ali, pour Omar, ainsi que pour les dames si honorables de l'assistance, en premier lieu les femmes apparentées à mon premier mari. Nulle ostentation d'indépendance, pour moi, aujourd'hui : discrétion, patience et piété... Le Prophète n'avait-il pas dit un jour, à Abdallah ibn Omar qui le rapporta : « Sois dans ce monde comme un étranger ou un passant ! »... Je saurai bien, les jours suivants, ne m'occuper que de ma propre conscience de Croyante, devant Dieu et devant son Messager, eux seuls !

Je pris l'écharpe — noire également, ou grise, me sembla-t-il, — que l'une des femmes me tendit. C'était une sorte de gaze à peine transparente.

D'un mouvement, je la posai sur mes cheveux, déjà engloutis sous le lin noir, puis je la laissai tomber sur mon visage et sur mon cou.

Le jeune affranchi me tendit la main, pour me faire entrer parmi l'assistance masculine. En aveugle, quasiment fantôme aux longs voiles noircis, ainsi dissimulée, je m'assis à l'endroit qui m'était réservé, un peu au-dessus de tous les hommes accroupis.

Je devinais la stature haute et le visage, faisant une tache claire, de Omar resté debout, en inquisiteur sans doute, en tout cas en marié. Je ne distinguais pas le gendre du Prophète, assis au milieu des autres. Il se mit à tousser, avant de commencer d'une voix rude :

— Ô Atyka bent Zeid, l'on m'avait rapporté, l'année dernière, que tu avais déclamé ce vers sur la tombe d'Abdallah ibn Abou Bekr (que Dieu l'ait en sa sauvegarde !) :

« J'ai juré, ô bien aimé, que jamais plus, je n'ôterai de mon corps la poussière des jours ! »

Tandis que Ali répétait mon vers, quelqu'un, de l'assistance, se leva et sortit. L'on me dit ensuite que ce fut le père de Abdallah, le calife en personne, trop ému à l'évocation de son fils... Je gardais le silence. N'était-ce pas ainsi exprimer mon assentiment ? Mais Omar, debout, intervint vivement, et il y eut un remous dans la salle.

— Que veux-tu dire par là, ô Abou Hassan ?

J'attendais, forme noire évoquant ainsi le mort, l'absent, Abdallah. Ali répondit, le calme rétabli :

— J'ai seulement rappelé à Atyka bent Zeid qu'il y a des serments qu'on ne peut raisonnablement pas tenir !

— Tu sais bien, ô Abou Hassan, reprit avec vigueur Omar, que toutes les femmes sont ainsi : elles sont plus émotives que nous.

J'écoutais intensément sous mon voile. C'était donc Omar le rude qui plaidait devant Ali la cause des femmes ! « Simplement parce qu'il est amoureux de toi, me dira plus tard une amie... Il acceptait mal l'intervention moralisatrice de Ali ibn Abou Taleb ! »

J'écoutais, tendue toujours, lorsque Ali reprit la parole :

— Ô Omar, je te rappelle le verset du Livre : « C'est un péché devant Dieu de dire ou de promettre ce que

l'on ne peut tenir ! » *Notre devoir, à toi comme à moi, est de rappeler ce verset à tous les Croyants, hommes et femmes.*

Il y eut à nouveau un brouhaha, sans doute des commentaires au sein de l'assistance. Moi, trônant au-dessus d'eux mais tout emmaillotée, il me semblait être devenue une idole statufiée, habitée d'une prescience aiguë qui me faisait deviner d'autres affrontements implicites. Ma personne ne serait-elle que prétexte...

Ali ibn Abou Taleb conclut, le ton ferme :

— Je souhaite à toi, Omar, à ton épouse Atyka, le bonheur ! Cette admonestation était dans mon cœur, je voulais qu'elle sorte ! Dieu est grand, gloire à son Prophète dont le message demeure parmi nous !

Ils se levèrent tous, les uns après les autres. Ils quittèrent rapidement la salle. Le dernier, Omar, avant de les suivre, s'approcha de moi, souleva la gaze légère qui couvrait mon visage. Tout près de moi, au point que je percevais le souffle de sa forte respiration, il m'examina longuement. Je levai mon regard, le fixai avec une ombre de sourire, je me sentais sereine, sans nulle crainte. L'expression de sa face me parut adoucie :

— Louange à Dieu, murmura-t-il, lui, le créateur de la beauté sur terre !

Puis il sortit.

Une semaine après, une errante, habillée en campagnarde, m'accosta dans la rue, tandis que je me rendais, selon l'habitude que j'avais reprise, pour la prière du dhor *à la mosquée du Prophète.*

— Ô femme de Omar, m'interpella l'inconnue, comment se fait-il que ton époux, dont la jalousie est si sourcilleuse, te laisse ainsi librement circuler ?

— Je vais à la prière, répondis-je, à la mosquée où tant de souvenirs m'attendent : les prêches du Prophète, comme ceux de notre calife aujourd'hui.

— Et Omar te le permet donc ? reprit-elle vivement.

— Omar est d'abord un Croyant fervent. Il n'oublie pas que le Prophète lui-même a dit : « *N'empêchez pas*

les servantes de Dieu de se rendre dans les mosquées de Dieu ! » Omar craindrait trop de désobéir à cette parole, s'il venait à m'interdire de sortir !

L'inconnue me tourna le dos, sans me saluer. A l'heure de la prière, je retrouvai Oum Keltoum bent Okba, épouse de Abderahmane, ainsi que quelques jeunes femmes mêlées aux multiples Croyantes d'un âge plus vénérable.

La laveuse des morts

Abou Bekr dit « Seddiq », c'est-à-dire « l'ami entre les amis », dit aussi « Atiq », c'est-à-dire « l'affranchi par Dieu du feu de l'enfer », selon les mots du Prophète, Abou Bekr, premier calife de l'Islam, va mourir. Il n'aura été calife que pendant deux ans et trois mois.

Sa maladie dure quinze jours. Il désigne son principal conseiller Omar comme son successeur. Certains émettent timidement une crainte : « Omar est si dur, Omar... » Abou Bekr, par trois fois, répète le nom de Omar et reste inébranlable : « Omar, dit-il, est le meilleur de ceux qui restent ! » Abou Bekr a la certitude que Mohammed, à sa place, aurait désigné Omar — Mohammed qui, au moment de mourir et presque sur le point de parler, s'était tu sur sa propre succession.

Puis Abou Bekr donne ses instructions sur sa famille, sur sa personne. Il désigne l'une de ses épouses, Esma, et l'un de ses fils, Abderahmane, pour qu'eux seuls procèdent à la toilette funéraire. Abou Bekr, précise le chroniqueur, ne voulait être vu dans sa nudité que par ces deux personnes.

Le jour de sa mort, Esma et Abderahmane laveront son corps. Ou plutôt Esma sera la laveuse, et Abderahmane son aide pour tourner, retourner, pour réenvelopper le corps dans son linceul.

Le mourant a recommandé également qu'il soit porté dans la tombe tout à côté du Prophète, mais de façon que sa tête soit au niveau des épaules de Mohammed. L'inhumation se fera dans la maison même de Aïcha, veuve de Mohammed et fille de Abou Bekr.

Esma, fille de Omaïs, est donc la laveuse de morts. Deux ans auparavant, elle avait lavé Fatima, fille du Prophète. Esma, sans lien de parenté avec Fatima, a été sa laveuse : comme si une prédisposition naturelle, un savoir-faire, une vigueur ou plus probablement une qualité de l'âme, force tranquille ou piété sereine, la désignaient à cette tâche. Fut-elle choisie par un cercle de femmes, composé à la fois des veuves du Prophète et des épouses et parentes de Abou Bekr, Omar et Ali ?

Au moment où le premier calife va mourir, Esma a environ trente ans. Abou Bekr est son second époux, depuis moins de cinq années.

Tabari, dans la partie de sa chronique relative aux quatre premiers califes, utilise un procédé qui touche autant affectivement qu'esthétiquement : c'est au moment où le héros meurt, une fois livrées les circonstances banales ou tragiques de cette issue, que le calife nous est présenté dans les détails de sa personne physique, de sa biographie familiale : nombre de ses épouses légitimes et éventuellement des épouses esclaves, décompte des fils et des filles qu'il a eus de chaque femme, quelquefois mention des femmes qui n'ont pas voulu épouser le héros en question...

Comme si le personnage « premier rôle », lorsqu'il va être descendu dans la tombe, nous apporte lui-même, mains tendues, les détails irréfutables mais de vanité humaine, qui ont cerné son existence terrestre. Comme si, dans les multiples pages qui lui étaient consacrées auparavant, son action de vicaire était la seule qui comptât, mais qu'il fallait esquisser *in extremis* les humbles précisions sur sa personne, juste avant que la trace de l'homme ne soit définitivement inscrite dans le cœur des témoins, et, à leur suite, des Croyants de l'Islam.

Esma, fille de Omaïs, est évoquée au moment où elle va laver le corps du calife, son époux. Abou Bekr l'a épousée après Koteila (qui ne l'a pas suivi dans sa conversion à l'Islam et qui s'est séparée de lui), après Oum Roumam, mère de Aïcha et de Abderahmane. Esma est sa troisième épouse, en fait sa deuxième femme en Islam. Il épousera après elle une jeune Médinoise.

A sa mort, Abou Bekr laisse trois épouses ; il aura eu trois fils et trois filles (parmi lesquels Abdallah, l'aîné, mourra avant lui, et la benjamine, Oum Keltoum, naîtra après sa mort). Ainsi, venant dans l'histoire islamique après Dieu et Mohammed, Abou Bekr, mort à soixante-trois ans après vingt-sept mois de califat, semble symboliquement voué au chiffre trois.

Esma, fille d'Omaïs : pourquoi, d'entre ses trois épouses vivantes, Abou Bekr l'a choisie, elle ? Était-elle sa femme préférée ? Le choix s'est-il imposé du fait que, deux ans auparavant, Esma avait lavé le corps de Fatima, fille aimée du Prophète ? Comme si elle en avait gardé une bénédiction. Comme si, par les mains de Esma laissant couler la dernière eau sur le cadavre à peine refroidi, un lien mystique, un fil invisible allait unir ainsi la famille du Prophète au premier vicaire de celui-ci. La mort de Abou Bekr, par cette ultime cérémonie, se relierait au jour de la mort de Fatima, et, par l'intermédiaire de celle-ci, au Prophète bien-aimé.

Oui, alors que Abou Bekr agonisant recommande que tous ses biens, y compris le lit sur lequel il va mourir, soient rendus au Trésor public — comme le Prophète désirant se présenter au Jugement dernier le plus pauvre possible, allégé de tout bien terrestre —, Abou Bekr se garde une promesse de bénédiction, une caresse infrangible : que sa seconde épouse en Islam le lave, mort, elle qui a versé l'eau lustrale sur Fatima, « une partie de moi-même », a dit Mohammed.

Le calife désire se rattacher, en quittant la terre, à son ami le plus cher, Mohammed, par deux femmes : Mohammed a rendu l'âme dans les bras de Aïcha, fille aimée de Abou Bekr, et maintenant celui-ci va être lavé par Esma qui a lavé l'autre fille préférée, Fatima. La mort survient pour le premier dans les bras de l'épouse — fille de l'ami —, tandis que le corps de Abou Bekr sera lavé par l'épouse, elle-même sans doute la préférée, mais aussi l'amie de la fille de l'Ami. Ainsi, la mort pour le « Nabi » et pour son vicaire deviendra vraiment fraternelle, rapprochant les deux hommes, si proches de leur vivant, par double, par triple intercession féminine.

Une sorte de jeu éclatant et abstrait, un mouvement intérieur translucide se lie et se délie autour de ce groupe de figures : Mohammed avec son auréole de dernier des Prophètes mais aussi sa présence tout humaine, Abou Bekr en face, et de l'autre côté Aïcha, jeune femme de dix-huit ans liée aux deux hommes, puis Fatima silhouette à la fois mélancolique et indomptable, sous l'éclat presque unique du Père, enfin, en arrière de celle-ci, dans son ombre, Esma les mains tendues vers Fatima, les yeux encore levés vers Abou Bekr qui va disparaître. Ainsi, Esma « laveuse des morts », devient, par-dessus le différend qui a séparé le vicaire de la fille de l'Envoyé, la possible guérisseuse. Celle qui pourra effacer l'écorchure...

Dans cette composition, les relations entre hommes et femmes sont concrétisées dans leurs variantes les plus fécondes. Tout homme vertueux et sensuel peut expérimenter un rapport de densité et d'ambivalence avec le monde féminin sur deux modes différents mais liés : par l'épouse aimée, souvent si jeune, qui alimente le désir grave, et par la fille préférée si proche — malgré tous les fils, quelquefois à cause de l'absence de mâle — elle, souvent femme faite, et qu'enveloppe une tendresse de douceur avouée.

Pour Mohammed d'abord, pour Abou Bekr à sa suite, l'expérience de l'amour conjugal — vécu sans doute en passion unique au cœur de la polygamie — n'est pas séparable de l'affection privilégiée éprouvée pour la fille devenue épouse d'un autre, mais en prolongement du souvenir du père...

Femme-épouse si jeune, séparée de l'époux par plus d'une génération — épouse à l'âme encore adolescente — et l'autre femme restée, malgré ses noces, fille préférée : s'entrecroisent en non-dit, en fantasmes, d'autres possibles, d'autres liens rêvés, chevauchant les âges, aurores et crépuscules des amours de toutes natures, les unes chastes, les autres sensuelles. Subsumant ce foisonnement affectif, le roc de l'amitié : entre hommes (Mohammed et Abou Bekr d'abord), également entre femmes (Fatima et Esma dont l'affection mutuelle est attestée par maints autres récits).

Pour ces deux hommes dont le destin s'accomplit dans son ampleur à quarante ans et au-delà, la mère, toutefois, est absente. Ce rôle, de nos jours surévalué dans le vécu masculin musulman, était quasiment évacué.

L'Islam, en son commencement, se contente d'adopter les valeurs de la maternité à travers Marie, mère de Jésus (chaste, lui, jusqu'à sa mort). Le thème de la maternité a été tellement glorifié, célébré à satiété durant les sept siècles chrétiens qui ont précédé, qu'il semble normal de le voir alors reculer.

Les femmes-épouses, les filles héritières se lèvent, elles, en cette aurore de l'Islam, dans une modernité neuve.

Esma pourrait n'être qu'une ombre dressée par deux fois, en des circonstances émouvantes, à la mort de Fatima, puis de Abou Bekr.

Il semble que rien ne nous soit livré d'autre, par discrétion, sur sa personne, sur son caractère. Comme si devait l'accompagner le seul murmure de l'eau lustrale qui coule de ses doigts à l'heure méditative de ces deux cérémonies austères où le cadavre s'allège, où les officiants ne peuvent répéter que le nom de Dieu...

Or, dans la scène de l'ultime désir du calife mourant, du moins dans le texte arabe [1] de Tabari, Esma intervient en style direct :

« Ibn Hamid nous a rapporté le fait que lui a rapporté ibn Nada', le tenant de Mohammed ben Abdallah, le tenant de 'Atta ibn Abou Malika :

Esma, fille de Omaïs, a dit :

« Abou Bekr m'avait demandé :

— Tu me laveras !

— Non, je ne le pourrai pas, ai-je répondu.

— Abderahmane, mon fils, dit Abou Bekr, t'aidera. Il versera l'eau ! »

La scène rapportée s'arrête, sans autre commentaire, mais elle nous dévoile, dans une présence vivace, le face-à-face des deux héros : Abou Bekr mourant, émettant un dernier désir ; sa femme qui, un court instant, se récuse. « Je ne peux pas » ou « Je ne le supporterai pas », a-t-elle dit. A-t-elle sursauté, a-t-elle soupiré ?

Esma elle-même, quand, cinq ou dix ans plus tard (la chaîne de succession ne livre pas les dates), a rapporté la scène à 'Atta fils de Abou Malika, évite de dire pourquoi elle a, un moment, refusé. Elle se tait par pudeur, ou par naturelle sobriété.

Entendre, tant de siècles après, le « non, je ne peux pas ! » (« Lla attik ! ») d'une Esma à demi défaillante devant l'époux agonisant, et encore amoureux, lui qui avoue ainsi sa préférence :

— C'est toi, semble-t-il dire, qui me laveras... La caresse de tes doigts. Le dernier contact humain sur mon corps. Toi, la seule à pouvoir être la purificatrice, la mort une fois présente, toi...

Il y a, dans ce récit du texte d'origine, en fait un double style direct, puisque c'est le souvenir même

1. La traduction française, celle que lit le public non arabisant depuis plus d'un siècle, est une traduction d'une traduction persane de Tabari... Pour ces « trous » de la version persane à propos de Esma, femme de Abou Bekr (comme sur d'autres femmes), il y a lieu de se demander s'ils sont là par hasard...

de Esma qui, bien après, reconstitue l'ultime dialogue conjugal : « Il m'a dit... J'ai dit... Il m'a répondu. » Devant cette scène privée, un rideau s'entrouvre par deux fois; nous entendons la voix des époux comme par effraction :

— Abou Bekr m'a dit : « Lave-moi! » ou « Tu me laveras! »

On ne sait si le désir du mourant ne tente de se masquer sous l'autorité de l'époux-calife. Qu'importe! A nous de revivre la charge émotive de la dénégation. Le « je ne le pourrai pas » de Esma signifie certes « je n'aurai pas la force physique de te laver, à moi seule »... Ne sont-ce pas les pleurs, la faiblesse due au chagrin qui enlèvent à la future veuve toute force? Sa voix défaille; à plus forte raison, quand Abou Bekr rendra le dernier soupir, ses mains, ses bras qui faibliront...

Or il insiste. Or il y tient. Cela est suggéré — poussée neutralisante de la langue qui laisse gonflé de secret l'arrière-plan, et par là la profondeur des cœurs — par Abou Bekr qui répond sobrement :

— Abderahmane, mon fils, t'aidera. Il versera l'eau!

La scène se clôt là; du moins, la mémoire de Esma, livrant plus tard ce témoignage au premier des transmetteurs, l'interrompt.

Adieux publics du premier calife : une autre scène est occultée par les traductions de Tabari. A nouveau, seul, le texte arabe d'origine devient levain de réalité revivifiée.

Abou Bekr, rapporte Tabari qui le tient de ibn Hamid, qui le tient de Yahia ibn Ouadhih (suivent cinq à six transmetteurs), Abou Bekr apparaît une dernière fois aux fidèles, avant de s'aliter définitivement. Il s'agit d'obtenir l'adhésion sans faille de ses proches pour le choix qu'il a fait de son successeur, Omar ibn el Khattab.

La scène est transmise, tel un tableau naïf, chargé d'une beauté étrange à cause d'un détail inattendu : Abou Bekr affaibli se présente devant tous; il est alors appuyé sur Esma, fille de Omaïs, « celle aux mains tatouées ».

— Acceptez-vous celui que je vous choisis comme successeur ? s'inquiète une dernière fois le calife.

Et tous, au nom qu'il répète de Omar, répondent avec une belle unanimité :

— Nous sommes d'accord ! disent-ils cette fois.

Sur cette scène des adieux publics, se conclut le problème crucial de la succession. Ainsi, Esma est appelée « celle aux mains tatouées ». Le rouge des mains, des paumes, des doigts à demi teintés, peut-être avec des fioritures, des dentelures ourlées de pourpre noirci... La voici ressuscitée, elle, Esma aux longues mains frêles. La couleur fauve de ses doigts concentre l'intensité de ces adieux, leur gravité.

Esma, présente, ne peut parler ; elle soutient le vicaire de l'Envoyé de Dieu qui va se coucher définitivement. Abou Bekr parvient au terme de sa charge. Une fois alité — sa maladie durera quinze jours —, il contemplera les mains tatouées de sa femme. Il éprouve alors un désir tout simple, un désir d'homme privé :

— Tu me laveras ! demande-t-il à Esma.

Esma a eu une première vie de femme, et ce avant d'épouser, en l'an 9 de l'hégire, Abou Bekr : une vie de jeune amoureuse, d'épouse voyageuse dans des pays lointains. En effet, au royaume du Négus d'Éthiopie, elle a vécu au moins douze années et, là-bas, elle a eu trois garçons.

Trois garçons de son premier mari, Djaffar ibn Abou Talib, le frère de Ali. Djaffar est le cousin germain du Prophète, celui « des gens de la famille » à ressembler physiquement le plus à Mohammed. « Par l'aspect extérieur et par l'aspect intérieur », a précisé le Prophète, le jour du retour d'émigration de Djaffar.

Alors, rapporte la chronique, Mohammed a embrassé entre les yeux son cousin qu'il appelait « frère », comme Ali. Jour de joie, après tant d'années d'absence, lorsque Djaffar, sa femme et la cinquantaine de Musulmans, revenus de cette première émigration, sont accueillis à Médine — ce jour précisément où Mohammed savoure la victoire de Khaibar.

Et le Prophète de s'exclamer :

— Aujourd'hui est jour de double joie pour moi ! Mais laquelle est la plus grande, est-ce celle du retour de Djaffar ou celle de la victoire de Khaibar ?

Derrière ce jeune cousin, quasiment de légende, semblant réunir tous les charmes — prestance, intelligence, éloquence et générosité —, se profile, heureuse épouse et mère comblée, Esma fille de Omaïs... Est-elle belle, ce n'est pas sûr ; mais elle est racée et d'une élégance d'âme rare.

A La Mecque, Esma, à peine nubile, a fréquenté la maison de sa sœur utérine, Oum Fadl, épouse de Abbas. Or Oum Fadl, deuxième femme à s'être islamisée après Khadidja, est une tante vraiment proche de Mohammed par l'affection et la confiance. Surtout après son veuvage, celui-ci va et vient chez Oum Fadl. Or Abbas, riche, a adopté Djaffar, le fils aîné de son frère, tandis que Mohammed, grâce à l'aisance de Khadidja, a fait de même avec Ali.

Esma, sous le toit de Oum Fadl, est remarquée par le jeune Djaffar. Le mariage qui se conclut a pu naître d'un amour silencieux entre les deux jeunes gens. Tout les réunit : une foi commune en Mohammed, la tendresse protectrice de Oum Fadl au foyer si chaleureux ; ils forment le premier jeune couple musulman à La Mecque. Des deux premières filles de Mohammed, Reggaya vient d'être répudiée par son cousin dont le père, Abou Lahab, se déclare farouche ennemi du Nabi ; Zeineb, par contre, est tendrement aimée de Abou el 'Aç, qui résiste aux pressions de sa famille, mais qui ne s'islamisera pas avant longtemps. Oum Fadl elle-même a comme époux Abbas, l'oncle de Mohammed, qui protège son neveu, mais ne conçoit nullement encore de passer dans son camp.

Esma, fille de Omaïs, en aimant et en épousant Djaffar ibn Abou Talib, cousin si proche du Prophète, célèbre donc les premières noces musulmanes.

Dans l'émigration vers l'Abyssinie que décide

Mohammed peu après, à la fois pour protéger ses adeptes les plus persécutés à La Mecque et pour s'assurer auprès du Négus chrétien un appui extérieur, Djaffar devient le premier ambassadeur du Prophète. Participent à ce voyage plusieurs Compagnons célèbres (Abderahmane ibn 'Auf, Saad ibn el Wattas, Othmann ibn Affan); également plusieurs couples dont justement Othmann et Reggaya, la si belle fille du Prophète récemment répudiée, Sawda et son premier mari, Oum Habiba et son premier mari — ces deux dernières épousant plus tard Mohammed.

Djaffar, le plus jeune, est choisi comme « l'émir » des Réfugiés auprès du Négus : grâce à ses qualités personnelles, en particulier à son éloquence si chaleureuse qui lui permettra d'exposer au Négus, dans un débat passionné, ce que dit le Coran sur Marie, sur Jésus. Djaffar, le premier, concilie deux religions du Livre, par le brillant et la sincérité de son art oratoire; ainsi, de ce don de conciliation, s'inspirera Esma plus tard, à Médine, quand les clans se mesureront, à peine Mohammed mort, sans encore s'affronter... Esma sur une passerelle, à l'endroit exact où la frontière, trop sensible, deviendra peu à peu fracture.

En Abyssinie, et dans l'ombre de Djaffar, elle assume son rôle d'ambassadrice; discrète, mais les yeux ouverts. Au centre de ce noyau d'Arabes transplantés, elle devient amie proche de Reggaya, des autres épouses de ces pionniers de l'Islam... Surtout, dans cette contrée combien plus civilisée que La Mecque, elle va être curieuse de tout : des églises si somptueusement peintes, des cérémonies et rites divers, des danses et des fêtes. Il semble qu'elle ait surtout étudié les pratiques de médecine traditionnelle; sans doute aussi les rites de la mort. Elle qu'on appellera, après son retour, « celle aux mains tatouées », comme si elle faisait dorénavant exception parmi les dames arabes. Elle à laquelle on fait appel quand Mohammed, durant son agonie, souffre tant...

Esma, revenue d'Abyssinie, apparaît, dans le cercle des aristocrates mecquoises réfugiées à Médine, comme une guérisseuse.

VOIX

Omar ibn el Khattab, entrant chez Hafça, sa fille, remarque, dans un cercle de visiteuses, une femme :

— Qui est cette femme ? questionne-t-il.

On lui rapporte que c'est Esma fille de Omaïs, récemment arrivée à Médine.

— Ô femme de la mer, l'interpelle-t-il, vous n'avez pas, comme nous, connu les difficultés et les épreuves de l'émigration avec le Messager de Dieu !... Vous n'avez pas souffert des angoisses à Ohod, vous...

La « femme de la mer » l'interrompit avec véhémence :

— Veux-tu dire que c'est pour notre plaisir que nous avons voyagé jusque chez le Négus ? Et si certains d'entre nous (Othmann et Reggaya, Abderahmane ibn 'Auf, Saad ibn el Wattas, Sawda devenue veuve) ont pu vous rejoindre, avant de participer avec vous à ces souffrances que tu décris — vous qui avez eu la chance de ne pas quitter le Messager ! —, crois-tu que nous sommes restés là-bas dans la joie et l'opulence ?... Ne sais-tu pas que c'était la volonté du Messager de Dieu et que nous maintenions là-bas, en pays des Infidèles, une position de l'Islam ?

Puis elle se leva, le visage rougi, et sans même vouloir jeter un regard sur Omar, elle déclara, tout haut, pour elle-même :

— Je fais le serment le plus solennel que je ne goûterai à aucun mets ni à aucune boisson, tant que je n'aurai pas raconté à l'Envoyé de Dieu ces paroles que je viens d'entendre, nous qui souffrions et qui étions en danger ! Je veux dire tout cela au Prophète et lui demanderai, sur cela, son avis !

Elle insista en effet le même jour pour voir en per-

sonne Mohammed — que le salut de Dieu soit sur lui, que sa clémence lui soit assurée.

— Ô Messager de Dieu, Omar ibn el Khattab a dit tout haut ce que certainement tant de Croyants, dans cette ville, pensent de nous. Ils ne nous considèrent pas vraiment au nombre des Migrants — puis avec un accent amer, elle termina — peut-être, après tout, comme de simples voyageurs !

Le Prophète, rapporta une affranchie — sans doute Barira, pourtant ce n'était pas le jour de Aïcha, plutôt celui de Oum Habiba, avec laquelle Esma, son amie, avait partagé le long séjour en Abyssinie —, le Prophète resta les yeux baissés, comme s'il souffrait de l'émoi si vif de l'épouse de Djaffar ibn Abou Talib.

— Rassure-toi, ô Oum Abdallah, Djaffar mon frère, toi, tous les Musulmans qui êtes revenus ce mois dernier parmi nous, il vous sera compté par Dieu deux Migrations : celle que vous avez faite les premiers, pour donner à l'Islam une force extérieure, celle que vous auriez pu faire avec nous de La Mecque à Médine, alors que vous avez continué à maintenir là-bas notre position !... Dieu est grand ; dans sa sagesse il sait tout. A ses yeux, je vous le dis, vous êtes deux fois Migrants !

La salle était pleine de femmes, attentives, dans la demeure de Oum Habiba. Celle-ci regarda en souriant son amie Esma : entourée de ses jeunes garçons, elle pleurait en silence.

Celle aux mains tatouées

Elle est venue à Médine, l'épouse de Djaffar, la mère de ses trois garçons qui se mêlent à leurs cousins germains Hassan et Hossein fils de Ali et de Fatima, ainsi qu'à Fadl et Abdallah, fils de Abbas.

Reste-t-elle pour autant « la femme de la mer »,

comme l'a surnommée si hâtivement Omar? Une telle appellation, parmi les marchands de Médine, les terriens, les guerriers artisans, semble auréoler cette femme de la vibration de toute aventure permanente. Comme si, dans le sillage de Esma, l'appel pour quelque départ est toujours là, prêt à la secouer, ou entraînant avec elle de nouveaux partants...

« Femmes de la mer » dans l'esprit de Omar, c'est comme si le mouvement imperceptible et infrangible que cela suppose ne pouvait, en elle et autour d'elle, se contrôler... Pourtant, son émoi, et même sa révolte intérieure, ce jour où, blessée par les paroles de Omar, elle demanda audience au Prophète, font exception dans sa biographie — éclairée à quelques moments clés par les chroniques.

Esma semble décidée et active, dès qu'il s'agit de soigner quelqu'un, de réconforter une femme affaiblie. Dans ses propres épreuves ou joies, elle apparaît figure haute, fière et réservée, avec une sorte d'orgueil de se maîtriser jusque dans la douleur — par instants, certes, vulnérable et l'avouant, comme ce « je ne le pourrai pas! » qui lui échappe devant le calife préparant sa mort.

Est-ce pour ce retrait-là, ce calme, qu'elle fut associée, hâtivement d'abord, aux circonstances mortuaires? Grâce à son maintien d'élégance, à sa science acquise chez les Abyssins, elle entre sur la scène médinoise, protégée d'une armure mystérieuse; en somme quelque peu magicienne. Magicienne et si fervente Musulmane — la seule, à nouveau, à subsumer les contradictions qui couvent, qui vont apparaître; la seule à les dépasser.

Frôlant à sa façon la frontière de la mort. Esma, la *hadh'aniya* — du nom de la tribu de son père, ce surnom revenant de temps à autre chez certains à son sujet pour souligner que, Mecquoise et doublement Migrante comme l'a décidé le Prophète, elle n'est toutefois pas femme quoraïchite...

Pour Esma, à Médine, la tragédie ne troue pas

encore son ciel de sérénité... Nous sommes en l'an 7 de l'hégire ; l'armistice de Hodeiba vient d'être signé avec les Mecquois. Les Migrants en profitent pour aller faire le petit pèlerinage — la *umra* — à la Ka'aba...

C'est alors, rapporte la Tradition, que Ali, presque au sortir de La Mecque, est interpellé par une fillette, Omaina, fille de Hamza, l'oncle de Mohammed, mort en 3 à Ohod. Omaina court vers celui qu'elle considère comme son oncle : elle veut aller avec lui, ne plus rester à La Mecque où sa mère s'est remariée. Ali, bouleversé, l'amène sur-le-champ à Fatima qui attend dans son palanquin. Les Musulmans retournent à Médine avec la petite orpheline, la fille du héros resté légendaire, Hamza « le lion de Dieu ».

Peu de temps après, Mohammed doit arbitrer une dispute entre Ali, Djaffar et Zeid ibn Haritha. Chacun des trois se considère comme le tuteur le plus habilité de la fillette. Le Prophète écoute les arguments de chacun, y compris ceux de Zeid qui avait été autrefois lié, par serment de fraternité, à Hamza. Zeid se sent chargé de veiller sur « la fille de son frère », comme Ali et Djaffar, sur « la fille de leur oncle le plus cher »... Or Mohammed tranche rapidement :

— L'enfant sera confiée à Djaffar car la femme de Djaffar est la sœur de sa mère !

Et il conclut par la formule qui restera efficiente dans ce cas de garde d'enfant contestée :

— La sœur de la mère est comme la mère !

L'incident se termine par un détail tout de charme : autour de Mohammed assis sous un arbre — il faisait paisiblement la sieste, quand le conflit entre les trois jeunes gens a éclaté —, Djaffar, soudain dressé, se met à danser devant les témoins interloqués.

— Que fais-tu donc là ? interroge Mohammed, amusé.

— Je fais comme les Éthiopiens autour de leur roi : ainsi saluent-ils quand le Négus rend la justice et que sa décision leur fait plaisir. Oui, heureux, comme eux, je danse !

La scène se clôt là. La fillette de Hamza rejoint la maison de Esma qui n'avait jusque-là que des garçons. Esma, relayant la satisfaction bondissante de Djaffar, enveloppe de tendresse tenace le désormais dicton, qui fera jurisprudence : « La sœur de la mère est comme la mère. »

Quelques mois après, la mort frappe. Il y aura tant de morts glorieuses, inoubliables, dans les parages de cette femme ! Cette première fois, c'est la mort de Djaffar qui survient, lui, le jeune époux tant aimé. Celui dont elle ne lavera pas le corps.

Djaffar meurt au combat, à Muta, une année environ après l'arrivée à Médine. Cette mort laisse dans la chronique mohammédienne un sillage légendaire, d'une phosphorescence que les anecdotes naïves ou compassées n'épuisent pas... Djaffar mort les mains coupées, ainsi le dépeint la légende aussitôt forgée à partir des visions et des songes du Prophète, volant comme un ange dont seuls les talons seraient tachés de sang...

A l'instant même du combat — alors qu'il faudra trois jours au messager de Muta pour apporter la nouvelle à Médine —, Mohammed aurait vu, le voile de la distance se déchirant miraculeusement devant lui, le déroulement, dans toutes ses péripéties, de l'engagement. Il aurait vu « en direct » Djaffar et son affranchi et fils adoptif Zeid ibn Haritha tomber l'un après l'autre. Il aurait décrit le spectacle à son groupe de familiers, demandant ensuite le silence pour que les familles ne l'apprennent que plus tard.

Après le merveilleux, le légendaire ; maintes traditions relatent les détails du dernier combat de Djaffar : il descend de cheval, il coupe, d'un mouvement de son sabre, les jarrets de la bête — premier héros arabe à inaugurer cette ultime décision de se préparer irréversiblement au martyre. Il tient le drapeau de l'Islam de la main gauche, celle-ci est coupée mais sa main droite reprend l'étendard. La seconde main est tranchée : il continue encore à avancer, il donne l'impression de voler ! — La légende s'empare du guerrier bondissant : Satan l'aurait approché à ce moment pour lui rappeler les beautés de la vie, ses séductions. Djaffar aurait ironisé : « Maintenant que la foi s'enracine dans le cœur des fidèles, pourquoi serais-je tenté de faire demi-tour et retrouver les vivants ? » Et Djaffar s'enfonce au cœur de la mêlée ennemie.

Après la légende, simplement l'héroïsme : tandis que Djaffar affronte, mains coupées, le cercle ennemi, sa poitrine ayant reçu près de soixante coups de lance et d'épée, quelqu'un réussit, par un énorme coup sur la tête de Djaffar, à lui couper le corps en deux : une moitié tombe à côté d'un figuier en un lieu appelé el-Bekaa, l'autre partie du corps s'affaisse sur la route encombrée de blessés...

Ce même jour de Muta, Zeid ibn Haritha mourut avant Djaffar; Abdallah ibn Rawal fut tué le troisième. Le quatrième à prendre la direction des combattants musulmans fut Khalid ibn el Walid et Dieu lui donna, enfin, la victoire.

Première victoire de Khalid suivie par tant d'autres !

Mort de Djaffar éclairée tel un spectacle pieux dans ses précisions et nuances, étincelant de l'or inaltérable du merveilleux : Esma aura tout loisir de se repaître, de se consoler, de cette beauté qui culmine... Mohammed, après s'être recueilli, évoqua Djaffar en disant doucement :

— Ne pleurez pas mon frère à partir de ce jour — puis, après un silence : Amenez-moi donc les enfants de mon frère !

Les trois garçonnets, Mohammed, Abdallah et 'Aun, lui sont amenés : un peu contraints, intimidés sous les regards et ne comprenant pas.

— Ils sont comme des poussins ! murmura un témoin, dans la foule.

Le Prophète les embrassa l'un après l'autre.

— Allez chercher un coiffeur pour eux !

Le coiffeur vint et leur coupa les cheveux. Le Messager autour d'eux s'appliquait à leur faire retrouver leur naturel. Il caresse le petit Mohammed et remarque :

— Le petit Mohammed ressemble à notre oncle Abou Talib !

Le garçon sourit, ayant sans doute l'habitude d'entendre évoquer sa ressemblance avec le grand-père paternel. Mohammed, entre les deux aînés, se tourne vers Abdallah. Le coiffeur vient de finir son travail.

— Quant à Abdallah, ajoute le Prophète, il me ressemble, tout comme son père : il aura mon apparence et ma personnalité !

Un homme, dans le groupe des témoins émus, émit un souhait désespéré :

— Que Djaffar soit bienheureux !

Mohammed leva alors la main vers le ciel et répéta par trois fois :

— Ô Dieu, remplace Djaffar par ses fils et bénis Abdallah dans tout ce qu'il entreprendra, de sa main !

Par trois fois la prière, en vers scandés, monta majestueuse, si bien que le tout dernier s'agita, comme prêt à pleurer. « C'est alors qu'arriva notre mère ! » se souviendra Abdallah ibn Djaffar, lui qui, vingt ans plus tard, laissera en Égypte, trace historique. Transmettant la scène, il ajoutera :

— Alors le Prophète lui parla de notre orphelinat !

Elle est arrivée à cet instant précis, Esma fille de Omaïs. Longue, mince, dans des voiles mauves d'un lin presque transparent, une coiffe de couleur écrue et aux franges violettes brillant sur ses cheveux... Elle ne dit rien, les mains tendues. Tandis que, derrière elle, la maison, pleine de ses sœurs, de ses amies, de ses servantes, tangue des premières lamentations, elle n'a, elle, ni un sursaut, ni un sanglot.

— Mes fils, je veux voir mes trois fils !

Elle est sortie de sa maison éloignant d'elle toute accompagnatrice. A peine a-t-elle eu un sourire tiré vers Omaina, la fille de Hamza, qui ne veut pas la lâcher.

Elle s'avance jusque devant la maison du Prophète. Les hommes ouvrent, devant elle, un sillon. Elle se retrouve droite, pâle, ses mains tatouées paumes ouvertes au-devant, comme si elle venait elle-même offrir sa douleur muette, oui, elle se retrouve devant le Messager veillant sur ses trois fils.

Le coiffeur vient à peine de nettoyer, à leurs pieds, toutes les touffes brunes. Il s'éclipse. A moins d'un mètre du Prophète, mais placée maintenant entre le petit 'Aun et Abdallah, Esma attend. « A quoi bon, pense-t-elle, me redire la nouvelle ? Ainsi, il est vraiment mort ! »

Et Mohammed parle : de Djaffar aux mains coupées, au corps tranché en deux, aux quatre-vingt-dix blessures dénombrées pour finir, de Djaffar qu'il a vu cette nuit volant au paradis, tel un ange dont les ailes étaient ornées de perles, et dont seuls les talons s'égouttaient du sang martyr.

Esma écoute, chaque main posée sur un garçon ; le troisième, 'Aun, accroché à sa robe, geint doucement.

— Tes enfants sont mes enfants ! reprit le Prophète. Je suis leur garant et leur protecteur dans ce monde et dans l'autre !

Puis il conclut un peu plus haut, car plusieurs témoins l'entendirent (mais c'est Esma, transmettrice qui évoqua ses paroles plus tard) :

— Réjouis-toi trois jours à partir de maintenant de ce que Djaffar est au Paradis. Puis, après ces trois jours, fais ce que tu veux !

Un an ou un an et demi plus tard. Esma, veuve de Djaffar, est demandée en mariage par Abou Bekr. Celui-ci, depuis son arrivée à Médine, a vécu avec une seule épouse, Oum Rouman, la mère de Aïcha.

Esma a dû consulter ses sœurs, Oum Fadl et la dernière épouse du Prophète, Maïmouna. Elle a dû en parler avec Fatima, sa plus proche amie, et sans doute prendre l'avis de Ali qui veille sur ses trois neveux, ainsi que sur Omaina, la fille de Hamza.

Hormis le Prophète et Ali, Abou Bekr est l'homme

le plus en vue de Médine, autant par sa piété que par sa douceur. Comme épouse, Esma aura estime et protection les plus hautes. Elle accepte ces épousailles.

A cette date, Abou Bekr est âgé d'environ cinquante-huit ans ; presque le double de l'âge de Djaffar à sa mort.

L'année suivante — en l'an 10 de l'hégire — est décidé par Mohammed le pèlerinage à La Mecque. Y participeront presque toutes les femmes du Prophète, et quasiment tous ses compagnons ; parmi les 'Ançars médinois, également le carré des fidèles.

Esma fille de Omaïs, épouse de Abou Bekr, tient à y aller avec ses trois fils et Omaina. Pourtant elle est enceinte ; elle s'est beaucoup alourdie car son terme approche. Quelque amie a dû la mettre en garde contre la fatigue en ce mois de hijja. Supportera-t-elle le trajet sur le dos d'une chamelle, et les rites, pendant cinq jours, du pèlerinage ? Abou Bekr a dû s'inquiéter pour elle...

— Comment me priver de la joie de voir le Messager à la Ka'aba ? Comment ne pourrai-je pas, à sa suite, m'acquitter du dernier commandement qui m'incombe comme Croyante ? a-t-elle répliqué.

Abou Bekr, touché par son insistance, accepte de l'emmener.

Durant le trajet de Médine à La Mecque — plusieurs dizaines de milliers de pèlerins s'écoulant lentement —, il ne quitta pas des yeux la monture de Esma fille de Omaïs.

Arrivée à La Mecque, la colonne de pèlerins — Mohadjirrins et 'Ançars — se mêla à l'imposante foule des Mecquois qui les attendaient et tenaient à observer, pour la première fois avec Mohammed et ses fidèles de la première heure, les prescriptions du Grand Pèlerinage. Le lendemain, tous, hommes et femmes, se mirent en état d'*ihram*. A partir de cet instant, Esma, surveillée de loin par son époux inquiet, fut prise en charge par un groupe de quatre femmes mecquoises, des parentes.

Ces jours du pèlerinage allaient se révéler inoubliables... Cependant, dès le deuxième jour, le bruit se répandit parmi les dames migrantes et les épouses du Prophète que Esma fille de Omaïs avait ses premières douleurs. La fatigue du voyage, la pression et l'émotion collectives favorisaient la précocité du terme. Abou Bekr, alerté, arriva. Son visage crispé décelait son inquiétude. Aïcha, sa fille, se porta à sa rencontre :

— Sois tranquille, père ! Tout se passera bien !

Puis, émue de l'émotion paternelle, elle récita le verset :

« *Ô vous qui croyez !*
Demandez l'aide de la patience et de la prière,
Dieu est avec ceux qui sont patients ! »

L'on sut très vite — parmi les femmes du Prophète et parmi les sœurs de la parturiente — que Mohammed, mis au courant, recommanda à son ami :

— Écarte Esma fille de Omaïs du groupe des pèlerins ! Mais, à peine aura-t-elle accouché, même si elle ne revient pas parmi nous, fais-lui savoir que son pèlerinage lui sera compté !

Peu après, la nouvelle se répandit que Abou Bekr venait d'avoir, dans ces circonstances exceptionnelles, un fils qu'il prénomma Mohammed. Mohammed ibn Abou Bekr, quatrième fils de Esma, deviendra, plus encore que son demi-frère Abdallah ibn Djaffar, un personnage historique, vingt-cinq années plus tard.

Pour lors, à La Mecque et avant que Mohammed ne termine ces cérémonies par une longue et inoubliable harangue — si bien que Abou Bekr, déjà ému par la naissance de son fils, sera encore plus bouleversé par la gravité du Prophète parlant à tous, en fait parlant à tous pour la dernière fois comme Prophète, son futur vicaire le devinant —, Esma fille de Omaïs, alitée, est soignée tendrement par quelques-unes des Mecquoises et des Migrantes de Médine.

L'histoire de cette aube musulmane s'accélère, en cette dixième année de l'hégire qui s'achève. La onzième année commence à peine que le Prophète s'alite. C'est sa dernière maladie.

Esma, fille de Omaïs, est appelée au chevet du Messager. Elle, la guérisseuse. Elle qui s'est remise si vite de son accouchement.

Dans la chambre de Aïcha, Esma prescrit une huile dont la préparation est faite sous sa surveillance. Quand Mohammed perd conscience, elle lui fait administrer quelques gouttes du breuvage. Mais le Prophète se réveille. Il fait reproche à ses femmes du désagrément qu'il a eu en avalant cette potion. Certaines de ses épouses, malgré ces reproches, sont heureuses de le voir revenir à lui.

— Peut-être enfin va-t-il guérir ! murmure Safya et, dans un élan, elle ajoute en direction de son époux qui souffre : Ô Messager de Dieu, comme je voudrais que Dieu me donne à ta place toutes tes souffrances ! Au moins que tu puisses en être soulagé !

Même en cet instant de tension, certaines des co-épouses se regardent ironiquement, et Aïcha, d'un air pincé, « ainsi, pense-t-elle, Safya restera toujours la doucereuse, elle qui veut se distinguer de nous pour... »

Mohammed, ému de l'émotion de Safya, la remercie. Et c'est Esma, seule, qui prend par les épaules Safya tremblante. « Oui, elle est sincère, elle veut vraiment souffrir à la place de notre Prophète ! » se dit Esma qui entreprend d'être, auprès de Safya, la consolatrice.

Le Messager est mort. Oum Aymann — elle qui a été veuve de Zeid ibn Haritha le jour même du veuvage de Esma —, Oum Aymann, la seule à pleurer doucement, déclare, dans la chambre encombrée de femmes bouleversées :

— Moi, je ne pleure pas le départ de l'Aimé ! Non. Je pleure parce que la Parole ne descendra pas parmi nous !... Je...

Esma, assise près de Oum Aymann, tout en tenant son bébé de trois mois sur ses genoux, console l'ancienne affranchie de Mohammed. Puis, fascinée par le début de l'improvisation lyrique de Fatima, Esma va se taire. Va regarder. Va prier. Que devenir, que faire ?

Son époux, d'une voix calme, a répété :

— Ô Croyants, Mohammed est mort ! L'Islam n'est pas mort !

Esma retourne à ses quatre garçons. Elle priera cette nuit sans pouvoir dormir une minute... « Trois jours, tu manifesteras ta joie, avait recommandé Mohammed en évoquant Djaffar, et après tu feras ce que tu voudras ! »

« Que fera Fatima, après trois jours ? » pense, alarmée, Esma fille d'Omaïs.

Elle attend la première nuit, puis la seconde, puis la troisième, Abou Bekr qui n'a pas quitté, avec quelques Compagnons (Omar ibn el Khattab, Obeidallah ibn el Jerrah, Abderahmane ibn 'Auf), le vestibule des Beni Sa'ad. Il parlemente avec les 'Ançars divisés.

« Eux tous là-bas, songe Esma qui se remet à méditer, mais pas Ali, mais pas Zubeir, mais pas Talha... »

Et parce que son âme est angoissée, parce qu'elle pressent l'orage, elle se remet à prier, ses garçons dormant à ses pieds.

Chaque jour, ensuite, Esma est entrée chez Fatima. Elle s'est assise. Elle n'a pas parlé. Elle a écouté Fatima qui quelquefois vitupérait, oubliant tout à fait que son amie la plus proche est l'épouse du calife.

Chaque nuit, ou du moins une nuit sur trois, Esma veille sur le sommeil de Abou Bekr. Abou Bekr entre plus d'une fois en larmes : soucieux. Ne pouvant dormir. Incapable d'oublier les harangues de Fatima, la colère de Fatima, la révolte de Fatima.

Abou Bekr pose question sur question à Esma. Esma qui se tait. Esma qui sait être épouse tendre, épouse proche, et consolatrice par ses mains, par ses soins, et jusque par ses caresses. Puis qui se lève. Et qui prie.

Abou Bekr, peu à peu, ne peut vraiment dormir que chez « celle aux mains tatouées ». Pas chez Oum Rouman, qui rapporte les paroles de Aïcha et des femmes de « leur clan ». Oum Rouman qui a décidé de ne pas parler de la fille de Prophète... Abou Bekr ne peut dormir chez sa jeune épouse médinoise; celle-ci a voulu rester près de la maison de son père, là-haut, assez loin de la ville. Abou Bekr s'imagine que, quittant le centre de Médine même pour une nuit, il quitte certes le lieu de ses soucis; or, par suite de cet éloignement, accompagné du silence intimidé de l'épouse médinoise (elle a quinze ans à peine), il ne connaît qu'une insomnie plus vide, plus longue.

Abou Bekr ne peut dormir que chez Esma fille de Omaïs.

Les semaines ont passé. Le bruit s'est répandu assez vite : la fille aimée du Prophète est vraiment très malade. Et l'on se souvient de ce qu'a rapporté Aïcha, mère des Croyants, qui a surpris une fois le dialogue entre le Père et sa fille.

Cela va se vérifier. Mohammed avait dit à Fatima :

— De tous mes proches, c'est toi la première qui me rejoindras, quand je mourrai !

Et Fatima avait ri.

Ainsi, elle va mourir, elle qui, tous ces mois, a dit non à tous, à tous les hommes de pouvoir de Médine : au calife, à Omar, à eux tous... Elle va rejoindre son père; elle va, auprès de lui, amener les éléments de sa véhémente contestation !

Esma, comme chaque jour depuis des mois, ne quitte presque plus Fatima... Un matin, celle-ci, le visage apaisé et presque détendu, a fait appeler Esma fille de Omaïs.

— Ô Mère ! s'exclame Fatima, au visage rosi par la forte fièvre, croyant parler, non à une amie de son âge, mais à Khadidja ressuscitée ! Aide-moi à me laver aujourd'hui, à me parer ! Je voudrais être belle ! Je suis si heureuse... Légère enfin.

Esma, maîtrisant son bouleversement devant l'heure qui approche pour la Fille aimée, la Fille aimée qui se sent soudain si inexplicablement femme, Esma aide Fatima à se lever... Elles vont ensemble, les heures qui suivent, s'absorber dans les préparatifs : l'eau que les servantes amènent, affairées, par bidons successifs, les onguents que Esma est la seule à savoir préparer selon la science raffinée des Éthiopiennes. Fatima, si austère et si habituée à sa pauvreté qu'elle ne la voyait plus, Fatima se rappelle avoir gardé une parure depuis des années : une offrande dont l'origine la tient arrêtée, absente (tissus et parfums que Mohammed, un jour, lui avait apportés en souriant) et qu'elle avait tenue à l'abri, ne se voyant pas alors, même un jour, embellie...

Fatima raconte cela à Esma, par mots brefs, entrecoupés de secondes rêveuses. Esma, les mains actives, s'affaire autour de Fatima, la soutient, lui essuie doucement les cheveux, les épaules. Puis elle l'habille : Fatima, amaigrie, lui semble si faible qu'elle est vraiment, en ces minutes, la mère. Elle, Esma.

Esma qui se souvient de Reggaya, qu'elle n'a vue ni malade, ni morte ; Esma qui a appris à la fois, lors de son retour à Médine, la mort successive de deux sœurs de Fatima... Elle a tout reporté sur Fatima : les souvenirs des rires d'autrefois, la complicité tendre des amies en exil. Fatima lui a donné en retour, dans cet échange d'affection, quelque chose de propre à elle, une gravité frémissante, une sensibilité tendue tel un arc prêt à crever l'azur...

Voici Fatima parée telle une jeune mariée ! Les deux amies se mettent à évoquer joyeusement tant de jours passés : fillettes ensemble à La Mecque, leurs jeux précoces, une errance commune dans les rues jusqu'aux collines au loin, puis la séparation... puis... Fatima, volubile, parle des mortes — « elles sont là, dit-elle sereinement, je les sens avec moi, dans cette chambre ! » : Khadidja qui n'est jamais venue à Médine, Zeineb portant à la main ce collier de cornalines qu'elle a donné après Bedr, pour racheter son époux tant aimé, Oum Keltoum silencieuse et toujours en retrait !

Oui, Fatima parle gaiement du passé récent : il semble à Esma que la chambre est peuplée de toute la famille du Messager, de toutes les femmes qu'il a aimées, qu'il a vues s'évanouir de son vivant... Fatima manifeste une vivacité inépuisable.

Puis, rêveuse :

— Et mes filles, Esma ?

Esma tend ses mains tatouées vers la malade :

— Zeineb et Oum Keltoum sont mes filles aussi, tu le sais !

Et elle ne peut continuer. Sa voix va s'étouffer de larmes. Il ne faut pas que Fatima les entende.

Esma est restée au chevet de Fatima, quand celle-ci a tenu à recevoir la délégation de femmes médinoises qui venaient s'informer.

Fatima a dit une dernière fois, en mots âcres, en phrases acérées comme des épées, son éloignement des hommes d'aujourd'hui à Médine. Fatima a exprimé son allégement, sa joie réelle de quitter ce monde.

Esma a écouté. Esma a raccompagné les visiteuses bouleversées. Esma n'a plus quitté Fatima, jour et nuit. Seulement, lorsque Ali se présentait et entrait chaque soir pour veiller la malade, Esma fille de Omaïs se retirait dans une pièce à côté. Regroupait autour d'elle les filles de Fatima ainsi que Omaina, fille de Hamza, qui suivait partout sa tante.

Trois jours et trois nuits, Esma n'a pas rejoint sa demeure, même lorsque le calife devait venir y dormir. Fatima, ses recommandations faites à Esma, mourut un jour du mois de ramadhan, l'année 11 de l'hégire.

A la demande de Ali, ce fut Esma fille de Omaïs qui lava le corps de Fatima. Une fois la toilette terminée, Fatima fut allongée sur son lit, dans sa chambre.

L'enterrement aurait lieu la nuit : Ali, son oncle Abbas et son cousin Fadl attendaient de descendre le corps dans la fosse...

Pour l'instant, dans la chambre mortuaire, veillent les femmes de la famille : Oum Fadl, l'épouse de Abbas, Oum Aymann, la veuve de Zeid, les tantes paternelles de Mohammed, ainsi que les deux sœurs de Ali et sa mère... Esma, accroupie, tient près d'elle Zeineb et Oum Keltoum filles de la morte, ainsi que leur cousine Omaina. Soudain, elle se dresse ; durcie, semble-t-il aux assistantes.

Esma va à la porte dont elle rabat le rideau ; elle passe dans le vestibule. C'est là qu'on l'entend dire assez haut, puis répéter par deux fois :

— Non, ce n'est pas possible de la voir !

Et l'on entend, un peu plus bas, encore :

— Non, ce n'est pas possible !

Un silence lourd s'abat sur l'assistance. En effet, en réponse à cette interdiction, s'élève la voix vibrante, mais de contrariété, de Aïcha, mère des Croyants, qui, en compagnie de sa sœur Esma fille de Abou Bekr, et de ses jeunes nièces, se présentait la première pour voir, une dernière fois, la morte.

Le bruit se répand assez vite, dans les maisons de Médine, que Esma fille de Omaïs a empêché la mère des Croyants d'entrer dans la maison de Fatima.

Aïcha, de ce pas, alla trouver son père qui, justement, n'avait pas quitté la maison de son épouse Esma.

Du dialogue entre le père et la fille — la fille aimée elle aussi —, il ne filtra rien. Puis Aïcha, suivie du même cortège, rejoignit sa maison dont elle ne sortit pas, une semaine durant.

Après l'inhumation de Fatima, Esma fille de Omaïs rejoignit enfin sa demeure. Oum Fadl et sa jeune sœur Leïla l'accompagnèrent. Celles-ci partirent quand le calife arriva.

Le lendemain, après la prière de l'aube, une fois revenu de la mosquée, Abou Bekr, pour la troisième fois consécutive, retourna chez Esma.

Il posa une seule question, dans le silence de la chambre :

— Aïcha, ma fille, est venue se plaindre de n'avoir pas pu contempler une dernière fois la fille du Prophète — que le salut soit sur elle et que Dieu lui soit miséricordieux !

Il dit cela à la fois comme une question et comme une remarque attristée qui pouvait ne pas susciter réponse. Esma, accroupie, le visage pâli par la fatigue de ces derniers jours, un bandeau rouge serrant son front, les mains posées à son habitude paumes ouvertes, Esma, la petite Omaina à ses côtés (celle-ci sans doute devenant plus tard, de ce dialogue, la transmettrice), finit par répondre d'une voix lasse :

— Ô Émir des Croyants, je n'ai fait que respecter la dernière promesse que Fatima m'a demandé de lui faire, avant de mourir : elle désirait que sa porte demeurât fermée, que personne ne vienne la voir morte, personne excepté ses filles, moi-même, Oum Fadl et les femmes de sa maison !

Abou Bekr resta debout, bras ballants, son visage pâlissant et il luttait, cette fois, pour ne pas laisser jaillir ses larmes.

— Comme nous aurions voulu être, nous tous, de la maison de Fatima ! soupira-t-il.

Il demeurait là, ne sachant que faire de cette peine ainsi ravivée, de ce chancre. Omaina s'était éclipsée furtivement. Esma, vive, réveillée devant ce visage d'homme ravagé, se dressa et elle s'élança presque vers son mari dont l'aveuglait, soudain, la blessure inguérissable.

Elle l'étreignit, maternelle, amoureuse, affectueuse ; elle ne saura jamais plus tard comment se définir : elle, se consacrant les jours précédents à Fatima, mais se sentant pourtant solidaire aussi de cet homme bon qui l'aimait.

Maintenant le premier calife va mourir. Esma « laveuse des morts » ou « femme de la mer », Esma « celle aux mains tatouées », se maintient sur une frontière invisible pour lors, frontière qui se creusera, s'approfondira, amènera progressivement dissension, puis violence à Médine.

Esma le prévoit obscurément. Esma la guérisseuse

qui lave les morts quand il ne reste rien d'autre. Rien d'autre que les prières, pour se présenter à Dieu. « Nous appartenons à Lui et nous retournons à Lui ! »

Esma n'a pas terminé sa vie. A trente-deux, ou trente-trois ans, elle a déjà eu deux vies : l'une mobile, aventureuse, longue et riche (et Djaffar semble danser encore, comme il l'a fait une fois à Médine, autour du Prophète, comme il le fera aussi dans la lumière blanche de la mort, en pleine mêlée du combat de Muta !) ; la seconde vie de Esma s'est déroulée plus brève, auréolée par les dialogues avec le Prophète et avec Fatima, vie dense et grave, vie de joie et de noblesse intérieure, de déchirements aussi, que Esma revoit tout en se recueillant devant le calife qui, maintenant, agonise. Esma, témoin silencieuse des prodromes de la future dissension ; silencieuse aussi quand Abou Bekr, préoccupé, a fini par obtenir consensus sur sa succession. Abou Bekr appuyé sur elle, touchant de ses mains les mains tatouées de l'épouse préférée.

Esma au milieu de sa vie. Comme tant d'héroïnes de cette aube islamique, à peine veuve, après le délai légal (quatre mois et dix jours), elle se remariera : choisie ou choisissant.

Esma commencera bientôt sa troisième vie ; elle épouse en effet Ali, le veuf de Fatima qui a déjà pris deux femmes légitimes.

Esma va s'occuper de Zeineb et de Oum Keltoum, les filles de Fatima. Elle accouchera d'autres fils, fils de Ali ; elle donnera des frères aux trois garçons de Djaffar ibn Abou Talib, ainsi qu'à Mohammed, fils de Abou Bekr.

Quatre ou cinq années plus tard, dans la maison de Esma, les deux premiers fils de Djaffar se disputent avec leur frère Mohammed fils d'Abou Bekr. Chacun argue de la plus grande noblesse de son père respectif, Djaffar, le martyr de Muta pour les uns, Abou Bekr le premier calife pour l'autre.

Ali se tourne vers Esma son épouse et lui demande :

— Départage-les pour ramener la paix ! C'est ton devoir de mère !

Et il attend. Ali, c'est connu, est réputé également pour sa susceptibilité d'homme.

— Votre père, dit Esma aux fils de Djaffar, était le meilleur parmi les jeunes gens arabes ! Ton père, ajoute-t-elle à Mohammed, était de loin le meilleur parmi les hommes mûrs du peuple arabe !

Ali écoute sa femme. Elle tient, dans ses bras, le deuxième de ses derniers fils, un bébé certes, mais un fils de Ali qui, plus tard, pourra à son tour réveiller la puérile concurrence.

— Tu ne nous as rien laissé à nous ! s'exclame Ali et, un sourire sur les lèvres, il attend, interrogatif.

Ainsi Esma — qui commence son troisième destin, et presque certainement son troisième bonheur — regarde Ali, interloquée d'abord, puis amusée et attendrie. Ses lèvres esquissent un sourire, un sourire secret qu'elle referme ; puis, quelque peu taquine, elle finit par dire — la tendresse de sa voix contredisant ses paroles :

— Ô Dieu, voudrais-tu nous astreindre à une comparaison entre vous trois ? Ne sais-tu donc pas qu'entre vous trois, c'est naturellement toi le choix moindre ?

Et elle sourit, énigmatique.

— Je t'en aurais voulu si tu avais dit autre chose ! répond Ali ibn Abou Talib, dont l'attachement passionné pour son frère Djaffar est connu, ainsi que son respect pour le premier calife...

Ali l'a deviné, sans qu'il y ait besoin d'aveu : pour Esma dorénavant, après l'amour-passion de sa jeunesse pour « le meilleur des jeunes gens arabes », après l'union réconfortante avec « le meilleur des hommes mûrs », sa troisième vie — son troisième choix, car c'est évident Esma, cette fois, a choisi — va lui assurer, sur les trente années suivantes, l'aventure la plus tumultueuse jusqu'à la tragédie — en somme l'amour le plus riche.

Esma, « celle aux mains tatouées » : laissons-la, pour l'instant, au milieu du chemin.

Tabari rapporte, parmi de multiples détails concernant Ali, ce que celui-ci, sans doute à un âge avancé, aurait déclaré sur les femmes, dans une conversation grave entre amis :

— Combien nombreuses sont les femmes, soupira Ali, qui sont incapables de contrôler l'effervescence de leur sexualité ! — et le ton sévère avec lequel il fit cette remarque quelque peu désabusée semble confirmer ici la réputation de misogynie qu'on a pu lui prêter, plus ou moins hâtivement.

Mais, sitôt cette remarque faite — lui qui, comme la plupart de ses contemporains de son rang, à Médine, eut nombre permis d'épouses légitimes, ainsi que de multiples concubines esclaves et affranchies — Ali ajouta, dans un abandon, mais sous l'impulsion également d'un désir de vérité scrupuleuse :

— En ce domaine, rectifia-t-il, pour ma part, au moins, je n'ai été sûr que d'une femme : Esma fille de Omaïs.

Esma l'amoureuse. Esma à la vie pleine qui goûta trois vies de femme et qui, dans chacune, fut vraiment femme.

POINT D'ORGUE

À Médine, ce lundi 14 du mois de djoumada second, l'an 13 de l'hégire (23 août 634)

Il agonise, le calife du Messager de Dieu, le fils de Abou Quohaifa ; il s'apprête à mourir.

Il a demandé à sa fille Aïcha d'être transporté depuis sa maison située dans le quartier éloigné de Samah, à sa chambre à elle, puisque c'est là qu'est mort, il y a à peine plus de deux ans, Mohammed — que le salut de Dieu et que sa miséricorde lui soient assurés !

Il a également souhaité qu'après sa mort — de même qu'il avait recommandé d'être lavé par Esma fille de Omaïs, son épouse, aidée en cela par Abderahmane ibn Abou Bekr — il soit inhumé tout près de la tombe du Prophète ; donc, dans la chambre même de Aïcha, mère des Croyants, sur le côté.

Il a toutefois spécifié : « Que ma tête n'arrive qu'au niveau des épaules du Messager ! » Et bientôt, celui qui creusera la fosse n'aura que cette ultime recommandation dans l'esprit, vœu de respect et de piété ultime.

Il agonise, le califat du Messager de Dieu, le fils de Abou Quohaifa, ce lundi du mois de djoumada second, de l'année treize de l'hégire.

Certains transmetteurs affirment que son dernier

jour fut non un lundi, mais un mardi, le quinzième jour du mois.

Othmann ibn Yahia a rapporté que Othmann el Karlassani a rapporté que Sofian ibn Aïna a rapporté que Ismaël a rapporté que Quais a témoigné :

— J'ai vu, ce jour-là, Omar ibn el Khattab assis avec, autour de lui, de nombreux gens de Médine. Il portait à la main une branche de palmier et il déclarait : « Ô Croyants, vous devez écouter et obéir aux paroles du calife du Prophète. Le calife a décidé que je suis le plus apte pour vous guider et pour vous conseiller ! »

Se tenait près de lui — c'est toujours Quais, témoin, qui rapporte — un affranchi d'Abou Bekr, un nommé Chaddid. Et Chaddid avait à la main le décret sur lequel était écrite la désignation d'Omar ibn el Khattab comme successeur.

Ainsi, dans ce même lieu où, vingt-sept mois auparavant, Mohammed, Messager de Dieu est mort, le califat de l'Envoyé de Dieu a fait rédiger ses volontés. Il a convoqué Othmann ibn Affan ; celui-ci est entré dans la chambre pour un tête-à-tête et Abou Bekr, très affaibli, a commencé :

— Écris, ô Othmann : « Au nom de Dieu le Clément, le Miséricordieux, voici ce que Abou Bekr, fils de Abou Quohaifa, confie aux Musulmans. »

Soudain, l'Émir des Croyants s'évanouit. Aïcha, mère des Croyants, et Esma fille de Omaïs attendaient à la porte. Pourtant Othmann ne les fait pas appeler ; non. Il ne se lève pas pour porter secours, pour donner à boire au malade ; non. Son cœur est saisi d'épouvante devant l'histoire qui va se répéter, devant le drame — houles de la succession — qui va réapparaître. Redisant seulement en lui-même « au nom de Dieu le Clément, le Miséricordieux », il laisse sa main courir, nerveuse, sur le parchemin : « J'ai désigné Omar ibn el Khattab pour vous commander. Je l'ai désigné car je n'ai pas trouvé meilleur que lui. »

Un long soupir : Abou Bekr ouvre les yeux ; il revient à lui. Othmann, bouleversé, quitte sa place, se retrouve accroupi devant la couche du calife :

— Dieu est grand ! murmure-t-il.

Abou Bekr reprend une respiration régulière ; il sourit faiblement à Othmann qui a gardé la feuille à la main, alors que le kalam est tombé sur le sol :

— Relis-moi ce que tu as écrit, ô Othmann !

Othmann, revenu à sa place, relit la première phrase dictée par Abou Bekr, puis la seconde que d'emblée il a ajoutée. Un silence s'établit entre les deux hommes ; il dure et une petite toux de femme se fait entendre derrière le rideau du vestibule : c'est Aïcha qui s'impatiente, qui écoute le dialogue, ou simplement s'alarme pour l'état de son père.

Abou Bekr, enfin, trouvant la force de se soulever sur le coude, dit d'une voix un peu plus sûre :

— Je constate, ô Othmann, que tu as eu peur que les gens ne se mettent pas d'accord autour d'un seul chef, si Dieu avait voulu que je meure là, devant toi, au cours de cet évanouissement !

— Certes oui, je l'ai craint ! avoue Othmann ibn Affan, le kalam de nouveau à la main.

— Que Dieu te remercie de ce que tu fais pour l'Islam et pour les Musulmans ! conclut Abou Bekr.

Puis il demande à son ami de parapher le décret.

Cette scène n'est pas rapportée par les mêmes transmetteurs que la scène précédente — celle de l'affranchi Chaddid apportant le décret jusqu'aux mains de Omar qui annonce alors sa nomination aux Médinois. Peut-être est-ce Othmann qui garde le testament ou Aïcha, mère des Croyants et fille du califat de l'Envoyé de Dieu, qui entre en cet instant dans la chambre. L'essentiel est que le premier calife eut le temps de faire connaître son choix quant à sa succession et qu'il ait, le dernier jour, fait écrire cette dernière décision par le scribe qu'il a choisi lui-même, Othmann connu pour sa piété, lui, « l'homme aux deux lumières », car il a été deux fois le gendre du Prophète, que le salut de Dieu, que sa miséricorde lui soient assurés !

Une autre scène, aussi émouvante, est rapportée par un autre *isnad* ; elle se déroule ce même jour.

Othmann sorti, le testament à la main et les larmes aux yeux (car lui aussi, comme celui qui va mourir, est connu pour sa douceur et pour sa compassion), c'est Abderahmane ibn 'Auf, l'un des premiers Compagnons du Prophète, qui se présente pour faire ses adieux à son ami.

Plus tard, il a rapporté cette scène à son fils, qui l'a rapportée à tel, qui l'a rapportée à tel, etc.

Abderahmane, dès son entrée, s'étonne de voir Abou Bekr avoir un visage tendu, préoccupé : il sait en effet que la désignation a été écrite pour devenir irréfutable... Le mourant ne devrait-il pas dès lors connaître un allégement de ses responsabilités ?

— Enfin, ô ibn Abou Quohaifa, je suis heureux de te savoir allégé de ta charge ! commence Abderahmane, après avoir salué.

— Le penses-tu réellement, ô Abderahmane ? interroge le calife, taraudé par les scrupules.

— Certes oui, par le Seigneur de la Ka'aba !

Abou Bekr reste un instant les yeux dans le vague, sans doute pour se pénétrer de la force de Abderahmane. De nouveau amorçant un dernier plaidoyer, Abou Bekr désire se justifier :

— Je suis persuadé, ô Abderahmane, d'avoir désigné le meilleur d'entre vous ! Certes, je sais que chacun d'entre vous désirait que la succession lui revienne ! Sans doute, chacun considérait ses mérites... (Abou Bekr, les traits tirés, a une voix de plus en plus haletante.) Mais, qu'ai-je vu, autour de moi, sinon de plus en plus de Croyants qui se sont mis à aimer les vêtements de soie, à acquérir les objets de prix, qui répugnent à s'allonger sur de la simple laine qu'ils trouvent soudain rêche, qui utilisent leur temps pour acquérir de plus en plus de biens terrestres !

Abderahmane, lui-même vêtu de sa toge de soie, fait un mouvement. Il écoute, il approuve, il souffre de la souffrance si visible de son ami.

— Hélas, reprend Abou Bekr, comme il serait préférable que le Croyant perde sa tête, perde sa vie, plutôt que de se consacrer ainsi aux richesses de ce monde ! Ô toi, le guide du droit chemin, soupire-t-il en s'adressant à Dieu d'un ton désespéré, tu es l'aube pour nos âmes, tu es l'océan pour nos cœurs !

Au fond de la salle, à peine le rideau a-t-il bougé ; des doigts de femme l'ont soulevé : ceux de la fille, mère des Croyants, ou de l'épouse aimée, Esma.

— Calme-toi, ô ibn Abou Quohaifa ! intervient de sa voix rude Abderahmane. Ces pensées te troublent et sont néfastes pour ton état. Qu'importe l'avis des Croyants, puisque tu as décidé ? Ils sont certes divisés en deux partis. Les premiers voient ce que tu vois et sont donc avec toi. Mais si les seconds ne sont pas en accord avec toi, ils t'aiment également. Et nous savons tous que tu ne veux que le bien des Musulmans !

Abderahmane continua plus doucement ses paroles de consolation. Les deux femmes, dans le vestibule, entendent peu après Abou Bekr reprendre haut (et la version de Abderahmane relatant plus tard cette scène à son fils le confirmera) :

— Certes, Abderahmane, je ne regrette rien de cette terre, sauf trois actes que j'ai commis. (Il s'arrête, sans doute refrène ses larmes, puis ajoute plus doucement :) Comme j'aurais aimé ne pas les avoir accomplis !

Des années plus tard, ce fut Esma fille de Omaïs qui dira à Ali, son troisième époux, le premier des regrets de Abou Bekr, avant de mourir :

— La première des décisions que je regrette d'avoir assumée, c'est... (« il a dit alors », relatera Esma reprenant le style direct du calife) comme j'aurais aimé ne pas avoir dépouillé Fatima, n'avoir en rien dénudé sa maison ou sa famille ! Comme je regrette d'avoir persisté dans cette voie, et même si eux, autour d'elle, avaient choisi alors le chemin de la guerre !

Abderahmane, dans son récit à son fils, rapporta le deuxième regret du calife mourant : avoir accepté, après la mort du Prophète, la charge du califat et ne pas avoir tout fait pour que ce fût Omar ou Obeidallah ibn el Jerrah qui soit nommé à cette charge, lui seulement leur conseiller.

Au cours de cette journée du lundi, quatorzième jour du mois de djoumada second, tous les Croyants à Médine sont dans l'attente. La prière du milieu du jour est dirigée par Omar, comme d'ordinaire lorsque Abou Bekr s'absentait. Celui-ci repose, de plus en plus affaibli.

Le dernier acte des adieux, déroulé probablement au moment de la sieste, est rapporté : c'est Talha, autre Compagnon de la première heure, qui demande à saluer le malade. Puis, sur un ton véhément, il interpelle le calife :

— Comment, tu as donné la succession à Omar ibn el Khattab ? Tu sais pourtant bien ce que les gens endurent de sa violence, de son intransigeance : or jusque-là tu restais présent, avec lui ! Comment se dérouleront les affaires de la Communauté, alors qu'il sera seul à exercer le pouvoir ? As-tu songé à cela ? Ainsi, tu vas rencontrer ton Dieu, reprit Talha sur un ton amer, et il va te demander des comptes sur tes sujets, dans quelles mains tu les as laissés !

Or Abou Bekr, si tourmenté devant la sérénité d'Abderahmane, eut une tout autre réaction devant l'excès des reproches de Talha :

— Aidez-moi à m'asseoir ! demande le calife.

Et la chaîne de transmission qui remonte cette fois jusqu'à Esma fille d'Omaïs livre la suite : « Ils l'ont fait asseoir ». Abou Bekr retrouva toute sa fermeté pour répondre :

— Est-ce que, par Dieu, tu cherches à m'impressionner, ô Talha ? Eh bien, je te le dis, si Dieu me pose une telle question, je lui répondrai : « J'ai mis à la tête de ton peuple le meilleur de ton peuple ! »

La scène se clôt là, sur cette réponse du mourant.

Il existe une variante de cette scène ultime, rapportée par ibn Saad, et dont la chaîne de transmission remonte jusqu'à Aïcha seule.

Aïcha rapporte que Talha entra chez Abou Bekr, accompagné de Ali ibn Abou Talib. Elle prête aux deux Compagnons — comme si elle tenait à faire partager à Ali un peu de l'ombre violente de cette entrevue — les questions qui, une dernière fois, bousculent l'agonisant.

— Qui as-tu nommé comme calife ? demandent-ils.

— Omar ! répond Abou Bekr.

Ils ont alors répliqué, tous deux, continue Aïcha :

— Que vas-tu donc dire à ton Dieu ?

De nouveau, réaction énergique du calife :

— Est-ce que, par Dieu, vous voulez me faire reculer ? Eh bien, je crois connaître ce que sera la réaction de Dieu, quand je comparaîtrai devant Lui, et je connais Omar mieux que vous ! Je répondrai : « Ô Seigneur, j'ai nommé comme calife sur ton peuple, le meilleur de ton peuple ! »

Ainsi, deux femmes ont veillé près du lieu où, jusqu'à la fin, Abou Bekr a consulté, a plaidé, a affirmé. Deux femmes qui sont celles qu'il a le plus aimées. Et pendant que, jusqu'à son dernier souffle, il consacre ses forces à s'assurer du consensus qui devra s'établir entre les hommes de Médine, ces deux femmes, la fille aimée et l'épouse préférée jusque dans la variabilité de leur mémoire de transmettrices reconnues, préfigurent qu'il y aura un jour fatalement deux partis, deux clans, deux rives d'un fossé qui, à partir de Médine, s'élargira loin sur le corps agrandi de l'Islam.

Abou Bekr — que le salut de Dieu lui soit assuré — s'éteignit entre le crépuscule et la nuit de ce mardi. Il sera enterré la même nuit, juste avant l'aube, après que les femmes de Médine — Migrantes et épouses des 'Ançars — eurent empli la demeure de Aïcha et pleuré avec elle et avec Esma.

Omar, Talha et Abderahmane ibn 'Auf descendirent le corps du premier calife dans la fosse.

A cette date, le père de Abou Bekr, Abou Quohaifa,

était encore vivant à La Mecque qu'il n'avait jamais quittée. Âgé de quatre-vingt-dix-sept ans, il s'éteignit six mois et quelques jours après son fils. Il s'était islamisé depuis seulement cinq années.

Califat de Omar ibn el Khattab
(13e-23e année de l'hégire)

« Après l'enterrement de Abou Bekr, Omar a secoué ses mains de la poussière de la tombe, puis il a fait, du haut du minbar de la mosquée, son premier discours.

Il a loué la clémence de Dieu et il l'a remercié, puis il a déclaré :

— Ainsi, Dieu vous a liés à moi comme il m'a lié à vous ! Il m'a donné pouvoir sur vous, après mon ami...

» Au nom de Dieu, j'affirme que désormais toutes les affaires qui vous concernent ici, je m'en chargerai, et moi seul ! Pour toutes celles qui se dérouleront loin de moi, je déléguerai des représentants qui seront des gens de justice et de confiance. S'ils agissent bien, je les récompenserai. S'ils se comportent injustement, je les réprimerai !

Et Hamid ben Hillal qui a témoigné, puis transmis, a conclu : Et Omar n'a pas fait plus que ce qu'il a ainsi annoncé, jusqu'à ce qu'il ait quitté ce monde. »

IBN SAAD, *Tabakhat*, III

« Lorsque Abou Bekr s'est éteint, Omar a prié sur lui. Puis Omar, cette même matinée, a commencé par déclarer, après être monté sur le minbar de la mosquée :

— Ô Musulmans, je vais dire quelques mots et je pense que vous serez d'accord avec moi : le peuple arabe est comme un chameau qui suit son guide dans le désert. Le guide doit voir clairement sur quelle voie avancer !

» Quant à moi, ô Dieu de la Ka'aba, je déclare que je vous maintiendrai sur le droit chemin ! »

TABARI, *Chronique*, III

Ibn Saad, *Tabaqat*, III.

Tabari, *Chroniques*, III.

4.

PAROLE VIVE

VOIX

D'après Sa'ad ibn Abou Waqqas, Omar demanda un jour d'être introduit auprès du Prophète, à Médine.

C'étaient les premières années de l'hégire. Le Prophète — que le salut de Dieu lui soit assuré — recevait plusieurs femmes quoraïchites, Migrantes et épouses de Migrants. Elles venaient se plaindre à lui du dénuement dans lequel, la plupart du temps, elles vivaient et elles lui demandaient un surcroît de provisions. Ce faisant, leurs voix s'élevaient plus que celle de Mohammed qui s'informait et tentait de leur prôner la patience. Omar ibn el Khattab fut alors annoncé.

Au nom de Omar, les femmes quoraïchites se hâtèrent de se couvrir le visage. Omar entra et vit l'Envoyé de Dieu qui riait.

— Dieu te tienne toujours en joie, ô Messager! s'écria Omar.

— Je ris, expliqua Mohammed sur un ton amusé, de la surprise que viennent de m'occasionner ces femmes : à peine as-tu été annoncé qu'elles se sont hâtées de se couvrir!

— Hélas, reprit Omar, c'est d'abord de toi que les femmes devraient avoir le plus de crainte! — et Omar, se tournant vers les visiteuses, de continuer avec vivacité : Ô ennemies de vous-mêmes, vous me craignez et vous ne craignez pas l'Envoyé de Dieu!

— Oui, répliqua l'une d'entre elles s'instituant leur porte-parole, car tu es plus dur, plus sévère que le Messager de Dieu!

— C'est vrai, ô ibn el Khattab, conclut doucement le Prophète.

Et les femmes quoraïchites se levèrent pour partir.

La libérée

Je suis Barira la libérée, l'affranchie de Aïcha, « mère des Croyants ». Je suis...

Est-ce qu'à une ancienne esclave, on demande autre chose que de mêler sa voix aux autres voix de transmetteuses ? Ne faudrait-il pas plutôt oublier, ou taire, d'avoir été fille captive il y a si longtemps, puis vendue à une caravane de Yatrib, puis... Est-ce que seul n'importe pas le fait d'avoir été parmi les premières islamisées, quelques mois avant que le Bien-Aimé et son ami ne viennent se réfugier ici ? Est-ce que ne compte pas seulement, à l'heure dernière — « l'Heure » —, ce que l'on a pu déclarer sans autre témoin que son cœur et le réaffirmer ? Est-ce qu'il ne faudrait pas plutôt laisser la mémoire vorace tout avaler, n'égrener rien d'autre à voix haute, à voix basse, que les prières que nous a apportées le Messager trop tôt disparu, lui dont je ne me console pas, lui dont nous ne nous consolons pas ? Est-ce que... Tant d'interrogations m'assaillent chaque nuit, et je ne surmonte leur assaut en moi que par mes marches du matin, par mon travail le reste du jour. Je suis Barira, la libérée.

Les femmes de Médine, depuis des années maintenant, ne se lassent pas d'évoquer mon histoire : comment je suis venue me proposer moi-même à la petite adolescente rousse — que Dieu nous la garde ! —, elle que toutes les femmes de la ville aimaient ou enviaient, elle, la chérie du Messager — que Dieu lui assure miséricorde !

Je lui ai déclaré avec audace — et ce fut la première enjambée de mon bonheur :

— Achète-moi, ô Lalla !

Et Lalla Aïcha a répondu :

— Je t'achète !

— Il y a une condition, hésitai-je à préciser.

— Laquelle ?

Je dus avouer :

— Mes maîtres actuels désirent me vendre, mais tout en gardant pour eux l'allégeance que je leur devrai !

— Alors non, je ne partage pas ! décida Aïcha.

Nous savions toutes à Médine combien à l'égard de ses co-épouses, elle se montrait sourcilleuse, certaines disent « jusqu'à la jalousie ! ».

Toutes les femmes de Médine rapportent, ont rapporté, comment le soir de ce même jour, Mohammed — que Dieu lui assure le salut ! — trouva d'emblée la solution pour sa plus jeune femme, mais aussi pour ma délivrance :

— Achète Barira, conseilla-t-il, puis libère-la ! Car l'allégeance qui reste ne peut revenir qu'à celui, qu'à celle qui libère l'esclave ! Ses maîtres précédents pourront réclamer dix fois : en vain ! Je te le dis : achète puis libère Barira !

Ainsi, que Dieu soit loué, j'ai vu la lumière à Médine, alors que j'avais deux fois l'âge de mon auguste maîtresse.

Toutes les femmes de Médine rapportent, ont rapporté comment, parce que je me trouvais mariée lorsque j'étais esclave, le Prophète — que Dieu lui assure le salut ! — m'a donné le choix :

— Veux-tu garder ton statut d'épouse ? J'interviendrai pour que ton mari, même esclave, soit près de toi ! Ou bien, tu peux choisir, puisque te voici libérée, de te libérer aussi des liens du mariage. Tu peux choisir de vivre comme une femme veuve ou divorcée, en attente d'un autre mari !

J'ai à peine hésité : « Libre d'un coup ? » ai-je pensé, le cœur battant. « Libre comme être humain et libre comme femme, pouvoir moi-même choisir quel homme je veux, ou même vivre seule, ou... »

— Libre ! Je désire, ô Messager de Dieu, je désire être libérée de tous les liens, de tous !

— Tu es sûre ? insista le Prophète. Tu ne veux pas que j'intervienne pour...

— Il ne m'est plus rien, ô Messager de Dieu ! Je veux ma liberté complète !

Et je me fis violence pour ne pas m'agenouiller, lui baiser les pieds de reconnaissance. J'aurais offensé sa modestie si secrète ; peu après, je me fis la promesse, l'âme frémissante, je me dis : « Ne plus s'agenouiller devant quiconque sauf... », j'allais ajouter « sauf pour le Prophète et pour son épouse préférée ». Mais je dévidai le serment :

— Ne plus s'agenouiller, sauf pour la prière, pour mille prières à Dieu !

Toutes les femmes de Médine rapportent, ont rapporté comment celui qui fut mon mari dix années — un Soudanais d'allure athlétique, à la force impressionnante — se mit à me suivre partout dans les rues de Médine, tandis que j'allais et venais... Il me suivait de loin, sans oser m'interpeller ; certaines, je les ai entendues, ont ajouté : « Il marche, le pauvre, les yeux humides de larmes ! »

Certes, Lalla Aïcha ne m'a jamais posé de questions, mais les autres, le peuple des voisines, Migrantes et Médinoises, leur cercle de parentes, de servantes, de fillettes et d'adolescentes, se mettaient à me dévisager, les yeux luisants, la curiosité insinueuse.

L'une des matrones, dans une ruelle ombragée, envoya sa fillette de huit ans me demander, la voix appliquée et faussement naïve :

— Ton ancien mari, cet athlète noir là-bas derrière, est-il encore esclave ?

Je bougonnai :

— Laissez-moi ! Je n'ai plus de mari ! Je suis libre de toute attache ! Je suis Barira, la libérée.

Une autre indiscrète, une gamine encore, quelques jours après revint à la charge, cette fois dans un quartier périphérique de la ville :

— Ton ancien mari, ce grand Noir qui te suit partout dans les rues, on dit que son maître a fini par le libérer ! Il n'est plus esclave, le sais-tu ?

Je ne répondis pas. Une femme, sa mère ou sa tante, entrebâillait sa porte, me hélait, ajoutait assez fort qu'elle voulait m'offrir tel ou tel cadeau.

— Tu es femme libre ! Il est devenu homme libre ! S'il te désire tant, pourquoi ne le reprends-tu donc pas ?

Et elles s'arrêtaient, questionneuses et un peu excitées, sur ce seuil. Je refusais et de répondre, et de prendre le cadeau de l'anonyme que toutes les autres — elles si nombreuses à se savoir prisonnières de fait, entravées par un mari injuste — déléguaient pour me sonder.

— Je suis Barira, la libérée, grâce à Aïcha ! daignais-je rétorquer.

Quand, deux ou trois années plus tard, le Messager mourut — que le salut de Dieu lui soit assuré ! —, l'homme qui me suivait de son désir désespéré disparut enfin de la ville, et, en même temps, de ma mémoire. Femme libre, je resterai ! Sans homme, sans mari, au service seulement de Aïcha, tous les jours de ma vie et au service de Dieu pour ici et l'au-delà.

Or, c'est moi à présent qui rapporte quand rééclate, pour ma jeune maîtresse, l'heure de la plus vive douleur : le premier calife, son père, est mort. Il a rendu l'âme entre le crépuscule et la nuit, en cette date du 14 du mois de djoumada second, un lundi.

Esma bent Omaïs a lavé le corps de Abou Bekr dans la chambre de Aïcha. Il fait nuit ; le ciel étoilé est vaste comme notre peine. Je me suis tenue longtemps dans la cour, à ma place habituelle. Peu auparavant, Esma s'est approchée de moi pour me confier son fils Mohammed, trois ans à peine et orphelin en ce jour même. J'ai attendu, l'enfant contre mes genoux, que son demi-frère, Mohammed ibn Djaffar, vienne le chercher. Puis les ombres des garçonnets ont disparu, en direction de la demeure de Ali.

La nuit est claire. Bientôt les femmes, de toutes les masures où les chandelles ne se sont pas éteintes, vont sortir, emmitouflées de mauve, de gris, de blanc; elles vont affluer pour veiller le mort jusqu'à l'approche de l'aube.

J'entre enfin dans la chambre.

Aïcha, un long châle blanc aux franges dorées, nouant sa tête et son front (je remarque que son visage est plus pâle, mais ses yeux sont secs, seulement un peu plus vifs), Aïcha, ma maîtresse, se tient assise, le buste droit, à la tête du mort. Elle lui a découvert la face; elle laisse une main posée sur l'épaule paternelle, engloutie sous la laine immaculée.

Aux pieds du calife, Esma bent Omaïs, sans laisser transparaître dans son maintien la fatigue des lustrations qui ont précédé, est, elle, à demi agenouillée, son bras entourant sa jeune nièce, Omaina, la fille de Hamza, qui vient d'être mariée à Salama, le fils de Oum Salama, mère des Croyants.

Une femme tout enveloppée, mais que je sais de la famille de Abou Bekr, auprès de laquelle je m'accroupis, m'explique :

— Nous venons de pleurer d'abord sur Hamza, comme le Messager de Dieu et son ami es Seddiq nous l'ont recommandé depuis Ohod!

— C'est pourquoi la fille de Hamza, pourtant jeune mariée, paraît si bouleversée! ajoute une voix, derrière moi.

La chambre rétrécie au fond depuis qu'un mur, récemment élevé, isole le coin de la tombe du Messager, s'emplit maintenant de Migrantes et de Médinoises de tous âges. Esma, la fille aînée de Abou Bekr, « celle aux deux ceintures », est restée debout, yeux baissés. Elle s'avance de quelques pas jusqu'à son père couché à ses pieds; elle s'arrête, les paupières fermées, la tête renversée en arrière, la masse de ses cheveux lourds brusquement libérée et coulant jusqu'à ses reins. Le brouhaha faiblit, tandis que sa voix ample se met à dévider, au hasard, les mots de la peine qui bouillonnent, éclatent enfin et nous font taire, Esma, l'inspirée, qui, jusque-là, se taisait.

Elle s'est à peine arrêtée qu'une anonyme, derrière moi, laisse fuser une déploration rauque, en volute suraiguë, qui hésite, se cherche, transperce l'air puis se déchire en blessure ouverte. Plaintes éclaboussées de quelques-unes, davantage excitées. Moi, je ne sais ni pleurer, ni me lamenter. Autour de moi, le brouhaha a enflé, avec son désordre, et les mots hagards qui quêtent la consolation. Des mains se tendent vers Abou Bekr, vers son sommeil, vers sa douceur encore un moment parmi nous. Elles n'osent certes le toucher. Aïcha, statue pâle, yeux ouverts, lèvres serrées, nous contemple, comme si, du côté où vogue l'âme de son père qui, j'en suis sûre, nous écoute, elle s'est installée avec lui, la seule sans douleur encore, la seule...

Les pleureuses — un petit groupe de Médinoises avec des voiles colorés et dont les visages n'apparaissent pas sous la gaze — se sont avancées, chœur immuable qui s'apprête. C'est Oum Fadl, je crois, ou Maïmouna, mère des Croyants, sa sœur, qui, une première fois, a fait interrompre le lamento.

En effet, la dernière épouse du calife, la Médinoise, enceinte, entourée de deux parentes, vient d'entrer. Sa grossesse est avancée; ses traits sont gonflés par les larmes du deuil, à moins que ce ne soit par la fatigue de son état... L'une des assistantes, pelotonnée contre le flanc du cadavre, lui laisse place.

L'instant d'après, les pleureuses — j'en vois à présent quatre, longues, imposantes, plus une mulâtresse comme moi, courte et grasse — entament leur chant multiplié, gonflé de vagues tantôt stridentes, tantôt graves; seule la mulâtresse ne chante pas. Elle dévisage chacune d'entre nous, comme si elle se trouvait dans une réunion ordinaire et je lui trouve le regard insolent. Soudain, dans un suspens du chœur de ses compagnes, élevant ses mains baguées et charnues, elle se lacère vigoureusement les joues et une voix étrange — sa voix — vrille sur un mode suraigu tandis que sa face s'ensanglante. D'un même mouvement, les deux Esma — jumelles soudain par leur même prénom — se lèvent :

— Le deuil par la main, s'exclame Esma bent Abou Bekr, vient de Satan, non de Dieu !

Et la colère de sa voix résonne au milieu de l'assistance figée.

Aïcha n'a rien dit. Nous regarde-t-elle vraiment, nous, égarées dans ce songe, dans cette scène ? Où se trouve vraiment ma maîtresse, ô Dieu ? Quelqu'un a tiré en arrière la chanteuse au visage blessé ; le chœur des pleureuses a repris, houle qui tangue, affaiblie. Esma bent Omaïs s'est rassise, sans un mot, et toutes les visiteuses, calmées, s'installent doucereusement dans la tiédeur du deuil.

Derrière la porte de la chambre, des voix d'hommes montent, se chevauchent, se font entendre. Et le heurtoir frappe, frappe... Le chœur s'interrompt. Une Médinoise, tout près, chuchote :

— Est-ce déjà ceux qui viennent l'emporter pour la prière et l'inhumation ?

— Non, non ! s'exclame une autre.

— C'est Omar ! m'écrié-je soudain, tandis que le heurtoir bat de nouveau.

Dans le silence étalé en drap parmi nous, Aïcha, enfin réveillée, a un mouvement des épaules ; elle recouvre la face paternelle de la laine du linceul. Elle s'adresse à la plus vieille des pleureuses :

— Continue, ô Croyante et sois bénie !

Le chœur reprend instantanément :

— Ô toi, Mohammed, qui termines la chaîne des Prophètes de Dieu !

» Ô toi, Seddiq, qui commences celle des vicaires du Messager !

— Ô femmes ! épelle une voix rude, haute.

« Bien sûr, me dis-je, c'est la voix de Omar ! C'est le nouveau calife qui interpelle ! »

De nouveau, palpitation des femmes surprises... Aïcha enfin se lève. Elle n'est pas très grande ; pourtant, sans même se resserrer pour lui laisser plus d'espace, toutes lèvent vers elle un regard d'attente : respect ou gravité chez certaines et, chez d'autres, une timidité hésitante, prête à plier devant l'orage, quel orage deviné...

Omar ibn el Khattab a frappé trois autres coups violents sur la porte de Lalla Aïcha. Sans même utiliser cette fois le heurtoir. Le bois en a été ébranlé. Et dire qu'à nos pieds, son ami d'hier le plus proche, Abou Bekr commence le repos qui va l'éloigner de nous... Or, le nouveau calife ne craint pas, en cet instant, de le troubler!

— Ô femmes, reprend la voix — voix du courroux et de la violence! — il vous est interdit de pleurer! Je vais entrer!

Aïcha, devant laquelle un chemin s'est creusé, s'approche de la porte encore ébranlée :

— Personne, au nom de Dieu, n'entrera dans ma chambre! s'exclame-t-elle d'une voix ferme, qui porte. Puis elle se tourne vers le groupe des chanteuses du deuil. Elle ajoute :

— Continuez donc! — d'un ton résolu.

Les quatre pleureuses reprennent, sur un mode plus affaibli.

De nouveau le heurtoir résonne par coups réguliers cette fois. Aïcha n'est pas retournée à sa place. Je me suis levée sans savoir quoi faire. Me rapprocher d'elle! A côté de moi, Esma, « celle aux deux ceintures » attend, elle aussi aux aguets.

La voix d'Omar avertit :

— Je n'entrerai pas, mais je vous délègue Hichem! Qu'il fasse sortir la fille de Abou Quohaifa!

Dans le brouhaha de celles qui s'excitent dans le désordre, je me rapproche encore plus de ma maîtresse. Elle, elle n'a pas bougé, le visage ferme — et je me dis : « Nous sommes en plein deuil; or elle se sent, ma maîtresse chérie, comme allégée dans ce combat, mais quel combat s'annonce? Oui, c'est cela, et je suis sûre que ce n'est pas pensée profane, ma maîtresse est une combattante dans l'âme, pour l'amour du Prophète hier, pour l'amour de son père aujourd'hui! »

Alors l'incident a eu lieu, je l'ai vu sans même le comprendre, sans l'oublier plus tard, ce qui me pousse à devenir moi, l'affranchie, la libérée de Aïcha, transmettrice. Oui, l'incident, grave, anodin, je ne sais, survint en cet instant, j'ose en porter témoignage !

J'ai aperçu le visage de Hichem apparaître une seconde dans l'entrebâillement de la porte — la clarté de la nuit aveuglant le seuil — Hichem semblait bousculé par-derrière, probablement par Omar : adolescent fluet, fétu de paille. Visage, me dis-je, épouvanté. J'ai entendu la voix de Hichem, l'intrus a disparu ; reste le ton d'effroi de son intervention hâtive. Je vois, comme dans un songe, Oum Ferwa s'emmitoufler la tête, celle-ci ensevelie dans une soie blanche, mais un large et long foulard rouge ou marron, je ne sais, dans sa main qui s'agite. Tout encombrée de ce tissu, je la vois ouvrir la porte — dehors la nuit, presque translucide ; ou est-ce déjà les approches de l'aube ? Elle sort, d'un pas, hors du seuil.

La porte restée ouverte, je me retrouve, tout près de Aïcha. Muette, celle-ci regarde, regarde... Oui, ô Seigneur, cet incident, je tiens à le transmettre. Sans doute n'est-il que poussière dans ton vaste univers. Je tiens à témoigner, même une seule fois, puisque jamais les femmes de Médine ne le rapporteront !

J'ai vu, et les yeux de Lalla Aïcha, immobilisée, l'ont vu également, j'ai vu la silhouette si haute de Omar ibn el Khattab, m'apparaissant comme celle d'un géant redoutable. Devant lui, Oum Ferwa, frêle, tel un fantôme fragile et ce long foulard rouge — ou marron, je ne sais plus — à sa main suspendu, une sorte d'aile, quelque oripeau de fête...

Oui, je l'ai vu, le calife, le second calife dans sa fureur refroidie, mais fureur tout de même, écrasant presque de ses paroles la sœur vulnérable de son ami d'hier :

— Savez-vous, vous, toutes les femmes, que vos pleurs empêchent le mort de trouver son repos ! Savez-vous que vous ne devez pas pleurer en ces circonstances, Mohammed vous l'a interdit !

Aïcha, près de moi, a un mouvement du torse et je l'entends protester tout bas, pour elle-même d'abord :

— Erreur, ô Dieu, erreur !

Moi qui regarde — yeux comme inondés par la scène nocturne —, moi qui écoute la voix de Aïcha tout près, alors qu'elle se remémore, moi qui regarde... Oui, j'ai vu, j'affirme que j'ai vu, en cet instant, entre nuit et aurore, j'ai vu la main de l'ombre géante — le nouveau calife — s'emparer du foulard rouge et, par deux fois, d'un mouvement nerveux, en frapper le visage — ou l'épaule — de Oum Ferwa qui se courbe, qui se retourne. Elle est entrée d'un coup, la porte a claqué derrière elle ; elle a hoqueté, le corps en avant projeté et elle a, dans le silence de nous toutes, éclaté en sanglots :

— Ô mon frère, tu m'as abandonnée ! s'écria-t-elle avant que je ne l'emporte dans mes bras vers le fond, vers une couche, vers le noir.

Longtemps après, tandis que je la console, que j'humecte son front d'une eau froide, que Esma bent Omaïs lui enduit sur les paupières un parfum huileux, longtemps après, je m'aperçois que les pleureuses, avant même la prière de l'aube, ont disparu. Les Migrantes et Médinoises murmurent qui une prière, qui une évocation à voix basse et brisée. Seule Aïcha, la voix claire, a répété les mêmes phrases :

— Omar ibn el Khattab se trompe ! Il n'a pas compris, en ce point, la pensée du Messager — que le salut de Dieu lui soit assuré ! Je témoigne que Mohammed nous permet de pleurer celui qui nous quitte et que ce sont seulement les vociférations, à plus forte raison les transes et les mutilations, qui peuvent déranger le mourant en train de mourir, qui peuvent troubler le mort dont l'âme s'éloigne peu à peu vers le Seigneur !

— Omar ibn el Khattab se trompe ! reprirent plusieurs voix de femmes, dans l'attente du moment où le corps de Abou Bekr sera porté vers l'autre côté du mur.

Lorsque les fossoyeurs seront à l'œuvre, alors seulement les deux filles de Abou Bekr, Aïcha et Esma, ainsi que sa jeune sœur vulnérable Oum Ferwa, seront éloignées de la chambre, pour ne pas se laisser dominer par l'acmé de la peine.

Moi, jusqu'au terme de la cérémonie, je suis restée près du mur et j'ai tout écouté, de ce que font les hommes alors, puisque ce sont eux seuls qui mettent les morts en terre. Puisque ce sont eux seuls qui se chargent de notre corps, misérable poussière!

J'ai écouté, puis regardé, malgré moi, Omar, le second calife, sortir lentement, les mains encore maculées. Oui, j'ai regardé le calife, j'ai évoqué Mohammed et son ami Abou Bekr si tendre, si doux à notre cœur. J'ai senti que mon désir de protection de ma jeune maîtresse resterait vigilant, à partir de ce jour, plus que jamais!

VOIX

D'après Aïcha, le Prophète lui dit, une nuit :

— Ô Aïcha, voici Gabriel qui te salue!

— Et, répondit-elle, que sur lui soient le salut, la miséricorde et la bénédiction divine! Toi, tu vois ce que moi je ne vois pas!

Et par là, elle entendait parler du Prophète.

D'après Aïcha, el Harith ibn Hichem demanda un jour au Prophète :

— Comment te vient la Révélation, ô Messager?

— C'est toujours l'ange qui vient à moi, répondit Mohammed. A certains moments, elle vient semblable au tintement d'une cloche; puis, lorsqu'elle cesse, j'ai saisi ce que dit le message; c'est la forme la plus pénible pour moi. Parfois l'ange se montre à moi sous une forme humaine. Il me parle, et je retiens ce qu'il me dit!

La préservée

1

Quelle est cette fillette, de sept ou huit ans, les mains encombrées de jouets en bois et en chiffons, les pieds nus traînant sur le sol de la courette, les cheveux en désordre (boucles rousses et teint clair), les yeux rieurs, une lueur verte dans leur prunelle, oui, quelle est cette fillette qui s'esclaffe à demi, tandis que ses parents, l'indulgence attendrie, la font rentrer lentement du dehors ensoleillé vers la chambre ombreuse ? Il n'est pas midi, ce jour-là, à La Mecque.

L'enfant mutine se présente devant une visiteuse, Khawla bent Hakim, qui fait office de marieuse et qui vient de murmurer à la mère :

— Je lui ai parlé à la fois d'elle (un geste vers la fillette qui est entrée) et de la veuve bent Zamâa, puisque, depuis son veuvage, il lui faut bien se remarier !

— Mais, proteste faiblement l'hôtesse, ma fille est déjà promise au jeune Djubayr ibn Mut'im !

— Qu'importe, réplique la matrone. Le Bien-Aimé épouse bent Zamâa dans quelques jours, elle saura s'occuper de ses filles orphelines ; mais il désire épouser aussi — naturellement, quand elle sera nubile — la fille chérie de son Ami le plus proche à son cœur ! Je suis chargée de vous la demander !

L'Ami — lui, le père au teint aussi clair que sa fille et à la barbe rousse qu'il teint au henné depuis peu — ne bouge pas ; écoute-t-il seulement le dialogue entre les deux femmes ? Il laisse monter en lui une prière de ferveur : ainsi les deux êtres qu'il aime le plus au monde seraient réunis un jour par mariage ? « Allah pourvoit à tout, Allah est grand ! » Une chaleur envahit son corps, telle une pluie de poussière dorée qui l'asperge.

La fillette, au fond de la chambre, dépose ses poupées au sol. Elle se met à chantonner faiblement, lointaine, rêveuse et pourtant si présente. Cette gaieté qui l'habite tous ces jours! « Ainsi, songe le père, l'insouciance bénie de l'enfance s'accélère en elle! »

Seule à ne pas parler, à ne pas écouter, elle regarde et ses yeux rient, comme s'ils s'emplissaient du secret des adultes, non pas d'un mystère, plutôt d'une lumière, d'une évidence.

La visiteuse s'est levée; elle attarde son regard sur l'enfant.

— Comme elle est pleine d'exubérance! remarque-telle, tout en promettant de faire office de médiatrice auprès de la famille du premier prétendant.

— Il se désistera! J'en fais mon affaire! décide Khawla, comme si l'affaire était conclue.

Ainsi la petite rousse entre dans la chronique de La Mecque. Ses poupées dans la main, légère, plus légère encore de l'amour palpitant de son père, de sa mère. Elle, leur dernière, la plus belle, la plus vive.

Et elle est née musulmane dans la maison de son père, devenue le seul havre pour Celui qui, privé soudain de l'oncle protecteur ainsi que de l'épouse maternelle également décédée, est davantage persécuté par les Mecquois, ses compatriotes. Au point qu'il s'apprête à envisager une nouvelle émigration, cette fois pour le dernier carré de ses proches, peut-être pour lui-même... Inspiré, il attend que l'ordre lui vienne de l'Ange préservateur.

Pour l'instant, il épouse une dame d'environ presque son âge, et qui, veuve, revenue d'Éthiopie, saura se charger de ses filles, du moins, des deux dernières pas encore mariées.

Il attendra que la fillette rousse soit nubile. La Grande Émigration s'accomplira entre-temps, avec ses précipitations, son angoisse; avec, pour finir, son espérance.

Déjà, ce jour de la visite de Khawla bent Hakim, sur le seuil de cette chambre d'un commerçant autrefois riche — qui, par amour pour Dieu et pour son Envoyé, deviendra Migrant appauvri —, sur ce seuil ensoleillé, tandis que la marieuse s'enveloppe du voile et sort, une fillette de sept ou huit ans sourit à son destin. Car elle entre dans l'histoire de l'Islam : visage éclairé par le feu de sa chevelure et la gaieté de son regard confiant.

Elle s'appelle Aïcha. Aïcha bent Abou Bekr. Aïcha-la-vie.

2

Il est midi ce jour-là à La Mecque. C'est Aïcha, cette fois, qui plus de dix ou quinze ans plus tard, se souvient et raconte :

— Je n'ai jamais connu mon père et ma mère autrement que pratiquant la religion musulmane. Il ne se passait pas un seul jour sans qu'à ses yeux deux points extrêmes, le matin et le soir, l'Envoyé de Dieu ne vînt nous voir !

Ce jour-là, Mohammed arrive dans la chaleur de midi ; il semble tout essoufflé...

— Je veux te parler en tête à tête, dit le Messager à mon père.

— Mais je n'ai ici que les membres de ma famille ! s'exclama mon père.

Alors le Prophète, que la grâce de Dieu lui soit accordée, répondit :

— J'ai reçu l'ordre !

L'ordre de l'Émigration.

Abou Bekr nourrissait en cachette, dans l'attente de cette heure, trois chamelles. Il les présenta alors à Mohammed :

— Prends-en une ! propose-t-il, en même temps qu'il s'apprête lui-même au voyage.

En cet instant où l'amitié entre les deux hommes est scellée au plus profond, un hadith ajoute la précision : le Prophète, même dans cet émoi intense de la Rupture, de l'Inconnu, réplique :

— Je prendrai la chamelle, mais à la condition que tu en reçoives le prix !

De ce détail comptable, ce ne sera pas Aïcha, la

transmettrice. Elle, à cette heure, elle n'a pas neuf ans et elle regarde : ce qui s'incruste dans sa mémoire, qu'elle décrira plus tard, c'est l'homme, le *Nabi,* le futur époux — arrivant au moment de la grande chaleur, essoufflé. Ses parents comprennent que l'Exceptionnel survient... Chuchotements, paroles brèves, décision ultime — et les chamelles qu'on amène dans la courette.

Les deux hommes prévoient l'accélération des persécutions. Peut-être même, l'absence de Mohammed une fois constatée à La Mecque, la poursuite commencera-t-elle. Le plan se forge dans cette chambre, tandis que la fillette, à la porte, se balance sur un pied, sur un autre, mais regarde, mais écoute. Quelqu'un propose d'aller prévenir Ali le jeune cousin du Prophète.

La nuit suivante, il prendra la place de Mohammed dans sa chambre, dans sa couche. Gagner du temps, tromper la machination des futurs poursuivants !

Outre les deux hommes, le fils islamisé d'Abou Bekr, Abdallah, est arrivé. En dehors de Oum Roumam qui s'active, sont là les deux filles de l'Ami. Esma d'abord, qui, prévenue par Abdallah son frère, survient, le visage en feu, vibrante de décision. Elle veut aider. Elle est mariée au cousin du Prophète, Zubeir, parti déjà à Yatrib, parmi un groupe de Migrants pour la réception du Messager. Esma est vêtue d'une toge qui ne masque pas son état de grossesse avancée.

Durant les deux jours et les deux nuits qui suivront (le Messager et son ami cachés dans une caverne, leurs poursuivants battant les sentiers dans leur recherche forcenée), Esma va devenir la nourricière, la pourvoyeuse, c'est dans ce rôle, en effet, qu'elle laisse première trace islamique...

Aïcha la voit se défaire lentement de sa ceinture. Ceinture longue et large, qui lui entoure la taille rebondie. Esma s'empêtre dans ses mouvements : elle est en sueur, elle est rosie par la chaleur, mais elle sourit, un sourire secret. Aïcha, fillette vive et frêle, restée jusque-là dans la pénombre, s'approche; propose son aide. Elle se saisit d'une des extrémités de la ceinture. Esma fait un tour sur elle-même, en déroulant le linge. Celui-ci, rouge et noir.

— Que fais-tu donc? Pourquoi cela? murmure Aïcha qui se prend au jeu.

— Mais attends!

Esma garde la longue ceinture à la main, sa toge lui devenant trop ample robe.

— Attends! répète-t-elle.

Elle s'accroupit. Elle souffle un moment. Elle est ronde, robuste et d'assez courte taille. Elle reprend le bout de linge à sa petite sœur. Elle le tient entre ses dents. De ses doigts, elle tire, dans le sens de la longueur. Et la ceinture, si large, se déchire en deux; lente déchirure du tissu avec un son de plainte infinie.

Aïcha ne comprend pas. Pourquoi maintenant deux ceintures, l'une pourpre, l'autre noire, telles deux faces d'une même journée, une face nuit, une face soleil. Esma sourit. Les deux hommes, ainsi que Oum Roumam, se tiennent tout au fond de la vaste pièce, absorbés dans les préparatifs.

— Ainsi, explique Esma à Aïcha, j'ai deux ceintures à partir d'une seule!

Elle reprend le tissu noir, se noue la taille tout en se redressant, et elle redevient, même lourde, d'une élégance inattendue : le noir tranchant sur le blanc écru de sa robe.

— Allons vers eux et tu verras! souffle-t-elle à la fillette. Aïcha la suit, docile.

Esma s'approche de la porte; se baisse. Elle était entrée, tout à l'heure, avec une outre qu'elle a déposée là.

— Une outre pleine de lait! précise-t-elle à Aïcha. De mes deux brebis que je nourris moi-même!

De la ceinture pourpre qu'elle tient des deux mains, elle ferme l'orifice de l'outre. Elle la soulève ensuite avec le linge. Elle s'adresse, affairée, à son père :

— La nourriture est prête ! Je vous ai préparé ce breuvage pour le premier jour ! Je vais installer l'outre.

Et elle sort dans la cour.

Cette fois Aïcha va vers Oum Roumam qui, d'une voix impatiente, est intervenue assez bas :

— Que Dieu soit votre sauvegarde !... Mais quand, quand pourrons-nous vous suivre ?

Oum Roumam cherche, des yeux, sa petite dernière ; elle sent, elle voit que son époux va, dans quelques minutes, devenir comme Mohammed, homme en fuite.

Revenue sur le seuil, la fillette, ses mains triturant un chiffon ramassé, l'attention aiguisée dans la courette, avec des gestes précis : Esma consolide la charge de la première chamelle ; Aïcha observe les uns et les autres. Aïcha se laisse envahir par la concentration du moment. Elle fixe les deux hommes : deux silhouettes se détachant dans la lumière blanche ; ceux-ci — le père et l'Ami du père — se tournent vers les femmes (Oum Roumam au fond, la petite près de la porte) ; ils disent quelques mots, qu'elle n'entend pas.

Immobilisée, Aïcha regarde les deux hommes s'engager dans la cour, s'arrêter un instant près de Esma. Ils s'éloignent ; ils disparaissent.

La première chamelle, puis la seconde s'ébranleront un peu plus tard, Abdallah lentement les guidant. C'est fini : les larmes d'Oum Roumam coulent dans le silence. Esma revient, un peu lasse, renoue plus lentement sa ceinture noire qui a dû lâcher. Aïcha sourit à Esma, ne sachant laquelle d'entre elles doit réconforter l'autre.

En fait, personne — ni Abdallah qui revient, ni même l'aïeul aveugle, Abou Quohaifa, qui se secoue de son somme et qui sort, d'une autre pièce, en tâtonnant —, personne ne prête attention à la fillette rousse qui, elle, regarde, les yeux dévorant cette réalité soudain pétrifiée par l'excès de chaleur. Elle regarde, et elle sait que c'est pour ne pas oublier. Ne pas oublier plus tard.

Le jouet en chiffon, que ses doigts distraits gardaient depuis la fin de la scène, est tombé. Elle ne s'en soucie guère. En ce moment seulement, Aïcha sent son cœur battre : elle voit Esma, toujours active, se diriger vers l'aïeul, le guider jusqu'à une natte, le calmer peu à peu dans le trouble qui le saisit et qui l'alarme. (« Mon fils, mon fils est parti ? Est-il vraiment parti ? »)

Aïcha, l'émoi la saisissant tel un oiseau palpitant et prisonnier en elle, Aïcha comprend, à cause de tout ce remuement qui a duré moins d'une heure, qui est retombé avec le départ des deux hommes, elle comprend que son père est vraiment parti. Elle se rappelle que l'Ami de son père a eu en sa direction, lui seul et pour quelques secondes, un sourire légèrement tendu, puis il a baissé les yeux à cause de... De quoi, Aïcha ne sait plus. Y a-t-il eu drame autour d'elle, en cet instant ? (Oum Roumam sèche tout à fait ses larmes.) Plutôt un arrêt des choses ; un suspens.

Aïcha se remémore. Elle s'est sentie si légère, si décidée en même temps ; elle, comme eux tous, comme son père, comme Abdallah son frère. Et l'excitation de Esma l'aînée l'a enveloppée à son tour. Une sorte de couverture de soie invisible, réconfortante ! Aïcha garde dans l'oreille le bruit de la déchirure lente — son voluptueux, charnel, un peu rêche — de la large, de la longue ceinture.

Esma est accroupie devant Abou Quohaifa qu'elle calme ; Esma porte une seule ceinture, et c'est la noire qu'elle a spontanément conservée pour elle.

— Ô Dieu de Mohammed, murmure Aïcha gagnée par la force de Esma, par l'étrange nervosité de toute la scène muée en sérénité — Je ne suis plus une enfant ! Je ne suis plus inconsciente. Je...

Pensées bousculées dans un désordre qui se tasse. Une heure après, la fillette retourne à ses jeux.

Esma, devant l'aveugle qui ne peut prendre repos et s'inquiète — « Mon fils, en partant, nous a-t-il au moins laissé subsistance ? » — Esma est en train, à nouveau, d'inventer. Cette fois, d'échafauder un pieux mensonge, pour que le grand-père se calme, que sa peur n'aille pas alerter d'éventuels visiteurs, eux qui ne vont pas manquer de survenir en inquisiteurs.

— Ô père, lui affirme-t-elle, touche donc tout l'or que ton fils a économisé pour nous et qu'il nous a laissé !

Sa main cherche la main de l'aïeul. Elle lui fait tâter une simple brique, enveloppée d'un tissu, qu'elle lui décrit comme la boîte de réserve de leurs économies.

— Dieu pourvoira pour nous ! murmure fervente, la sœur aînée de Aïcha. Pourvu qu'ils soient sauvegardés, Eux !

Le vieillard se rassérène et rejoint sa chambre. A l'autre bout, la fillette, oublieuse, se met à chantonner.

3

Quinze jours après, Aïcha monte dans le palanquin aménagé par sa mère. Elle est si légère qu'elle se blottit aux pieds de Oum Roumam. Esma est hissée sur l'autre monture. Les chamelles, guidées par Abdallah se soulèvent sur leurs pattes, hésitent. Dans un instant, tous vont quitter la demeure de Abou Bekr. L'on va s'éloigner à cette heure fraîche, à peine embrumée, de l'aube, dans La Mecque encore à demi ensommeillée... Combien durera la marche jusqu'à...

— Là-bas ? a demandé la fillette rousse, en s'endormant, la veille, dans les bras de sa mère.

— Dors, mon cœur, dors ! a ordonné Oum Roumam qui, cette ultime nuit, n'a pu goûter le sommeil. Nous partirons toutes à Yatrib !

A présent, en cette aurore, Aïcha désire être la dernière à quitter la maison de l'enfance. Elle glisse hors du palanquin, pieds nus ; elle s'échappe. Elle revient, un rire gloussant dans sa gorge, jusqu'au seuil de la chambre parentale. Certains de ses effets, et jusqu'à ses poupées, gisent dans un coin. Elle entre, elle erre un moment (l'aïeul dort dans l'autre chambre sous la garde d'une esclave); Aïcha se baisse, prend au hasard un seul des objets (deux roseaux entrecroisés, avec des touffes de laine aux extrémités). Elle contemple les lieux vidés.

A nouveau, l'antienne d'il y a quelques jours a repris en elle : « Ô Dieu de Mohammed, je ne suis plus une enfant ! Je ne suis plus... »

La dernière donc à quitter la demeure mecquoise, c'est elle. Elle remonte dans le palanquin, sous les yeux amusés de Abdallah au cœur tendre. Une heure après, la petite suite quitte les faubourgs, et l'ombre de la Ka'aba, imposante, semble les défier, eux, les Partants, les Migrants.

Aïcha se sent partir; son cœur bondit en elle. Ni de joie, ni de peine. Enfin, elle voyage. Elle va retrouver son père et, elle le sait, l'Ami de son père. Elle pense au sourire de celui-ci, une ombre impalpable sur son visage, mais, elle en est sûre, sourire qui lui était destiné. Il fut le seul, en ces minutes d'alors, à ne pas l'avoir oubliée.

Plus tard, tant d'années après, quand elle se transformera en diseuse, la plus vulnérable des diseuses, elle rapportera :

— Le Messager et moi, nous avons été fiancés dans la maison de mon père, à La Mecque... A Médine, dans la première année de l'hégire, le mariage s'est fait. Dans la maison du Messager, j'ai ramené mes poupées; quelquefois il est arrivé à l'Envoyé de Dieu de jouer avec moi, sur le sol.

En quittant La Mecque, Aïcha est tout exaltée par le voyage. Et elle sait, à une réserve de Oum Roumam, à un soin plus attentif de Abdallah le demi-frère, elle sait qu'elle va être donnée comme épouse au Messager. Là-bas, à Yatrib. Là-bas, lieu qui sera lieu d'amour, ville du bonheur. *Sa* ville; *leur* ville : Médine.

Aïcha deviendra, durant les dix ans, les vingt ans qui suivront, le cœur frissonnant de Médine musulmane.

4

Six à sept mois après leur arrivée à Médine, Aïcha se marie :

— J'avais eu la fièvre et avais perdu mes cheveux ; mais ils repoussèrent abondamment et m'arrivèrent jusqu'aux coudes. Ma mère, Oum Roumam, vint me trouver tandis que j'étais sur une balançoire, entourée de mes compagnes. Elle m'appela et je me rendis à son appel sans savoir ce qu'elle voulait de moi. Elle me prit par la main, me fit rester sur le seuil de la maison jusqu'à ce que ma respiration haletante se fût calmée. Elle prit alors un peu d'eau, m'en frotta le visage et la tête, me fit ensuite entrer dans la maison où se trouvaient des femmes des 'Ançars qui me dirent : « A toi le bonheur, la bénédiction et la meilleure fortune ! » Ma mère m'ayant livrée à ces femmes, celles-ci se mirent à me parer, et j'avais à peine fini que l'Envoyé de Dieu entra brusquement. Alors on me remit entre ses mains.

Au cours du même été, Fatima, fille du Prophète, se marie au cousin de son père, Ali ibn Abou Talib.

C'est le début de l'an 2 de l'hégire. L'automne et l'hiver se passent en diverses expéditions militaires. Durant le mois de Ramadhan de cette même année, survient la menace pressante des Mecquois, à Bedr. Bedr tourne à la victoire des Musulmans. Victoire surprenante par sa rapidité, douloureuse par son caractère de lutte fratricide.

Une conclusion en mineur de ce haut fait : un incident de femme. Sawda, la première co-épouse de Aïcha, s'est laissée aller à la colère, car son père et ses oncles, dans le clan des Mecquois, ont été tués par les Musulmans. Peu après, face à des prisonniers (certains sont de la famille du Prophète, son oncle Abbas et son cousin Aqil en particulier), eux qu'on vient d'amener mains liées sous la tente du chef, c'est-à-dire chez Sawda, elle libère sa peine ; son sang, son hérédité crient littéralement au point d'oublier qu'elle est musulmane et épouse du Prophète, avant d'être fille de Zamâa. Elle s'oublie ; sa parole enfle, parole quasiment d'insoumise :

— Pourquoi n'avez-vous pas combattu, vous aussi, pour être tués, comme mon père et ses frères ?
— C'est ainsi que vous avez tendu vos mains ignominieusement pour être fait prisonniers ?

Mohammed qui survient va franchir le seuil ; il entend la colère irrépressible :

— Ô Sawda, tu excites les Infidèles contre Dieu et le Prophète ! s'exclame-t-il.

Il la répudie sur-le-champ.

Elle désespère à nouveau, cette fois comme femme répudiée.

— Pourquoi, dira-t-elle aux Médinoises, aller rejoindre à La Mecque mon grand-père aveugle ? Lui causer double peine : de la mort de ses trois fils, puis de la répudiation de sa fille ?

Elle quémande le pardon conjugal. Pour être sûre de l'obtenir et demeurer, malgré tout, épouse de Mohammed, elle imagine le troc :

— Je suis prête à donner ma part de nuits à Aïcha ! Je veux rester épouse de Mohammed, mais pour l'Islam, non pour mon plaisir de femme !

Elle a plaidé à peu près ainsi. Et Mohammed pardonne. Il reprend comme épouse Sawda ; le mariage sera blanc. Aïcha, chanceuse, obtient ainsi double part de nuits conjugales dans la polygamie.

En fait, pendant près d'un an, Aïcha sera seule épouse : la demande de Sawda ainsi exaucée, Aïcha se retrouve deux fois épouse du Prophète.

Une année, une pleine année se déroule : du Ramadhan de l'an 2 au mois de cha'ban de l'année suivante. Une année de monogamie à nouveau pour le Messager. Une année pour la petite Aïcha, qui comptera pour elle comme vingt années pour Khadidja, la première épouse, l'unique, la morte toujours vivante dans le cœur de l'Envoyé. Une année pour Aïcha, seule dans la couche du Prophète : grâce aux mots — qui furent des maux — de Sawda, grâce à cette parole de femme qui a glissé, qui a dévié, que le sang tribal, que la fierté filiale a gonflée exagérément.

Aïcha est âgée de onze ans tout au plus, quand elle

entame cette année privilégiée. Elle est nubile depuis près de deux ans. Elle espère un enfant. Elle ne l'aura jamais.

5

Cette année, comment l'oublier?

Plus que le statut d'« épouse préférée » que la Tradition fera ensuite prévaloir, c'est ce statut d'« épouse double », qui importe présentement. Un creux du temps; une plénitude des jours; courbe de la volupté gorgée de sérénité. Le bonheur.

Autour de Aïcha, Oum Keltoum, fille du Prophète, modeste et en retrait vient d'épouser Othmann, veuf de l'éblouissante Reggaya. Sa sœur, la fascinante Zeineb, depuis quelques années vit seule, refusant tout autre époux que le sien, resté à La Mecque, lui qui finira par la rejoindre et se convertir. Fatima surtout, de sept à huit ans plus âgée que Aïcha, est épouse unique de Ali, cousin de son père.

Jusqu'à Oum Roumam qui, depuis le premier jour de l'hégire, se retrouve seule épouse d'Abou Bekr et le restera, cinq ou six années encore. Aïcha, durant cette année immobile (après Bedr, le Prophète va lancer d'autres expéditions), Aïcha seule véritablement épousée, entretient avec Sawda une relation quasi filiale.

Puis le terrible choc d'Ohod avec ses morts et ses péripéties — y compris la blessure au combat du Prophète — ébranle la communauté. Pendant la bataille, certains diront qu'ils ont vu Aïcha, ses bracelets de cheville cliquetant, aller et venir pour servir à boire et soigner les blessés.

Rien sur elle, par contre, quand, un moment, l'on croit Mohammed mort — en fait blessé, mais aussi protégé par une femme combattante, le sabre à la main, Oum Imara. A cet instant tragique, dans les chroniques, c'est la douleur de Fatima — courant éperdue en direction du champ de bataille, puis arrêtée par une Croyante qui tient à aller à sa place et lui rapporte la bonne nouvelle du Prophète sauvegardé —, c'est cette angoisse filiale qui est transmise, développée :

— Ô fille du Prophète, s'est écriée la Croyante, il ne sied pas que tu partes ainsi, que... Je vais à ta place !

La Musulmane ne s'arrêtera ni devant son fils mort ni à la vue de son époux à terre, seulement devant le Prophète en vie, et elle calmera Fatima éplorée, avant de se pencher sur son propre sort.

Dans ce chiasme de l'inquiétude et de l'espoir, un seul détail est relaté sur Aïcha, plus précisément sur son corps : en pleine déroute collective, au milieu du fracas guerrier, quelqu'un a entendu cliqueter les bracelets de cheville de la femme-enfant — image furtive, bruit presque inconvenant, puis transmission non occultée. Au cœur du bouleversement de tous, Aïcha ne se laisse pas impressionner : elle fait l'infirmière, la pourvoyeuse aux armées. Elle affronte, elle ne tremble point ; elle oublie et son âge et son sexe.

Les versets sur le voilement des épouses du Prophète ne sont pas encore révélés : Aïcha est habillée comme n'importe quelle Croyante. Elle néglige sa personne, il n'y a pas de protocole à observer : seulement se rendre utile.

Au cours de ce tumulte, il s'en est fallu de peu que l'Islam entier (quelques milliers de soldats, guère plus) dérive et naufrage !

N'importe. Une certaine transmission garde ces heures de drame en arrière-plan, pour, dans un silence rétabli, faire tinter les bracelets de cheville de l'épouse !

Corps de Aïcha fillette, mais également épouse au statut privilégié ; corps entrevu par ce son des anneaux de cheville, qui suggère la nervosité, l'agilité, l'intrépidité de l'épouse du Nabi et cela à l'instant où le sort hésite, tangue, avant de décider que le camp islamique, à Ohod vaincu, se relèvera.

Aïcha : pas une goutte de sang ne l'aura atteinte. Mais deux ou trois générations continuent à s'en souvenir : ses bracelets de cheville tintinnabulent encore dans le charivari guerrier.

6

Quelques mois plus tard, Aïcha au cœur intrépide va connaître sa première douleur de femme. Douleur embrumée, confuse, comme toutes les douleurs de femme. Mohammed décide d'épouser Hafça, la fille de Omar.

Hafça veuve, après Ohod, d'un premier mari, a vingt ans environ. Comme son père et sa tante paternelle, elle sait lire et écrire ; elle a connu, tout enfant, l'histoire de la conversion brutale de son père à La Mecque, lorsqu'il entendit sa sœur Fatima lire des versets du Coran : dans une contention de tout l'être, il se met sur-le-champ à lire, à réciter et s'islamise dans un élan, devant la seule beauté du texte !... Ainsi Hafça a senti très tôt combien la lecture, l'écriture pouvaient intervenir sur le chemin de la foi. Combien la science devient vestibule plus aisé... Hafça n'est pas seulement savante ; elle est belle. Surtout elle est modeste et pieuse. Timide probablement, facilement emportée de nature (son hérédité paternelle) et avec une bonne dose de naïveté qui lui jouera des tours.

Pour l'instant, elle s'avance, parée de ses grâces ; plutôt silencieuse et les yeux baissés.

Jeune veuve, elle a été proposée en mariage par son père à Abou Bekr. Celui-ci décline l'offre ; il vit monogame depuis l'hégire. Il le restera encore quelques années. Omar propose Hafça à Othmann qui vient d'être à nouveau veuf et, pour la seconde fois, d'une fille du Prophète. Attristé, Othmann ne veut plus se remarier. Omar, susceptible, va se plaindre au Messager de ses deux amis. Mohammed se propose, tout de go, comme mari.

A cet instant, c'en est fini, pour Aïcha, de ses privilèges d'épouse unique, puisque Sawda ne comptait plus comme rivale. Aïcha, fille chérie de Abou Bekr depuis toujours, dorlotée tellement par sa mère parce que la petite dernière, Aïcha comblée et gâtée jusque-là par un époux amoureux — qu'elle a cru avoir installé dans sa même quiétude —, Aïcha va devoir se confronter à la polygamie et à son envers de cactus.

Elle a douze ans ; ou à peine un peu plus. Elle sait, sans doute depuis récemment, qu'elle ne sera jamais mère. La voici face à une vraie co-épouse : Hafça la savante, Hafça femme faite. Comment affronter ?

Dans quels sentiments Aïcha a-t-elle vécu ses premières nuits d'épouse délaissée (celui qui épouse une non-vierge lui consacre d'abord trois nuits et trois jours à elle seule). Les yeux ouverts, murée dans un silence d'adulte, ainsi Aïcha, « la préservée », est allongée, ces trois nuits, sur sa couche. Ou peut-être prie-t-elle, puisqu'elle ne peut trouver repos, prie-t-elle désespérément, avidement, appelant Dieu, et Dieu seul, à son secours de femme ? Femme momentanément oubliée.

Elle-même, à la mort du Prophète, et même longtemps après, gardera silence sur ce tunnel de son âme.

Six mois, un an plus tard, puis les années suivantes, d'autres mariages du Prophète se feront. Chacun, dans des circonstances diverses, charrie des anecdotes contrastées.

En relatant plusieurs de ces unions, les chroniqueurs notent invariablement l'acrimonie jalouse de Aïcha : tel trait acerbe sur telle mariée, qu'elle décoche même devant le Messager. Parfois, la présence de Aïcha est signalée en voyeuse furtive : cachée ou non cachée, elle vient vérifier elle-même la beauté et les charmes de la nouvelle épousée.

Complaisance certaine de ces scripteurs à s'attarder, avec une pseudo-indulgence, sur la susceptibilité ombrageuse de Aïcha : souffrance à vif, prolongée par des commentaires vivaces qu'elle ne ménage pas à son époux. Pourquoi ne pas supposer que sourd là une vraie douleur : compulsion du cœur de la femme-enfant, plus tellement enfant, élancements de son angoisse aux noces de Hafça d'abord. La jalousie mord, au cours des mariages qui suivront encore; plus de cinq fois ensuite, elle verra son époux amoureux d'une autre.

Ce n'est pourtant pas la polygamie de Mohammed, subie ainsi de plein fouet, qui occasionnera, en Aïcha, la blessure la plus vive. Non.

Le coup le plus acéré viendra d'ailleurs; et le salut, pour finir, de Dieu seul.

VOIX, MULTIPLES VOIX
(Aïcha et les diffamateurs)

1

Voix d'une rawiya :

Au cours de l'année 5 de l'hégire, après la guerre du Fossé où, grâce à la « victoire du vent », les ennemis de l'Islam furent défaits, une nouvelle expédition fut décidée : contre les Benou Moustaliqua qui nomadisaient entre Médine et la mer Rouge. Cette expédition fut la dix-huitième des expéditions que dirigea le Prophète en personne, à partir de Médine.

Voix de l'innocente (d'après Orwa) :

— *Quand l'Envoyé de Dieu désirait entreprendre une expédition, il faisait tirer au sort entre ses femmes pour savoir celle qu'il emmènerait avec lui...*

(Dans une autre chaîne de transmission, mais toujours d'après Orwa :)

— *Lors d'une des expéditions qu'il entreprit, il avait fait tirer au sort et, le sort m'ayant désignée, je l'accompagnai donc !...*

Après un silence, où elle se replongea à cet instant du départ, en cette année-là, quelques mois après la guerre du Fossé, Aïcha ajouta :

— C'était après la révélation relative au port du voile : on me fit monter dans un palanquin où l'on m'installa et nous nous mîmes en route.

Voix d'une deuxième rawiya :
La guerre que mena le Messager (que la grâce de Dieu lui soit accordée) contre les Benou Moustaliqua fut victorieuse. Les hommes de la tribu furent réduits en captivité. Jouwayria bent Harith, étant tombée dans la part de butin de Thabit ibn Qais, décida de se présenter devant le Messager, qui la vit et qui désira l'épouser.
Par respect pour le Prophète, tous les parents de Jouwayria furent libérés. Aïcha, mère des Croyants, qui se trouvait faire partie de l'expédition vint contempler la beauté de l'ex-captive et déclara, d'une voix haute :
— Jamais un mariage ne fut aussi profitable à tant de gens de la famille de l'ex-mariée !
Trois jours après ces noces de l'Envoyé, notre armée se mit en marche vers l'est pour rejoindre, en plusieurs étapes, Médine.

Voix de l'innocente :
Aussitôt que l'on eut pris le chemin du retour et que nous approchâmes de Médine, à la dernière étape, ordre fut donné en pleine nuit de reprendre notre marche.
(Elle se souvient : la chaleur, le jour précédent, avait été si vive que, dans la caravane, plusieurs Croyants, certes déjà blessés au combat, avaient succombé de fatigue.
A voix haute à nouveau, son jeune neveu devant elle, elle reprend :)
Dès que l'ordre de départ eut été donné, je me levai pour satisfaire un besoin en dehors du campement. Cela terminé, je retournai dans le camp dans l'obscurité ; mais, portant la main à ma poitrine, je m'aperçus que mon collier d'agates de Dzafar s'était détaché. Je revins sur mes pas à la recherche de mon collier.
Les gens, chargés de s'occuper de ma monture, prirent mon palanquin et le placèrent sur le chameau

qui me servait de monture, supposant que j'étais dans le palanquin. A cette époque, les femmes étaient légères; elles ne pesaient point, car elles n'étaient guère en chair, ne mangeant que des bribes de nourriture. Aussi les gens ne trouvèrent-ils rien d'étonnant au poids du palanquin : c'est pourquoi ils le chargèrent... J'étais une toute jeune femme à l'époque.

Ils firent ensuite avancer le chameau et ils se mirent en route! Quant à moi, une fois que je trouvai mon collier, je revins au camp et n'y vis personne. Je m'assis à l'endroit que j'avais occupé, étant sûre qu'après s'être aperçu de mon absence, l'on reviendrait me chercher. Puis le sommeil me gagna et je m'endormis!

Soffyan ben el Mo'attal es Solami ed Dzakouani.

(Jeune cavalier choisi pour rester en arrière de la troupe. En solitaire, il a charge de venir sur les traces des campements : éteindre les feux, effacer les empreintes, ramasser quelque objet, ou quelque arme oubliée... Ce jour-là, voici qu'il remarque une masse à terre : une enfant, semble-t-il, et endormie; non, la fille d'Abou Bekr, sa voisine d'autrefois, oh... et il se rappelle : « L'épouse du Messager! »)

Silence interrompu par l'exclamation d'angoisse, qui conjure le mauvais sort :

— *Nous sommes à Dieu et c'est vers Lui que nous devons retourner!*

Selon une autre tradition, il répéta une deuxième fois cette exclamation.

Voix, de nouveau, de l'innocente :

Au bruit de cette exclamation, je me suis réveillée.

Silence de l'accompagnateur. Aïcha le regarde et le reconnaît à son tour.

— *Il m'avait vue avant que le port du voile eût été ordonné par le Coran!* a-t-elle expliqué ensuite, au neveu, Orwa, qui écoute.

Il arrêta sa monture, la fit agenouiller et, quand j'y fus montée, il la conduisit par la longe et nous nous mîmes en route jusqu'à ce que nous atteignîmes les troupes qui avaient établi leur campement et passé ainsi le moment de la forte chaleur.

Les troupes de l'expédition, ayant avec elles les deux épouses de Mohammed, Aïcha bent Abou Bekr et Jouwayria bent Harith, ainsi que le butin pris sur la tribu des Benou Moustaliqua, rejoignirent dans la journée Médine.

2

Dans sa chambre, Aïcha, après quelques jours, s'est alitée. Cela lui arrive souvent ces deux dernières années... Certes, l'année où elle était seule épouse du Prophète, elle ne se souvient pas de cette fragilité brusque qui s'emparait d'elle.

Quelquefois, quand c'est « son tour » à elle, le Prophète (que la grâce de Dieu lui soit accordée!) demeure à son chevet, s'enquiert tendrement de son état.

Médine, ce mois de chaleur : oisiveté, bavardage. Et toujours, au milieu des groupes de vrais Croyants, le même noyau des Hésitants.

Des « Perfides », les appelle un chroniqueur. Des « Hypocrites », intervient un autre. Non, soutient un troisième, simplement des « Hésitants ».

Variation de ces épithètes, quand il s'agit d'aller, ou de ne pas aller, à la guerre. Six mois auparavant, au moment de la guerre du Fossé, « l'hésitation » ne s'est-elle pas muée en soutien objectif des assaillants mecquois !

Cependant, quand il s'agit de la vertu d'une épouse, de la loyauté d'un jeune homme, si jeune, si pur, mais ayant eu la malchance d'avoir ramené, seul, la « préservée »... De l'avoir, à son tour, préservée des hyènes, des chacals, des serpents du désert...

Et les chacals, et les serpents dans Médine ?

Voix du premier Hypocrite (Mistah, le protégé de Abou Bekr) :

Je suis le neveu, par alliance, de Abou Bekr es Sed-

dik. Oui, je me souviens, il y a seulement quelques années, la fille de l'Ami aimait jouer avec un garçon de la maison voisine, ce si beau jeune homme, Soffyan ben el Mo'attal ! Je me souviens.

Voix du second Hypocrite, dans Médine :
Je suis Hassan ibn Thabit le poète... Laissez-moi un moment et je vous composerai un poème, un poème qui restera, sur les très jeunes femmes qui font semblant d'oublier un collier dans le sable. J'inventerai dix quatrains sur la ruse des fillettes, dès qu'elles quittent le berceau !

Voix de la troisième Hypocrite, dans Médine :
Je suis Hamna bent Jahsh, je suis la sœur de Zeineb, femme du Prophète. Chaque soir, quand mon époux rentre, je lui rapporte les rumeurs qui circulent sur Aïcha, quand elle perdit son collier et fut ramenée seule par le si beau, le si jeune Soffyan... Mon époux, en colère, m'interrompt dans mes propos, ne veut pas m'écouter. Aïcha est une femme, faible comme toutes les femmes ! Au cours de cette dernière expédition, elle a dû mal prendre le nouveau mariage de Mohammed avec cette belle, si belle Jouwayria. Mais comment parler à un époux qui fait confiance aveuglément aux femmes du Prophète ? Elles sont après tout comme nous, et Aïcha n'est pas invulnérable, n'est pas... Et voilà qu'il m'insulte, à cause d'elle !

Voix du chef des Hypocrites, Abdallah ben Obbay :
C'est entendu, j'ai plusieurs fois, prévu la défaite du Chef, et, sauf à Ohod, elle n'est pas survenue ! C'est entendu, sa dernière expédition a été victorieuse, et pourtant je vous ai dissuadés de vous y joindre ! Mais si Dieu a fait les choses ainsi, parce que ce serait dans un autre domaine que ce Chef, sans héritier mâle jusque-là, comme vous le savez, malgré tout son harem, oui, ce Chef ne serait pas défait, mais serait pris à revers, serait...

Silence à Médine, au cours de ce mois, aux heures de la sieste.

Dans sa chambre, la jeune femme rousse de quatorze ans demeure affaiblie ; se plaint de ses douleurs, de ses menstrues. Lorsque arrive « son tour » — deux jours et deux nuits successives, puisqu'elle bénéficie de la part de Sawda — Mohammed (que le salut de Dieu soit sur Lui !) entre. Il est pâle. Il est silencieux.

— Comment te portes-tu ? finit-il par demander doucement.

3

Les jours suivants, voix autour du Prophète ; le désert en Lui.

Première voix, celle de Osaïma fils de Zeid et de Oum Aymann :

— *Ô Envoyé de Dieu, tes femmes, au nom de Dieu, nous n'en savons que du bien !*

Seconde voix, celle de Ali ibn Abou Talib :

— *Ô Envoyé de Dieu, Dieu ne veut pas te faire de peine !*

(Un silence — silence qui se gonflera, les décennies suivantes, d'une mémoire rêche. L'épouse-enfant ne sera plus enfant, mais elle n'oubliera pas !)

— *Il y a beaucoup d'autres femmes qu'elle !* ajouta Ali. *Interroge la servante : elle te donnera la vérité !*

Le Prophète, silencieux.

Barira, la servante, s'est approchée.

Voix de la servante :

— *Par celui qui t'a envoyé porter la vérité, ô Bien-Aimé, je n'ai jamais rien vu à reprocher à ma maîtresse, sinon (elle se mouche parce qu'elle risque de pleurer) sinon qu'elle est d'un âge si tendre... Elle s'endort auprès de la pâte, en sorte que le mouton qu'elle a apprivoisé vient et en mange une bonne part !*

Voix de la co-épouse, Zeineb bent Jahsh :

— *Ô Envoyé de Dieu, je surveille mes oreilles et mes yeux. Par Dieu, je ne sais que du bien sur elle !*

(Plus tard, Aïcha rapporta elle-même ce « dit » de Zeineb, à la suite de son propre « dit » sur l'Affaire, et elle conclut :

— *C'était Zeineb qui était ma rivale en beauté. Dieu veillait sur elle, en lui inspirant cette réserve !)*

Voix autour du Prophète. Le désert en Lui.

4

Voix de l'innocente :

Les gens répandirent les calomnies débitées contre moi et laissèrent entendre que, si je souffrais, c'était de ne plus voir le Prophète attentionné avec moi, comme il l'était auparavant lorsque j'étais malade.

Je ne sus rien de tout cela avant d'être rétablie. Une nuit, je sortis avec Oum Mestah pour aller satisfaire nos besoins du côté d'el Menasi — à cette époque nous n'avions pas encore de latrines à proximité de nos maisons.

Comme je m'avançais en compagnie de Oum Mestah, celle-ci fit un faux pas en marchant sur le pan de son manteau.

— *Que le malheur soit sur Mestah ! s'écria-t-elle.*

— *Que c'est mal de maudire ainsi ton fils, et un homme qui a versé son sang à Bedr ! lui reprochai-je.*

— *Eh bien, répliqua-t-elle, c'est mon fils, mais n'as-tu pas entendu ce qu'il répand lui-même !*

Et elle me rapporta les propos des diffamateurs.

Aïcha retourne à sa chambre, plus fiévreuse encore, après cette sortie de nuit.

Le jour suivant, tandis que le Prophète demande de ses nouvelles, elle fait dire que, vu son état, elle désire aller chez ses parents.

L'autorisation lui est accordée.

Voix autour du Prophète ; le désert en Lui.

5

Voix du chef des Hypocrites, Abdallah ben Obbay :

— *C'est entendu, j'ai, plusieurs fois prévu la défaite du Chef, et, sauf à Ohod, elle n'est pas survenue! Mais, si Dieu a fait les choses ainsi, parce que ce serait dans un autre domaine qu'il serait défait, lui sans héritier mâle et ce malgré tout son harem? Défait, ou pire...*

Voix autour du Prophète, qui monte en chaire, ce jour-là, à Médine.

— *Qui donc, parmi vous, me prouvera la culpabilité d'un homme que l'on me dit se mal conduire avec ma femme?... Par Dieu, je ne sais que du bien de ma femme et l'on a évoqué un homme dont je ne sais également que du bien! Il n'entrait chez ma femme qu'avec moi!*

Le public des 'Ançars qui écoute Mohammed, ce jour-là, est également partagé en tribu des 'Aous et en tribu des Khazradj... Or, Abdallah ben Obbay fait partie des Khazradj.

Le Prophète reste en chaire et attend.

Sa'ad, chef des 'Aous, intervient :

— *Si c'est un homme des 'Aous, ô Messager, nous lui trancherons la tête! Et s'il appartient à la tribu de nos frères, les Khazradj, tu n'as qu'à nous donner tes ordres, à nous, les exécuteurs!*

Sa'ad ben Obbeid, chef des Khazradj, s'exclame :

— *C'était, avant cela, un homme vertueux!* (Puis, tourné vers le chef des 'Aous :) *Tu as menti, par Dieu! Tu ne le tueras pas, tu ne pourras le faire!*

Osaid ben Hodain, au précédent :

— *Par Dieu, nous le tuerons! Toi aussi, tu n'es qu'un hypocrite qui défends les Hypocrites!*

Devant Mohammed toujours en chaire, en pleine mosquée, les deux tribus se lèvent et en viennent aux mains.

Charivari, tumulte devant le Prophète. Le silence en Lui.

Ali ibn Abou Talib, au bas de la chaire, regarde la

salle; regarde le Prophète et l'aide à ramener le calme.

6

La « préservée » chez son père et sa mère.

— *Que raconte donc le monde ? avait-elle demandé, toute en pleurs à sa mère.*

Voix de la mère :

— *Ma chère enfant, n'attache pas trop d'importance à cette affaire. Par Dieu, il est bien rare qu'une femme quelconque, jolie, aimée de son mari, ne soit victime de la médisance des autres femmes de son mari, quand celui-ci en a plusieurs !*

Voix de l'innocente :

— *Grands Dieux ! C'est donc désormais tout le monde qui parle de cela ?*

Et elle pleure; elle ne cesse de fondre en larmes. Elle ne réussit pas à dormir toute la nuit et tout le jour suivant, à tel point, dira-t-elle elle-même plus tard, « que je crus que mes larmes me briseraient le cœur ».

On frappe à la porte.

Voix d'une inconnue de Médine :

— *Je demande la permission d'entrer ! Je désire voir la « préservée », rester avec elle, partager sa peine et sa joie !*

L'inconnue entre, et s'assoit.

Elle se tait. Elle se met à pleurer en même temps que Aïcha.

On frappe à la porte. L'Envoyé de Dieu, sortant de la mosquée où les heurts entre 'Ançars se sont éteints, demande à entrer.

Le Prophète s'assoit.

(Aïcha racontera plus tard : « Il s'assit, ce qu'il n'avait pas fait chez moi, depuis le jour où l'on avait déblatéré sur mon compte. Il y avait un mois de cela et il n'avait pas encore reçu de révélations à mon sujet. Il prononça la profession de foi et s'adressa alors à moi. »)

Voix du Prophète :
— *Ô Aïcha, si tu es innocente, Dieu te lavera de cette accusation. Si tu as manqué à tes devoirs, demande pardon à Dieu et tourne-toi vers Lui : celui qui reconnaît sa faute et se tourne vers Dieu, Dieu se tournera vers lui !*

Récit de l'innocente :
L'Envoyé de Dieu avait à peine achevé ce discours que mes larmes s'arrêtèrent à ce point que je n'en sentis plus la moindre goutte et, m'adressant à mon père, je lui demandai de répondre pour moi !

Voix de l'Ami, et du père de l'innocente :
— *Par Dieu, je ne sais que dire à l'Envoyé de Dieu !*

Récit de l'innocente :
Je me tournai ensuite vers ma mère et je lui demandai de répondre pour moi !

Voix de la mère de l'innocente :
— *Par Dieu, je ne sais que dire à l'Envoyé de Dieu !*

Voix claire de la calomniée :
— *Alors, moi, qui suis une femme d'âge tendre et qui n'ai pas beaucoup appris de Coran, je déclare : je sais que vous avez entendu ce que les gens racontent de moi, que cela a fait impression sur vous et que vous y ajoutez foi. Si je vous dis que je suis innocente, et Dieu sait que je suis innocente, vous ne me croirez pas ! Mais si je vous avoue quelque chose, et Dieu sait que je suis innocente, vous me croirez !*
(La calomniée se lève, droite, grave, forte du haut de ses quatorze années. Elle ajoute :)
— *Par Dieu, je ne trouve de situation analogue à la mienne vis-à-vis de vous que celle du père de Joseph quand il a déclaré : « La patience seule me protégera. Et Dieu seul m'aidera contre ce qui est prétendu ! »*
L'innocente ne peut plus parler. D'un coup, elle

retourne à son lit, s'enveloppe le corps, le visage, sa personne entière, pour ne pas pleurer, pour... Plus tard, elle commentera : « Tout en ayant l'espoir que Dieu me laverait de l'accusation, je ne croyais pas qu'une révélation serait faite à mon sujet ! Non... », mais elle espéra : « Ah, si seulement l'Envoyé de Dieu pouvait avoir, la nuit prochaine, une vision dans ses rêves, à mon sujet ! »

Car, tout en se livrant à sa propre défense, elle a gardé la vision du visage bouleversé de l'époux.

Silence dans la chambre, chez Abou Bekr.

La Médinoise inconnue est accroupie, tout au fond, oublieuse d'elle-même. La mère de la calomniée, le père de la calomniée n'ont pas bougé de leur siège : comme si les paroles vigoureuses de leur fille, comme si les paroles du prophète Jacob qu'elle a rappelées (« La patience seule me protégera ! Et Dieu seul m'aidera ! ») leur sont soudain, à tous deux, reproche, reproche de leur défaillance filiale.

A peine s'ils se rendent compte que le Prophète entre peu à peu en transes. Bien que ce fût, ce jour-là, jour d'hiver, Mohammed se trouvait brusquement inondé d'une sueur abondante. Abou Bekr songea enfin à le couvrir.

Silence dans la chambre. Silence et tremblements.

7

Voix du Messager et de l'ange Gabriel, à la fois :

« *Ceux qui ont colporté le mensonge forment un groupe parmi vous. Ne croyez pas que cela vous nuise ; au contraire, c'est un bien pour vous, car chacun d'eux aura à répondre du péché qu'il commet. A celui d'entre eux qui s'est chargé de la part la plus grande est réservé un terrible châtiment !*

Que les calomniateurs n'ont-ils produit quatre témoins ! Que n'ont-ils dit : C'est une calomnie manifeste ! Ne l'ayant pas fait, ils sont menteurs devant Dieu ! »

(Sourate 24, verset 11.)

Silence après la déclamation du verset.

Abou Bekr découvre son ami. Mohammed apparaît devant tous et devant l'innocente qui, sur son lit, s'est dressée.

Tout souriant, Mohammed s'adresse à la jeune femme :

Voix du Prophète :

— *Ô Aïcha, loue Dieu car Dieu t'a justifiée !*

La préservée est vraiment préservée. Elle quitte son lit.

Voix de la mère bouleversée :

— *Lève-toi, va vers l'Envoyé de Dieu !*

L'innocente est debout, immobile. Elle les regarde tous. Elle est calme. Elle ne sourit pas.

Voix de l'innocente :

— *Non, par Dieu, je ne me lèverai pas pour aller vers Lui. Car je ne veux louer personne, pour moi, sinon Dieu !*

Abou Bekr a un mouvement choqué. Mohammed demeure souriant.

Voix de Mohammed :

— *Laisse-la ! Elle a raison !*

La Médinoise inconnue quitte la chambre.

Le verset de la sourate de la Lumière va circuler, l'heure suivante, dans Médine.

Celle qui préserve parole vive

1

Ainsi, la quatrième des neuf années de son mariage est à peine terminée, qu'est survenue l'Épreuve pour Aïcha.

L'Épreuve de ce long mois du doute; après quoi, chaque femme du Dar el Islam, quatorze siècles durant, aura à payer également sa part : une journée, une année, ou quelquefois toutes ses années de vie conjugale !

Peu importent finalement les co-épouses, les esclaves concubines; peu importe la menace quotidienne de la répudiation (car celle-ci peut se muer en chance de libération). Non, le vrai poids est le doute, le terrible doute qui pèsera une fois, mille fois, sur chaque Musulmane, aussitôt qu'elle prend époux !

Parce qu'une adolescente de quatorze ans, au corps léger, s'est égarée en recherchant loin de la caravane son collier d'agates. Parce que les langues des Hypocrites, des Hésitants, des Méfiants se sont aussitôt déliées.

Certes, Gabriel a fait descendre en Mohammed condamnation claire de la calomnie, particulièrement lorsque celle-ci s'attaque à une femme. Certes, protection est prévue (quatre témoins, pas un de moins) pour toute accusation d'adultère, si bien que celui-ci se révèle quasiment impossible à prouver, sauf par l'aveu du pénitent, de la pénitente qui craindrait de payer la faute dans l'au-delà et qui s'offre, de lui-même ou d'elle-même, au châtiment.

En fait, la sauvegarde du corps — corps indifféremment du Croyant ou de la Croyante —, même livré à de possibles tentations, cette sauvegarde-là est établie, affermie par les versets de la sourate de la Lumière.

N'importe; quatorze siècles durant et en ce quinzième siècle commençant, dans chaque ville, dans chaque hameau de la terre islamique, chaque époux, de lui-même ou malgré lui-même, fera revivre, chez sa femme victime du doute réinstallé, un peu de la peine éperdue de l'adolescente de Médine, elle qu'on appellera « la femme préférée » du Messager, elle, la calomniée en cette cinquième année de l'hégire.

Fillette de quatorze ans qui s'est drapée, pour finir, dans le manteau d'innocence et de douleur du vieux Jacob.

2

« Il » est mort; Il est vraiment mort, et dans ses bras.

La voici devenue l'une des dix veuves, ou plutôt des neuf, puisque Marya Oum Ibrahim n'est que concubine. Aïcha seule, fille du calife. Face non à ses « sœurs », les co-épouses, mais à la fille de l'Absent, de l'Aimé absent. Silence, six mois durant, entre les deux femmes car le pouvoir soudain oscille entre femme et fille. Qui est vraiment l'héritière?

Elle, Aïcha, se voulant peu à peu porte-parole des huit autres mères des Croyants? N'avaient-elles pas auparavant décidé, en l'an 8, de rester épouses du Prophète, même après sa mort? A jamais ses épouses.

« Vous qui croyez... vous ne devez pas offenser l'Envoyé de Dieu, ni jamais épouser ses femmes, après lui! »

(Sourate 33, verset 53.)

Elles, les mères qui ne seront jamais mères d'un enfant de l'Envoyé. Plus particulièrement Aïcha, la plus jeune, la seule épousée vierge : elle a dix-huit ans quand s'éteint Mohammed. L'âge auquel Fatima a épousé Ali.

Oui, le pouvoir a oscillé symboliquement entre femme et fille. Entre les neuf veuves d'un côté et la fille. La seule fille vivante de l'Aimé.

Cette fille se tient entre trois mâles au moins : Ali, le cousin et fils adoptif, et leurs deux jeunes garçons, Hassan et Hossein, futurs « Seigneurs de la jeunesse ». La continuité. La Famille.

« Ô gens de la maison du Prophète! Dieu éloigne de vous toute souillure et vous purifie pleinement! »

(Sourate 33, verset 33.)

Tout autour, les fils de Abbas, les frères de Ali, le fils de Zeid, les trois orphelins de Djaffar. Tout autour encore, les cousins du Prophète, y compris Zubeir qui a épousé la sœur aînée de Aïcha... C'est une tribu. Une force.

Face à eux, Aïcha se tient tout près de son père, le calife. Elle expérimente à son tour le fait d'être ostensiblement « la fille aimée ». Elle prend ce statut et se met à rappeler elle-même qu'elle a été « femme préférée » de l'Absent. Absent à tous, sauf à elle.

Ne dort-il pas dans sa chambre, tout près de son lit ? Elle se tourne vers lui, plusieurs fois chaque nuit, quand l'insomnie la harponne. Elle s'approche au plus près de sa tombe pour faire ses prières.

Six mois donc de silence entre femme et fille. Entre femme de Mohammed et fille de Mohammed. Entre fille de Abou Bekr et femme de Ali.

Fatima ne revient plus près de la tombe de son père. Il faudrait, pour cela, entrer dans la chambre de Aïcha. Elle s'approche du père, mais en pénétrant dans *sa* mosquée ; en s'accroupissant contre le mur qui jouxte la tombe. Elle s'assoit ; elle prie ; puis elle pleure, cette fois, doucement.

Aïcha, immobile dans sa chambre, méditative, écoute les pleurs de Fatima.

Six mois après, Fatima agonise. Fatima meurt. Aïcha accomplit la prière de l'aube devant la tombe de son époux. Elle sait, elle sent que l'âme de Mohammed attend, palpitante, la réunion avec sa fille. « Une partie de moi-même », avait-il proclamé un jour.

Aïcha se sent seule désespérément.

Une heure plus tard, accompagnée de sa sœur, de ses nièces et de son affranchie, elle se présente à la porte de Fatima. La chambre mortuaire lui restera fermée : Esma bent Omaïs a émis un « non » ferme, par deux fois. Et Aïcha éclate de colère devant le calife ; elle laisse parler son chagrin :

— Je désirais m'incliner devant la morte, prier pour elle, quémander pardon et sérénité auprès de son père, auprès de l'Aimé ! Je voulais...

Et Abou Bekr es Seddik regarde sa fille, pour la première fois, sangloter.

3

Trop de souffrance, les jours suivants. Et cette ombre tenace, au cœur du chagrin, un voile obscur qu'elle ne comprend pas... Cette âpreté de la volonté de la morte, cette passion rêche de Fatima : contre elle vraiment ? Contre Aïcha ? Qui, cette fois, éprouve le doute :

« Ne suis-je pas toute amour envers l'Aimé, envers l'Absent ? Lui dont la séparation me tient, au cœur de chaque nuit, éveillée. Lui pour qui ne me calme aucune prière surérogatoire. Lui dont la fille s'est dressée contre qui, certes contre les hommes de Médine, contre tous les hommes, mais contre moi aussi et pourquoi donc ? Serait-ce une lutte de la fille de l'Aimé contre la fille de son premier vicaire ? Non. Ce ne peut être, non plus, rivalité des parents de l'époux envers l'épouse préférée de celui-ci ! Ce serait si dérisoire ! Ne sommes-nous pas, nous, Musulmanes à Médine, préservées par notre foi, par notre faiblesse aussi, de ces divisions ?

« Fatima est morte, et c'est comme si, cette fois, mon cœur, tout entier, est gelé. Mon veuvage — veuvage définitif — est vraiment commencé. »

4

Ainsi Aïcha, au cœur de Médine. Elle cherche, elle se cherche. Son père combat la *ridda,* c'est-à-dire le retour des tribus au paganisme. Il n'arrête pas. Conseillé par Omar à la rigueur tranchante à sa droite, par Obeidallah ibn el Jerrah et Abderahmane ibn Auf à sa gauche, il ne cesse pas : il décide, il agit, il sévit, il se veut irréductible.

Comment ce père qu'elle a connu surtout dans sa douceur, son indulgence, se mue-t-il en homme d'État à l'esprit rapide, à la parole sévère, à la ténacité infatigable ? Ne va-t-il pas s'user à la tâche ?

Aïcha n'a pas encore vingt ans. Souvent le conseil consultatif se réunit dans sa chambre. Assise dans un coin, à l'arrière, enveloppée de ses voiles, elle écoute. Elle observe ; elle entend les avis, les débats ; elle réfléchit. Elle admire son père, vrai continuateur.

Elle apprend ; elle comprend assez vite combien, en ces mois de crise, grâce à la fermeté du chef, à l'imagination de sa piété confiante et inébranlable, bref grâce à son intelligence éclairant son cœur, la direction du futur empire (pour l'instant une ville menacée et La Mecque, tout près, demeurée fidèle) se maintient : gouvernail sûr.

Non, Aïcha n'a pas encore vingt ans. Se tenant derrière son père, et souvent face à lui, elle commence sa formation politique. Aïcha au cœur de Médine.

5

Est-ce alors, est-ce avant que ne faiblisse puis que ne meure ce père tant admiré, est-ce en cette deuxième année de son veuvage que Aïcha commence, un peu par hasard, à dérouler les premiers de ses « dits » ?

Elle, donc, première des rawiyates ? Elle, la transmettrice par excellence de la geste. Elle, à la source même de la parole vive. De toute parole féminine et sur l'essentiel.

De la geste qui est passée... Le souvenir mord en elle ; sa mémoire frémit. Elle se tient assise dans sa chambre. Parmi ses trois neveux, fils d'Esma et de Zubeir, ce n'est plus Abdallah l'aîné qui traîne davantage chez elle (il a douze ans déjà ; il rejoint le plus souvent les lieux d'hommes ; il s'exerce aux sports guerriers, il a hâte de combattre). C'est plutôt Orwa le cadet — huit, neuf ans à peine — qui aime rester près d'elle. Il ne questionne pas ; il se tient silencieux, attentif. Il fait, à sa suite, ses prières comme un adulte.

Peut-être que Aïcha se rappelle ce garçonnet accompagnant le Prophète, lors du pèlerinage de l'Adieu ! Cinq ou six ans, alors, à peine, et déjà ces mêmes yeux fiévreux; comme s'il portait en lui toutes les scènes où il restait accroché au Messager sur la même monture, puis contre son épaule...

En le contemplant, garçonnet si mystérieux jusque dans son silence, Aïcha sent une morsure en elle : tous ces enfants vont grandir; or, ce sont eux qui témoigneront après. Mais de quelle façon maintiendront-ils vivaces ses premiers souvenirs ?

Aïcha, soudain, se redit cette expression qui, la première fois, lui avait paru si étrange : « Mère des Croyants. » Elle l'avait entendue dans la bouche du Messager... Incompréhensible; elle n'osa pas dire « saugrenue ». Elle si jeune encore, « mère »; elle qui avait attendu en vain un bébé; elle, « mère » bizarrement, de tous — elle avait pensé : « eux tous ! — les vieux, les jeunes, les maigres, les pansus, les vertueux, les hésitants. Eux... Vraiment ? »

Aujourd'hui, Orwa à ses pieds (lui qui, cinquante ans plus tard, se décidera à transcrire les « dits » de la tante maternelle vénérée), Aïcha pressent un peu ce que sera son propre rôle. Elle perçoit faiblement le sens de ces mots « mère des... ». Soudain une aile d'archange semble frémir au-dessus d'elle. Elle a à nourrir les autres, elle a à entretenir le souvenir, le long ruban drapé des gestes, des mots, des soupirs et des sourires du Messager — que la grâce du Seigneur lui soit accordée ! Vivre le souvenir pour « eux », les Croyants, tous les Croyants — oui, les vieux, les jeunes, les maigres, les pansus, les vertueux, les hésitants.

Aïcha, « mère des Croyants » parce que première des rawiyates.

Son rôle commence; sa vie de femme est éteinte depuis deux ans; son cœur de fille frémit puis refroidit tandis que Abou Bekr est enterré chez elle. Déchirement au cours duquel, Aïcha, âgée de vingt ans juste, se durcit, puis se dresse.

Elle est consciente. Elle remercie Dieu et son Messager. Le dos tourné aux deux tombes qui lui seront familières, elle voit son destin se dessiner : oui, nourrir la mémoire des Croyants, entreprendre cette longue patience, cet inlassable travail, distiller ce lait goutte à goutte. Préserver, pour toutes les filles d'Ismaël, parole vive. Vivre ainsi ancrée en soi-même, tous les jours de sa vie à venir, immobile certes, mais gonflée d'une parole à jaillir.

Retourner au passé vivant — les neuf années de son histoire conjugale, de son seul amour — pour que toutes, pour que chacune s'élance, à son tour, dans l'avenir.

VOIX

Abderahmane ibn 'Auf raconta une des expéditions du Prophète, à laquelle participèrent Omar ibn el Khattab et Ali ibn Abou Talib.

Nous avions voyagé de nuit, dit-il, puis, à la fin, nous nous étions endormis. Réveillés un matin, sous l'ardeur du soleil, nous fîmes nos ablutions; l'appel à la prière eut lieu et tous nous priâmes avec le Prophète.

Ayant repris la route, certains d'entre nous se plaignirent de la soif. Le Prophète descendit de sa monture et appela un tel (ibn 'Auf oublia son nom); il appela également Ali et leur ordonna à tous deux : « Allez à la recherche de l'eau ! »

Ils partirent, marchèrent quelque temps, puis ils rencontrèrent une femme juchée sur un chameau, entre deux énormes outres, du type mesada *et* satiha. *Elles étaient emplies d'eau.*

— Où se trouve l'eau ? demanda Ali.

— J'ai trouvé cette eau, répondit-elle, hier avant la nuit. Mais nos hommes sont partis, m'ont laissée et je me suis égarée !

— Eh bien, viens avec nous ! dirent-ils tous deux.

— Vers où ? répliqua-t-elle.

— Vers l'Envoyé de Dieu !

— Ah, vers celui qu'on appelle « le Sabéen » ! s'écria-t-elle. — Elle voulait dire par là « celui qui a changé de religion ».

Elle les accompagna donc, se présenta devant le Prophète qui apprit les circonstances de la rencontre.

Mohammed demanda à la femme de descendre de son chameau. Il ouvrit ensuite la partie inférieure des outres : il appela chacun de ses fidèles et chacun put boire autant qu'il voulait.

La femme, debout, regardait en silence ce qu'on faisait de son eau.

Eh bien, continua Abderahmane qui se souvenait, j'en jure par Dieu, quand on cessa de prendre de l'eau, il nous sembla à tous que les deux outres étaient encore plus pleines qu'auparavant !

Le Prophète dit alors aux fidèles de faire une quête en faveur de cette femme. On réunit des dattes, de la farine et du sawiq, *pour lui constituer un repas. On plaça le tout dans une pièce d'étoffe. Et quand elle remonta sur le chameau, on lui disposa le paquet devant elle.*

La femme retourna dans sa tribu, et comme elle avait tardé, on lui dit :

— Qu'est-ce qui t'a retenue, ô une telle !

— Deux hommes m'ont rencontrée, raconta-t-elle. Ils m'ont emmenée auprès de cet homme qu'on appelle le Sabéen, et celui-ci a fait telle et telle chose !

Alors, avec ses deux doigts, le médium et l'index, élevés au ciel, elle sembla dire : « Certes, est-il bien en vérité le Messager de Dieu ? »

Par la suite, les Musulmans, se souvenait encore Abderahmane, faisaient des incursions contre les polythéistes de son voisinage, mais ils épargnaient toujours le groupe familial de la femme aux deux outres.

Un jour, elle entraîna les siens :

— Je vois que ces gens-là nous épargnent délibérément ! Voulez-vous, comme moi, devenir musulmans ?

C'est ainsi qu'elle et les siens se convertirent à l'Islam.

Parmi les traditionnistes qui étudièrent par la suite ce hadith transmis grâce à Abderahmane ibn 'Auf, tous ne sont pas d'accord sur le terme « Sabéen » par lequel l'inconnue a nommé le Prophète. Pour el Bokhari, le terme « sabéen » vient du verbe qui signifie « passer d'une religion à l'autre ». Pour Abou 'Lâliya, les Sabéens sont une secte des gens du Livre, qui récitent des psaumes.

ÉPILOGUE

1

Parole plurielle, parole duelle, telles les deux outres inépuisables de cette Bédouine, pour laquelle Mohammed n'est encore que « le Sabéen ».

Tandis que Omar ibn el Khattab monte en chaire et annonce à tous qu'il gouvernera les Arabes « comme le guide du chameau dans le désert », deux pôles de la présence féminine se maintiennent : Fatima morte dont la voix hante encore les rues de Médine, à l'opposé, Aïcha près des deux tombes (celle du Messager et de son Ami), et qui, s'appuyant sur ces deux amours, se remémore, évoque l'Absent devant un parterre enfantin pour l'instant.

Parole donc de la contestation et, à l'autre extrême, parole de la transmission : celle de la fille mystique sur un versant nocturne, celle de l'épouse sur le point de devenir femme de pouvoir et de rayonnement, sur le versant d'aube.

L'opposition féminine reste bien vivace : mais son élan n'est-il pas pour l'instant entravé puisque Fatima déjà disparaît ? Non, il se prolongera dans ses filles, Oum Keltoum d'abord, puis Zeineb — l'une et l'autre plus tard haranguant les foules, pour défier la lâcheté, pour mépriser les abandons, quand Ali sera tué, quand Hossein sera martyrisé... Opposition que reprendront, presque à chaque génération et plus d'un siècle encore, d'autres filles des filles et des fils de Fatima.

Parole de la fierté et de la lucidité orgueilleuse, éloquence brûlée par la douleur renaissante, par la dépossession clamée, par la foi consumée et intacte. Des Musulmanes de la plus rare espèce : soumises à Dieu et farouchement rebelles au pouvoir, à tout pouvoir — ainsi se perpétuera le sillage de Fatima, en Syrie, en Irak, plus tard en Occident musulman.

A Médine, à peine l'ébranlement causé par les derniers mois de « la fille aimée » commence-t-il à se tasser, à peine ces braises sont-elles momentanément dissimulées sous la cendre des jours ordinaires, Aïcha, « la préservée », Aïcha la vie, s'essaie peu à peu à trouver sa voix, à essayer son ton d'évocation, à secouer les images du passé qui n'est pas passé. Tenter d'abord de revivre une seconde fois sa vie. En la disant. En la détaillant : dans son intimité et dans son apparat. Dans les manifestations quotidiennes de l'amour du Prophète.

Oui, Aïcha se remémore. Ce faisant, elle source un début de transmission : non pas conservation pieuse et compassée. Plutôt une exhumation lente de ce qui risque de paraître poussière, brume inconsistante. Elle ne sait pas encore comment, mais eux, les bavards, les déjà si sûrs de leurs anecdotes, les « compagnons » mais de fraîche date, les oublieux aussi — inconscients de leur mémoire lâche, de leur esprit n'ayant rien saisi des nuances —, bref, « eux » qu'elle ne voit pas mais qu'elle écoute quand, dans son vestibule, elle les entend entrer dans *sa* mosquée et tant palabrer, oui, « eux », ils vont faire écran à ce passé rougeoyant de vie, ils vont durcir la pâte encore en fusion, ils vont transformer la peau et les nerfs des sublimes passions d'hier en plomb refroidi...

Que peut-elle, et toute seule, contre tant de mots, tant de discours qui vont affluer?

Elle évoque. Elle revit. Elle se souvient. D'abord pour elle, et pour son public d'enfants : ses nièces également qui s'assoient. Ce faisant, elle trouve les mots : les mots qui n'emmaillotent pas les jours d'hier, non, qui les dénudent. Les phrases qui ne se durcissent pas en formules ; qui restent poésie. Elle se cherche une forme.

Doucement, devant les enfants, filles et garçons sous le charme, elle raconte. Elle conte. Elle n'invente jamais : elle recrée.

Et si un jour une telle transmission allait rencontrer le feu de l'autre parole, celle de la véhémence rimée en colère ? Si la voix douce, si le flux continu du timbre de Aïcha faisait confluent avec l'éloquence en crue, celle de l'effervescence qui brave ?

Si un jour, à force de nourrir la mémoire, Aïcha, cette fois d'âge mûr, Aïcha, âgée de plus de quarante ans — exactement vingt-trois ans plus tard — se levait ?

Parole double éperonnant le corps debout... Si Aïcha, un jour, décidait de quitter Médine ?

Ah, loin de Médine, retrouver alors le vent, le vertige, l'incorruptible jeunesse de la révolte !

2

« FILLES D'AGAR », DIT-ELLE

Voix d'hier :

Agar l'expulsée, parce que la servante, parce que la première accouchée.

Agar dans le désert avant que ne jaillisse la source, que ne pousse le premier palmier, Agar bien avant que la Ka'aba ne soit construite par « l'Ami de Dieu » revenu sur les lieux où a grandi son fils ; son fils et la descendance de son fils... Agar...

Ainsi, rapporte Gabriel à Mohammed — qui, sur ce point, modifie la Genèse —, Abraham accompagna Agar et l'enfant, au moment de l'abandon, jusqu'au

site de La Mecque, entre les deux collines de Safa et Merwa.
Puis Abraham partit.
Les voici seuls, immanquablement; la mère et l'enfant.
Une heure; plusieurs heures.
Un jour; un deuxième jour.
Ismaël a soif; Ismaël va mourir.

Est-ce alors qu'Agar s'ébranle? Elle va et vient entre la première et la seconde colline,
Elle danse, elle prie, elle délire, de tout son corps incontrôlé, jambes et bras écartelés, et son visage s'éparpille dans le métal de l'azur, et ses hardes se déchirent jusqu'à la laisser presque nue, grelottante sous le soleil qui darde.
Elle va, elle vient, dans les transes et le blanc de l'effroi.
Ismaël a soif; Ismaël va mourir.

Ismaël, sur le sable, entend la danse spasmodique de sa mère. Il ne gémit plus, harcelé par la soif; il pleure plutôt de percevoir les convulsions de la femme qui se précipite, qui halète et s'essouffle, qui suffoque,
Or ce sont de tout petits râles, des murmures incohérents, un gargouillis rauque qui scande, des heures durant, les ébats d'Agar affolée
Agar qui va et vient
Agar entre Safa et Merwa.

L'enfant, dans un désarroi d'anomie, ne sait comment rameuter le corps maternel, comment l'apaiser de sa frénésie, de sa fièvre. Il gratte de ses doigts le sable, sous l'œil du soleil, qui surplombe.
Quand enfin l'eau jaillit
enfin une source
enfin une musique
de commencement.
Agar, danseuse de la folie désertée, Agar entend
Agar s'arrête
et regarde.

La source de Zem-Zem coule continûment.

L'enfant dans ses bras, désaltéré, Agar reste assise, immobile.

Voix d'aujourd'hui :

« *Filles d'Agar* », *dit-elle*
dit toute femme dans le désert d'Arabie qu'elle soit rebelle, qu'elle soit soumise à Dieu,

« *En quoi suis-je, en quoi sommes-nous toutes d'abord filles de l'expulsée, de la servante la première accouchée, et, pour cela, abandonnée ?*
Oui, d'abord descendantes de celle qui va et vient entre Safa et Merwa, avant de nous savoir filles d'Ismaël,
Lui qui, vingt ans après, attendra son père, pour répudier, sur son injonction, sa première épouse, pour garder sa seconde, son père le conseillant encore, Abraham qui l'a abandonné, lui et Agar, sur l'ordre de Sarah.

Laissons les fils d'Ismaël (« ils ont autorité sur vous ! » rappelle le Coran), laissons-les creuser, retourner, triturer l'humus et la boue du sillon paternel — héritage noirci, sarments pour nul flamboiement.
Laissons-les, eux, les archers sauvages, laissons-les se chercher, se diviser, laissons-les s'entre-dévorer, sous les auspices du Père retourné inexorablement vers l'épouse préférée.
Laissons les fils d'Ismaël — nos pères, nos fils, nos époux répudiateurs — livrés à l'ombre opaque de leur propre Père.

Filles d'Agar, nous avons été, nous serons une seule fois expulsées à travers elle, Agar — ou plutôt Hajjar d'avant l'hégire, Hajjar l'insolée [1]. —
et depuis, dans un désert de la vie entière, nous allons et venons, nous dansons, nous nous affolons, toujours entre la première et la seconde colline ! »

1. « Agar », ou plutôt « Hajjar », le prénom arabe est de la même racine que « hégire », émigration, et que « hajra », l'insolation.

« Filles d'Agar », dit-elle,
ont-elles dit, toutes,
par leur silence
par leur effacement
au temps des Prophètes
au temps de Mohammed, Sceau des Prophètes,
et après lui.

Certes,
Une fois par an, tous, Croyants et Croyantes,
ou une fois au moins dans la vie,
filles d'Agar et fils d'Ismaël, réunis,
rejouent la scène d'Agar en émoi
d'Agar en folie dans le désert
avant que l'eau ne jaillisse
d'Agar, entre Safa et Merwa.

Une fois dans l'année
Une fois au moins dans la vie
l'unique théâtre
pour eux et par eux
s'ordonne
la seule fiction islamique.

Filles d'Agar et fils d'Ismaël
Abraham, sur ses pas, revenu.

Alger-Paris (août 85, 86 et 87,
octobre 88-juin 90)

PRINCIPAUX PERSONNAGES CITÉS

Les épouses du Prophète :

Khadidja bent Khuwaïlid
— morte avant l'hégire (mentionnée ici)
Sawda bent Zamâa
Aïcha bent Abou Bekr
Hafça bent Omar
Hind bent Omeyya, dite Oum Salama
Jouwayria bent al Harith
Safya bent Huayy
Oum Habiba bent Abou Sofyan
Maïmouna bent al Harith.

Sa concubine :
Marya la Copte.

Les gens de la famille du Prophète (« Ahl el Bit ») :

Ses filles :
Zeineb — morte avant lui
Reggaya — morte avant lui
Oum Keltoum — morte avant lui
Fatima, épouse de Ali ibn Abou Talib
mère de Hassan et de Hossein, de Zeineb et de Oum Keltoum.

Ses oncles paternels :
Hamza ibn Abdou el Mottalib — mort avant le Prophète.
Abbas ibn Abdou el Mottalib.

Ses tantes paternelles :
Safya bent Abdou el Mottalib

Atyka bent Abdou el Mottalib.
Ses cousines paternelles :
Arwa (mère de Othmann ibn el Affan
et de Oum Keltoum bent Okba)
Zeineb bent Jahsh (sa mère Omaina est tante paternelle du Prophète)
épouse de Zeid ibn Harith
puis épouse du Prophète.
Ses cousins paternels :
Djaffar ibn Abou Talib — mort avant le Prophète.
Ali ibn Abou Talib
époux de Fatima ; père de Hassan, Hossein, Zeineb, Oum Keltoum
— appelé quelquefois « Abou Hassan »
veuf de Fatima, aura d'autres épouses alors, dont Esma bent Omaïs
futur 4e calife
Zubeir ibn el Awwam — fils de Safya bent Abdou el Mottalib
époux de Esma bent Abou Bekr, sœur de Aïcha
époux de Oum Khaled bent Khaled
époux de Oum Keltoum bent Okba (répudiée), etc.
Fadl ibn Abbas
Abdallah ibn Abbas.
Ses affranchis :
Zeid ibn Harith
époux de Oum Aymann
époux de Zeineb bent Jahsh (répudiée), puis de Oum Keltoum bent Okba
mort avant le Prophète
Oum Aymann « la noire ».

Les Compagnons :

Abou Bekr ibn Abou Qohaifa — 1er calife et beau-père du Prophète
époux de Koteila — non islamisée (reste à La Mecque)
mère de Esma et Abdallah
époux de Oum Rouman

mère de Aïcha et de Abderahmane
époux de Esma bent Omaïs
mère de Mohammed
époux de Habiba « la Médinoise »
mère de Oum Keltoum (née après la mort de Abou Bekr)

Omar ibn el Khattab : beau-père du Prophète et 2e calife
père de Hafça
époux, entre autres, de Atyka bent Zeid, « la poétesse »

Othmann ibn el Affan
deux fois gendre du Prophète — futur 3e calife
époux de Reggaya, fille du Prophète
veuf, époux de Oum Keltoum, fille du Prophète

Abderahmane ibn 'Auf
3e époux de Oum Keltoum bent Okba

Abdallah ibn Abou Bekr
1er époux de Atyka bent Zeid
mort avant le Prophète

Talha ibn Obeidallah

Abou Quatada

Bilal, le 1er muezzin de l'Islam

Anas ibn el Malik, au service du Prophète

Osaïma ibn Zeid ibn Harith et fils de Oum Aymann.

Les Migrantes :

Oum Fadl, épouse de Abbas ibn Abdou el Mottalib
sœur utérine de Esma bent Omaïs et de Maïmouna, femme du Prophète

Esma bent Abou Bekr
épouse de Zubeir ibn Awwam
sœur de Aïcha, femme du Prophète

Esma bent Omaïs
épouse de Djaffar ibn Abou Talib
puis de Abou Bekr
puis de Ali ibn Abou Talib
amie de Fatima, fille du Prophète

Oum Keltoum bent Okba

épouse de Zeid ibn Harith
puis de Zubeir ibn el Awwam
puis de Abderahmane ibn 'Auf
puis de Amr ibn el 'Aç
Atyka bent Zeid
épouse de Abdallah ibn Abou Bekr
puis de Omar ibn el Khattab
puis...

Les Médinoises, épouses des 'Ançars :

Oum Salem, épouse de Malik (et mère de Anas ibn el Malik)
veuve, épouse de Abou Talha
Oum Harem bent Melhan
sœur de Oum Salem
Zeineb, chanteuse médinoise
Barira, l'affranchie de Aïcha
Sirin la Copte, sœur de Marya — vivant à Médine
épouse de Hassan ibn Thabit, poète.

Les Mecquoises :

Islamisées à la prise de La Mecque (an 8 de l'hégire)
Oum Hakim bent el Harith
épouse de Ikrima ibn Abou Jahl
veuve, épouse de Omar ibn el Khattab
Fatima bent el Walid
épouse de Harith ibn Hicham
sœur de Khalid ibn el Walid
Jouwayria ben Abou Jahl
sœur de Ikrima ibn Abou Jahl
Hind bent Otba
épouse de Abou Sofyan

Les chefs de guerre musulmans :

Khalid ibn el Walid, « le glaive de l'Islam »
islamisé depuis Hodeiba (7 de l'hégire)
Ikrima ibn Abou Jahl

époux de Oum Hakim bent Harith
islamisé depuis la prise de La Mecque (8 de l'hégire)
Mohadjir ibn Omeyya
islamisé à la même date qu'Ikrima.

Les femmes rebelles :

Selma bent Malik
devient chef des Beni Ghatafan
Nawar, épouse de Tolaiha de la tribu des Beni Asad
Sadjah bent Harith des Beni Taghlib
se dit « prophétesse »
épouse (momentanément) Mosaïlima, dans le Yemama
La « chanteuse de satires » des Beni Kinda.

Les Musulmanes, mêlées aux combats :

La reine yéménite
épouse de Schehr ibn Badsan
veuve, épouse de Aswad le rebelle
Oum Temim
épouse de Malik ibn Nowaira des Beni Temim
veuve, épousée par Khalid ibn el Walid
La fille de Medjaa des Yémama
épousée par Khalid ibn el Walid.

Parmi les Croyantes :

Kerama, bent Abdou el Mesih, à Hira
chrétienne.

N.B. Parmi les personnages principaux, seule celle qui est appelée « la seconde rawiya », prénommée Habiba, est totalement imaginaire.

L'orthographe des noms propres arabes n'a pas suivi, volontairement, les normes universitaires de transcription.

Table

Du même auteur :

ROMANS

La Soif
Julliard, 1957

Les Impatients
Julliard, 1958

Les Enfants du Nouveau Monde
Julliard, 1962, Réédition 10-18

Les Alouettes naïves
Julliard, 1967, Réédition 10-18

Femmes d'Alger dans leurs appartements
Nouvelles, Édition des Femmes, 1980

L'Amour, la fantasia
J.-C. Lattès, 1985

Ombre sultane
J.-C. Lattès, 1987

Vaste est la prison
Albin Michel, 1995

Le Blanc de l'Algérie
Albin Michel, 1996

Ces voix qui m'assiègent
Albin Michel, 1999

Oran, langue morte
Actes Sud, 1997

Les Nuits de Strasbourg
Actes Sud, 1997

FILMS ÉCRITS ET RÉALISÉS

La Nouba des femmes du mont Chenoua
1978
Prix de la critique internationale-Biennale
de Venise 1979

La Zerda et les chants de l'oubli
1982

Composition réalisée par EURONUMÉRIQUE

IMPRIMÉ EN ALLEMAGNE PAR ELSNERDRUCK
Dépôt légal Édit. : 9334-02/2001
Librairie Générale Française - 43, quai de Grenelle - 75015 Paris.
ISBN : 2-253-13672-7

31/3672/8